Ragnar Jónasson a été découvert par l'agent d'Henning Mankell, qui a vendu les droits de ses livres dans près de dix pays, dont les États-Unis et l'Angleterre. Né à Reykjavik, Jónasson a traduit plusieurs des romans d'Agatha Christie en islandais, avant d'écrire ses propres romans. Sa famille est originaire de Siglufjördur.

Ragnar Jónasson

NÁTT

ROMAN

Traduit de la version anglaise,
d'après l'islandais,
par Philippe Reilly

Éditions de La Martinière

Note de l'éditeur : les événements de *Nátt* se situent un peu après *Snjór*, premier volume de la série des enquêtes d'Ari Thór, et un peu avant *Mörk*, le deuxième volume. Tous les romans de Ragnar Jónasson peuvent toutefois être lus de façon indépendante.

TEXTE INTÉGRAL

TITRE ORIGINAL
Myrknætti
© Ragnar Jónasson, 2011
Publié avec l'autorisation de Leonardt & Høier Literary Agency A/S, Copenhague

Traduction depuis l'édition anglaise, revue et corrigée par l'auteur :
© Orenda Books, 2016
Ce roman a été traduit depuis l'édition anglaise du livre à la demande de l'auteur, qui a revu et changé des éléments de son histoire, et considère donc le texte anglais comme la version définitive de son roman.

L'éditeur remercie Ólafur Valsson pour son aimable autorisation pour la reproduction des cartes de l'Islande et de Siglufjördur

ISBN 978-2-7578-7529-2
(ISBN 978-2-7324-8048-0, 1ʳᵉ publication)

© Éditions de La Martinière, une marque de la société EDLM, 2018, pour la traduction française

À ma mère et à mon père

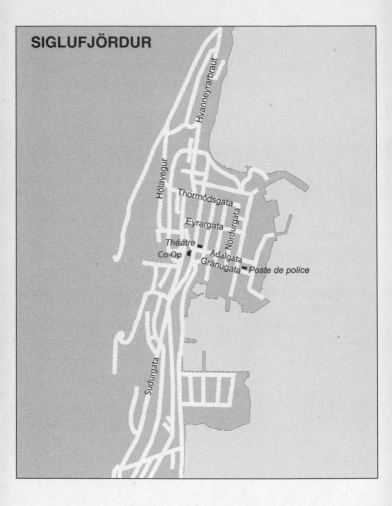

SIGLUFJÖRDUR

Hvanneyrarbraut

Hólavegur

Thormódsgata

Eyrargata

Nordurgata

Théâtre

Co-Op

Adalgata

Gránugata

Poste de police

Sudurgata

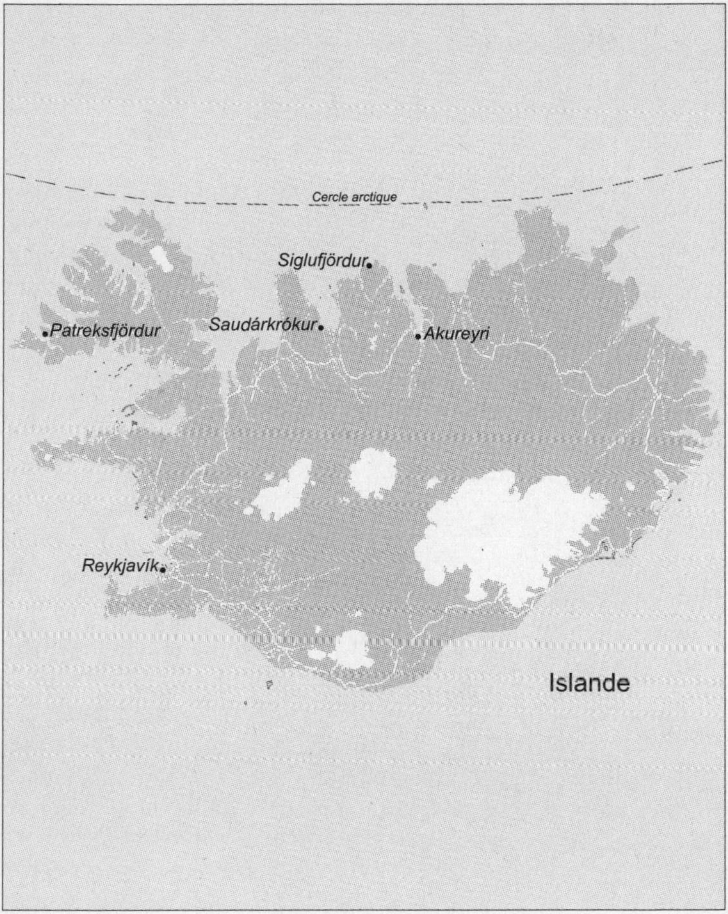
Cercle arctique
Siglufjördur
Patreksfjördur
Saudárkrókur
Akureyri
Reykjavík
Islande

Il faut laisser s'écouler
La nuit noire
Comme s'écoule le temps
Quand le sort en est jeté,
Porter en silence
Le fardeau des souffrances
Car tel est le don de Dieu
À celui qui en est témoin.

Extrait du poème *Fjölmódur*,
Jón Gudmundsson
« l'Érudit » (1574-1658)

PREMIÈRE PARTIE

JOUR 1 - ÉTÉ

1

Ça vous plaît, l'Islande ?

Depuis son arrivée dans l'île, tout le monde lui posait cette question.

La belle aurore de juin annonçait une journée prometteuse. Non qu'il y ait une différence très nette entre le matin et le soir : à cette période de l'année, le soleil brillait pratiquement sans interruption, jetant sa lumière aveuglante partout où Evan Fein portait le regard.

Étudiant en histoire de l'art, originaire de l'Ohio, il se préparait depuis longtemps à découvrir cette île aux confins du monde habitable. Et il s'y trouvait enfin. Peu avant son arrivée, les Islandais avaient eu droit à deux éruptions volcaniques consécutives, comme si la Nature avait concentré toute son énergie pour ajouter au désastre du crash financier. L'activité du volcan s'était, depuis, quelque peu apaisée ; Evan n'avait pas assisté au plus fort du spectacle.

Il avait commencé par quelques jours à Reykjavik et dans ses environs pour admirer les sites touristiques incontournables, puis loué une voiture et pris la route du Nord. Après une nuit passée dans un camping de Blönduós, il partit de bonne heure en direction de Skagafjördur. La voiture était équipée d'un lecteur CD, il y glissa l'album de vieilles ballades islandaises qu'il venait d'acheter. Cette musique lui plaisait, même s'il ne comprenait pas les paroles. Il se sentait heureux, ainsi immergé dans la culture du pays qu'il explorait comme un vrai baroudeur.

Il s'engagea sur la route sinueuse de Thverárfall qu'il quitta juste avant la ville de Saudárkrókur, sur le versant le plus lointain de la péninsule. Il avait envie de jeter un coup d'œil à la source de Grettir, ce bain chaud ancestral entouré d'un muret de pierre, censée se situer dans les environs, non loin de la côte. Roulant au pas sur la piste cahoteuse, il se demanda s'il ne perdait pas son temps à essayer de le localiser. Toutefois, l'idée de se détendre un peu dans l'eau fumante tout en savourant la beauté du paysage et la tranquillité du matin était séduisante. Il continua d'avancer lentement, dispersant sur son passage les troupeaux de moutons, mais les sources demeuraient introuvables. Il avait dû rater un embranchement. Chaque fois qu'il passait devant une ferme, il scrutait le paysage pour repérer l'accès aux sources – au fond d'un champ, en contrebas d'un virage, le long d'un chemin de terre… Avait-il roulé trop longtemps ?

Enfin, il avisa une jolie maison en bordure de route qui, vue de plus près, paraissait inachevée. Une camionnette grise était garée juste devant. Evan se rangea le long du chemin. Et sursauta.

Le conducteur de la camionnette – était-ce le propriétaire des lieux ? – était étendu par terre, juste à côté de la maison. Immobile. Inconscient ? Evan retira sa ceinture de sécurité et ouvrit la portière sans même couper le contact. Les ballades folkloriques continuaient de grésiller à travers les minuscules haut-parleurs, distillant une ambiance irréelle.

Le premier réflexe d'Evan fut de se précipiter vers la maison, mais il ralentit à mesure que la scène lui apparaissait dans toute sa crudité.

L'homme était mort. Ça ne faisait aucun doute. Et pas de doute non plus sur le fait qu'il s'agissait d'un homme, à en juger par sa corpulence et ses cheveux coupés court. Impossible en revanche d'identifier son visage : il disparaissait sous une bouillie sanglante.

À la place d'un œil, une orbite vide.

Tétanisé, Evan fixait le cadavre devant lui. Il aspira une grande lampée d'air et finit par fouiller sa poche à la recherche de son téléphone. En fond sonore, incongrues, les ballades islandaises.

Il se retourna subitement pour s'assurer que l'agresseur de la victime n'était pas derrière lui.

Rien. Evan était seul – avec le cadavre.

À côté du corps, il remarqua un morceau de bois taché de sang.

L'arme du crime ?

Il vomit, l'esprit noyé par un flot de pensées.

Réfléchis. Garde ton calme.

Il s'assit dans le pré devant la maison et composa frénétiquement un numéro d'urgence sur son téléphone. Il se maudissait de ne pas avoir choisi une autre destination de voyage… *L'Islande est l'un des endroits les plus sûrs au monde*, prétendait son guide.

Evan jeta un long regard sur les champs verdoyants caressés par le chaud soleil estival, les fabuleuses montagnes se profilant au loin, les reflets scintillants dans les eaux bleutées du fjord, les îles ravissantes…

Plus maintenant, songea-t-il en entendant la voix de l'opérateur.

Plus maintenant.

2

Une mouche s'aventura dans la chambre par la fenêtre ouverte et réveilla Ísrún, qui jura. Il était beaucoup trop tôt. Elle bâilla, s'étira. Dormir un peu plus longtemps ne lui aurait pas fait de mal, d'autant qu'elle ne prenait son tour à la rédaction qu'à 9 h 30. Se relevant à moitié, elle regarda par la fenêtre les grands arbres du jardin communal et la barre d'immeubles de l'autre côté de la route. La journée s'annonçait bien ordinaire. L'éruption volcanique était derrière eux, et maintenant que l'été régnait sur la ville, tout paraissait calme. Au travail aussi. La veille, accompagnée d'un caméraman, elle avait couvert un festival de musique afin de fournir un sujet léger, pour clore le journal du soir sur une note plus détendue. Mais il y avait peu de chances que le sujet passe car, en général, une info consistante tombait dans la journée, balayant le superflu.

Elle travaillait avec la même équipe depuis dix ans. Employée en tant que journaliste free-lance pendant toute la durée de ses études de psycho, elle avait tenté de faire carrière dans le domaine de la santé une fois son diplôme en poche, bouclant son cursus au Danemark et allant même jusqu'à prendre un poste à l'hôpital d'Akureyri. Mais après bien des tergiversations, l'excitation de la salle de rédaction lui avait manqué. Dix-huit mois auparavant, Ísrún avait démissionné de l'hôpital : retour à Reykjavik, où elle avait tenté de se refaire une place au sein de l'équipe.

Beaucoup d'anciens collègues étaient partis, remplacés par de nouveaux visages, mais les piliers étaient toujours là. Quand elle avait envoyé sa candidature à la télé, bien des années plus tôt, Ísrún ne se faisait guère d'illusions sur ses chances – la cicatrice sur son visage lui interdirait forcément d'apparaître à l'écran. Elle avait pourtant allègrement franchi toutes les étapes du recrutement. Elle effleura de la main ce trait physique aussi familier que les autres, vestige d'un accident de l'enfance – un vieil oncle avait renversé sur elle son café bouillant quand elle n'avait que quelques mois. Elle en gardait une joue mutilée que les artifices du maquillage ne parvenaient pas tout à fait à dissimuler. Peut-être, au fond, devait-elle à cette marque sa volonté farouche de travailler à la télévision ; elle lui donnait l'occasion de montrer au monde – aux spectateurs islandais tout du moins – qu'il en fallait davantage pour freiner son ambition.

Ísrún s'assit sur son lit et contempla sa chambre spacieuse, au décor sobre. Vivre seule lui convenait bien. Elle était célibataire depuis deux ans – un record pour elle. Son départ au Danemark pour terminer ses études avait précipité la rupture avec son petit ami. Ils étaient ensemble depuis cinq ans, mais cela n'avait pas suffi pour le décider à la suivre – ou, pourquoi pas, à attendre son retour. Cela ne l'avait guère perturbée. *Eh bien, c'est son problème.*

À sa grande surprise, elle trouvait le domaine de la télévision plus gratifiant que celui de la psychologie. Ce qu'elle avait appris pendant ses études était évidemment un plus dans son métier de journaliste. Elle découvrait chaque jour quelque chose de différent, interrogeait des gens intéressants et guettait le scoop qui, avec un peu de chance, ne tarderait pas à se présenter. C'était ce qu'elle préférait dans son travail. La pression pouvait se révéler une vraie dépendance, même si elle détestait le stress permanent des bouclages. Les équipes tournaient souvent en sous-effectif et il fallait se battre pour livrer son reportage avant la fin de la journée. Elle n'obtenait que trop rarement un peu de temps supplémentaire pour creuser un sujet, approfondir ses recherches.

Ísrún ferma les yeux pour essayer de se rendormir. Mais la mouche vrombissait toujours, quelque part dans la pièce, et ses paupières se rouvrirent automatiquement, d'exaspération.

Quelques minutes plus tard, elle était dans la rue en tenue de running, bien décidée à tirer profit de la situation. Elle respira profondément, mais l'air matinal n'avait pas sa fraîcheur habituelle. Des résidus volcaniques lui donnaient une odeur aigre depuis le tout début du printemps, quand l'éruption de l'Eyjafjöll, le volcan du glacier Eyjafjallajökull, au sud de l'Islande, avait rempli le ciel d'un nuage de cendres et causé l'interruption de la moitié du trafic aérien mondial. Pas étonnant que la mouche se soit réfugiée dans sa chambre. Malgré la distance qui séparait le volcan de la ville, les vents ramenaient souvent des cendres, même bien après l'éruption. Tout le monde en pâtissait : yeux irrités, respiration altérée… Les jours de pics, les autorités recommandaient aux personnes souffrant d'asthme et d'autres maladies respiratoires de rester chez elles. L'éruption était terminée, mais en plus de cette pollution de l'air, on redoutait que l'activité sismique ne réveille un autre volcan féroce, le Katla, avec des conséquences encore plus dévastatrices.

Ísrún logeait dans un petit deux-pièces, à un pâté de maisons de l'université d'Islande. Elle courait le long du rivage chaque fois qu'elle en avait l'occasion. Si possible le matin avant d'aller travailler. La pollution volcanique ne la ferait pas déroger à ce rituel. Pendant son footing, elle réfléchit à la journée ordinaire qui l'attendait.

L'épave rouge qui lui servait de voiture – offerte par son père pour ses vingt ans après avoir traîné pendant des années dans la famille – la mena à l'heure au bureau. Il s'agissait d'une vraie antiquité, au sens propre, mais elle fonctionnait encore. La circulation était fluide – un des avantages de son travail était de débuter à 9 h 30, bien après l'heure de pointe. En revanche, Ísrún appréciait moins les astreintes en soirée qui l'obligeaient à rester après le journal du soir pour l'inévitable débriefing. Tant qu'à faire, il valait mieux travailler pour le dernier bulletin : on y perdait une soirée, mais on récupérait la matinée suivante, ce qui pouvait se révéler précieux.

Bon sang… Elle avait oublié qu'Ívar dirigeait les équipes aujourd'hui et demain. La tension entre eux frôlait l'hostilité. Il avait été engagé deux ans plus tôt, alors qu'elle croyait encore à sa carrière en psychologie. Il se considérait comme un grand pro parce qu'il avait été débauché d'une chaîne concurrente, et la voyait, elle, comme une débutante alors qu'elle avait largement fait ses preuves en dix-huit mois. Il semblait incapable de lui confier quoi que ce soit de sérieux et elle se savait incapable de frapper du poing sur la table et de batailler pour obtenir gain de cause. Elle aurait dû le faire bien des années auparavant, mais de l'eau avait coulé sous les ponts.

*

Elle prit place dans la salle de réunion. Ívar était assis en bout de table avec son calepin, dont il ne se séparait presque jamais, et une pile de feuilles – des communiqués de presse qui finiraient entre les mains d'un journaliste ou dans la corbeille.

– Ísrún, tu as fini par rapporter un truc de ton festival ?

Avait-elle bien perçu une touche de condescendance dans cette question ? Comme si elle était abonnée aux sujets inintéressants ? Ou était-elle bêtement susceptible ?

– Pas grand-chose pour le moment. Je monte mon sujet dans la journée, il sera prêt pour ce soir. Deux minutes ?

– Quatre-vingt-dix secondes max.

Ses collègues avaient peu à peu pris place autour de la table, signe du début officiel de la conférence de rédaction du matin. Kormákur, que tout le monde appelait « Kommi » – surtout parce qu'on savait qu'il détestait ce surnom –, lança les débats.

– Vous avez remarqué la pollution de l'air ce matin ? demanda-t-il, vautré sur sa chaise, mâchonnant un crayon.

– Ouais, répondit Ívar. Ce sont les cendres de l'éruption et tous les trucs que le volcan a lâchés dans l'air…

– Je croyais que c'était terminé ? dit Kormákur. On doit bien pouvoir pondre un autre sujet là-dessus.

– Ísrún, tu peux t'en occuper ? Sous un angle un peu inquiétant, tu vois, genre « nouvelles menaces d'éruptions sur Reykjavik » ?

Ívar sourit.

Connard condescendant, ravala-t-elle, furieuse, en se penchant sur son bloc-notes.

– Et maintenant, passons aux choses sérieuses…

Exactement, pensa Ísrún en haussant les sourcils, irritée.

– J'ai appris qu'on avait trouvé un cadavre dans le Nord, du côté de Saudárkrókur, près d'un bâtiment en construction… Rien de confirmé pour l'instant. Sauf si nouvelle éruption, on fait l'ouverture dessus.

Kormákur approuva.

– Je m'en occupe tout de suite.

Finalement, la journée n'allait pas être aussi routinière que prévu – du moins pour certains.

3

Quand Ari Thór Arason songeait au temps qu'il avait déjà passé dans la police de Siglufjördur, il avait du mal à y croire. Presque deux ans s'étaient écoulés depuis son installation dans le Nord, alors qu'il était tout juste diplômé de l'école de police, un choix de carrière pour lequel il avait abandonné ses études de théologie.

Après un premier hiver infernal – les chutes de neige incessantes l'accablaient –, les ténèbres glaciales avaient cédé la place à la chaleur des jours ensoleillés ; son moral retrouvé, il avait posé un regard plus serein sur sa nouvelle vie. Depuis, il avait traversé un deuxième hiver. L'isolement et l'obscurité l'oppressaient toujours, mais il commençait à s'y habituer – à apprécier, même, le spectacle du manteau neigeux sur les bâtisses colorées enserrant la côte et la majesté glacée des montagnes surplombant la ville. Néanmoins, il fut soulagé quand le soleil réapparut enfin après son séjour hivernal derrière les sommets. Au cours du mois de juin, il savoura quelques journées chaudes – avec un peu de retard sur les régions du Sud, c'était inévitable. Parfois, même le soleil semblait oublier la ville la plus septentrionale d'Islande.

Tómas, l'inspecteur de police de Siglufjördur, l'avait appelé ce matin, lui demandant de venir au commissariat plus tôt que prévu. Il se mit en route dès 9 heures, alors qu'il n'était censé prendre son poste qu'à midi. Tómas n'avait pas été bavard, mais Ari Thór avait perçu de l'inquiétude dans sa voix. À vrai dire, Tómas n'était pas spécialement joyeux ces derniers temps. Sa femme était partie à Reykjavik pour reprendre ses études, et il accusait le coup. Personne, hormis peut-être lui, ne s'attendait sérieusement à la voir réapparaître à Siglufjördur. Reste qu'ils formaient toujours un couple, du moins sur le papier. Ari Thór ne pouvait pas en dire autant de sa relation avec Kristín, son ancienne petite amie.

Leur histoire s'était inexorablement consumée, bien qu'Ari Thór nourrisse encore l'espoir de la voir renaître. Ils s'étaient rencontrés quatre ans auparavant, alors encore étudiants – lui en théologie, elle en médecine –, et s'étaient plu immédiatement. Kristín avait réussi à le faire sortir de sa coquille, lui, le jeune homme que la vie n'avait pas épargné : ayant perdu ses parents très jeune, il avait été élevé par sa grand-mère et avait appris tôt à se débrouiller seul, à tenir à distance quiconque tentait de l'approcher.

Kristín lui apportait une chaleur et une sécurité longtemps désirées, mais leur relation commença à se compliquer quand Ari Thór accepta le poste qu'on lui proposait à Siglufjördur. Profondément exaspérée par sa décision de partir, Kristín resta à Reykjavik, ne prenant même pas la peine de le rejoindre pour Noël. Cette attitude le blessa tout autant ; un fossé se creusait entre eux, de plus en plus profond. Et Ari Thór ne tarda pas à faire un faux pas. De la même façon qu'il était tombé sous le charme de Kristín, il trouva en Ugla, une jeune professeur de piano venue du Vestfirdir, un refuge rassurant dans l'hiver solitaire de Siglufjördur. De baiser en baiser, ils finirent dans la chambre d'Ugla. La neige, la nuit, l'hiver engendrèrent un mirage ; la solitude eut raison de sa conscience, Ari Thór se persuada qu'il était amoureux. Pourtant, quand le printemps se profila sur les montagnes de Siglufjördur, il comprit, sans le moindre doute, que Kristín était la femme de sa vie.

Bien trop tard. Pendant l'hiver, il l'avait appelée – sans réfléchir – pour lui annoncer qu'il voyait quelqu'un à Siglufjördur et qu'il voulait mettre un terme à leur histoire. Un grand fracas avait très vite interrompu leur conversation ; elle avait dû jeter son téléphone contre le mur le plus proche. Quelque temps plus tard, il avait appris qu'à cette époque Kristín avait refusé un poste provisoire pour l'été suivant dans un hôpital de Reykjavik où elle aurait pu achever son cursus. Tout ça pour déménager dans le Nord, à Akureyri, et se rapprocher de lui.

Comment avait-il pu être aussi stupide ?

Bien sûr, quand il avait avoué à Ugla qu'il avait une petite amie à Reykjavik, cette relation-là aussi s'était terminée. Si elle avait tenu un téléphone, il aurait connu le même sort que celui de Kristín, avec Ari Thór dans le rôle du mur. Les cours de piano cessèrent du jour au lendemain.

Kristín lui manquait. Après leur rupture, il avait essayé plusieurs fois de lui téléphoner, en vain. Ses e-mails restaient sans réponse. Plusieurs mois s'étaient écoulés depuis sa dernière tentative de contact. Il savait, par des amis communs, qu'elle s'était installée à Akureyri pour sa dernière année de médecine et qu'elle travaillait à l'hôpital de la ville. Il souffrait de la savoir si proche et en même temps si loin. Depuis, il s'absorbait dans son travail, se donnant à fond. Que pouvait-il faire d'autre ?

Ari Thór décida de s'acheter un en-cas sur le chemin du commissariat. Un bateau de croisière avait accosté ce matin-là et la ville bruissait d'activité : des touristes prenaient des photos, évitant des groupes de jeunes saisonniers employés par la municipalité qui s'activaient avec des râteaux. Les parfums de cannelle et de chocolat s'échappant de la boulangerie tentèrent Ari Thór, mais ce n'était pas raisonnable. Il s'arrêta un moment, grisé par cette odeur. Les petits pains à la cannelle de Siglufjördur, les *hnútar*, étaient incomparablement meilleurs que leurs lointains cousins de Reykjavik. Il jeta un coup d'œil à la vitrine : dans la boutique, une foule de touristes avait eu la même idée que lui. Découragé, il préféra se rendre dans une petite poissonnerie, sur la place de la Mairie. Pour une fois, il mangerait équilibré.

– Du poisson-chat séché, comme toujours ? lui demanda le vendeur.

– Très bien.

– Tenez, Révérend.

Ari Thór grommela, paya son sachet et prit congé d'une voix cassante. Le surnom de « Révérend », apparu quand les habitants avaient appris qu'il avait abandonné des études de théologie, revenait de temps en temps. Il ne s'y faisait toujours pas.

Tómas repéra l'odeur dès qu'Ari Thór ouvrit son sachet à côté de la machine à café du poste.

– Oh non, Ari Thór ! Pas encore ce truc ! Tu le prends au petit déj, maintenant ? Tu n'en as pas marre ?

– Même un citadin comme moi peut apprécier la nourriture locale, répondit le jeune homme en attaquant son poisson.

– Oui, bon, on a du boulot ce matin. Hlynur est en route, il prend la garde pour la journée.

Tómas avait changé. Depuis le départ de sa femme, il avait pris dix ans. Sa joie de vivre s'était enfuie, et sur son crâne déjà dégarni les cheveux paraissaient encore plus clairsemés.

Tómas souffrait de sa solitude, c'était évident. Son plus jeune fils avait quitté le domicile parental pour poursuivre ses études à l'université d'Akureyri. Il y louait un appartement avec deux de ses camarades et avait trouvé un petit boulot pour l'été, auprès des autorités locales. Il rendait parfois visite à son père le week-end, mais rien de plus. Le reste du temps, Tómas vivait seul dans sa maison de Siglufjördur.

– On a trouvé un cadavre, annonça Tómas.

– Un cadavre ?

– Oui. À Skagafjördur, sur Reykjaströnd, à côté d'une résidence secondaire en construction. Pas loin de la source de Grettir.

– En quoi ça concerne Siglufjördur ?

Ari Thór regretta aussitôt son ton abrupt, dû à la fatigue. Il s'était couché très tard, pensant pouvoir faire la grasse matinée. Il se frotta les yeux.

Tómas ignora sa question.

– C'est un touriste américain qui l'a découvert. Il est passé devant en cherchant la source. Ça a l'air moche. J'ai reçu quelques photos…

– Un meurtre ?

– Aucun doute là-dessus, Ari Thór. Et violent. L'homme est quasiment défiguré. Frappé en plein visage avec un morceau de bois. Apparemment, il y avait un clou dedans, qui lui a transpercé l'œil. On nous associe à l'enquête car la victime est officiellement domiciliée ici.

À sa façon de le dire, Ari Thór comprit que le mort n'était pas originaire de Siglufjördur.

– Un étranger ?

– Exact. Elías Freysson. Je ne me souviens pas de l'avoir rencontré. Il travaillait comme sous-traitant sur le chantier du nouveau tunnel. J'ai dit qu'on allait récolter le maximum d'infos sur lui ici, et je veux que tu t'en occupes. Naturellement, je suis l'affaire avec toi, mais il est temps que tu prennes davantage de responsabilités.

Ari Thór hocha la tête. L'idée lui plaisait. Toute lassitude évanouie, il se concentra, les sens en éveil. Ce n'était pas la première fois que Tómas prenait une décision allant dans ce sens ; il envisageait probablement de rejoindre sa femme dans le Sud et il voulait laisser le commissariat de Siglufjördur entre de bonnes mains.

– Tu as dit que Hlynur prendrait la garde aujourd'hui, il ne participe pas à l'enquête ?

– Non, en effet.

Ari Thór respira profondément, tentant de masquer son soulagement. Il était incapable de travailler avec Hlynur. Ils ne s'entendaient pas bien et de plus, pour une raison inconnue, Hlynur s'était révélé d'une inefficacité presque totale ces derniers mois. Il arrivait toujours fatigué au poste, somnolait souvent dans la journée et avait l'esprit ailleurs.

– Très bien. Je m'y mets tout de suite, répondit Ari Thór. Qui est le patron d'Elías sur le chantier ?

– Je connais le contremaître, Hákon Halldórsson. C'est un gars de Siglufjördur.

À son ton, Ari Thór comprit que ce détail était capital.

4

Quand Hlynur Ísaksson arriva au poste de police de Siglufjördur, il vit Ari Thór et Tómas en grande discussion. Son intuition lui souffla qu'ils n'avaient pas l'intention de l'inviter à les rejoindre. Dans une certaine mesure, il avait raison.

– Ari Thór et moi avons des interrogatoires à mener, nous partons pour la journée, lui lança Tómas d'un ton détaché. On a trouvé un cadavre du côté de Saudárkrókur et la victime est domiciliée à Siglufjördur.

Hlynur hocha la tête, s'efforçant de ne pas paraître affecté par cette mise au ban de l'enquête.

– Tu peux rester au commissariat aujourd'hui ? demanda Tómas pour la forme. En fin de journée, tu me remplaceras à l'école. C'est la fin du trimestre. Je devais remettre des prix, mais j'aurai sans doute du mal à être à l'heure.

Hlynur sentit son cœur s'emballer, son front se couvrir d'une sueur froide. Il était incapable de faire une chose pareille.

– Tu ne pourrais pas envoyer Ari Thór plutôt ? marmonna-t-il.

– Quoi ? Comment ça ? J'ai besoin d'Ari Thór aujourd'hui, je viens de te le dire, répliqua Tómas d'un ton inhabituellement sec.

Hlynur s'apprêtait à répondre, mais les mots refusaient de sortir.

– Eh bien, pas question de me taper cette corvée. On ferait mieux d'annuler.

– On n'annule pas, merde ! Tu y vas et tu ne discutes pas !

Et Tómas tourna les talons.

Hlynur hocha la tête et regarda ses mains, une boule au creux de l'estomac. Il ne voulait qu'une chose : rentrer chez lui, se glisser sous sa couette. Cela faisait six ans qu'il travaillait avec Tómas au commissariat de Siglufjördur et il avait bien plus l'expérience du métier de policier qu'Ari Thór. Pourtant, depuis quelques mois, il sentait la balance pencher en faveur de la nouvelle recrue ; pour une raison ou une autre, Tómas semblait lui faire davantage confiance. Et Hlynur reconnaissait les efforts et les compétences de son jeune collègue – même si les affaires qu'il avait eu à régler étaient pour ainsi dire toujours les mêmes.

Seulement voilà : depuis qu'il recevait ces foutus e-mails, Hlynur n'était plus que l'ombre de lui-même.

– Tu te relâches en ce moment, lui avait lancé Tómas juste après le nouvel an.

Les deux hommes prenaient une pause devant la machine à café. Il arrivait parfois que Tómas sorte sans préambule des remarques déroutantes, mais celle-ci avait pris Hlynur complètement de court – il en était resté bouche bée. Quelques instants auparavant, ils parlaient de tout et de rien. Un vent glacé venu des montagnes soufflait dans le ciel chargé de nuages bas. C'était une morne journée à Siglufjördur, aussi lugubre que le coin du commissariat où ils s'accordaient leurs pauses. Dans l'évier, quelques mugs attendaient qu'une âme bienveillante daigne les nettoyer. Sur le plan de travail, près de deux paquets de biscuits au chocolat restés ouverts près d'un thermos, gisait un vieux calendrier offert par une banque du Sud, datant de l'âge d'or de la région. Personne n'avait le cœur de jeter ce souvenir d'une époque où l'économie islandaise était florissante.

Hlynur avait jeté à Tómas un regard interrogateur.

– Je me relâche ? Qu'est-ce que tu racontes ?

Mais il ne savait que trop à quoi Tómas faisait allusion, et quelles étaient les raisons de son manque de concentration.

– Ton boulot ne t'intéresse plus ? Parfois, tu as l'air à des milliers de kilomètres, comme si tu étais préoccupé… Et tu n'es plus aussi consciencieux qu'autrefois.

Tómas était un observateur redoutable ; son constat était dévastateur.

– Je vais me ressaisir, avait murmuré Hlynur.

– Il y a quelque chose qui ne va pas ?

– Non, avait-il répondu sèchement, espérant être suffisamment convaincant.

À son grand soulagement, Tómas en était resté là.

Le premier e-mail était arrivé un an auparavant. Hlynur était assis sur son lit, son ordinateur sur les genoux, quand le message avait surgi dans sa boîte de réception, comme un éclair déchirant un ciel dégagé. Dans un tremblement incontrôlable, Hlynur avait compris que son passé était sur le point de le rattraper et qu'il ne pouvait rien faire pour empêcher cela.

Il habitait dans un appartement refait à neuf. Un espace dénudé, des murs vides, pas de mobilier superflu. Cela lui convenait. Il n'aimait pas les vieilles demeures surchargées aux parquets grinçants et était très content d'avoir trouvé cet endroit. Il avait plus d'espace que nécessaire et une des chambres lui servait de débarras pour stocker ce qu'il avait apporté du Sud quand il avait accepté ce poste à Siglufjördur ; des cartons de livres jamais ouverts, de DVD jamais regardés, de vêtements jamais portés.

Benjamin d'une fratrie de trois garçons, il avait grandi à Kópavogur, une ville de la région de Reykjavik. Sa mère travaillait dans l'administration et complétait son revenu dès qu'elle le pouvait par quelques heures de ménage ou des petits boulots dans la soirée. Hlynur ne la voyait pas souvent, et quand cela arrivait, elle était en général épuisée, assise à table pour dîner avec ses trois enfants. Hlynur se rappelait très précisément le haddock rituel du lundi et les repas toujours faits maison – dans la famille, on n'avait pas d'argent à gaspiller dans de la *junk food*. Ils pouvaient rarement s'offrir ne serait-ce que le plus petit luxe.

Le père de Hlynur avait toujours été porté sur la bouteille. Il avait pris l'habitude de s'absenter pendant de courtes périodes, puis de plus en plus longtemps, jusqu'à disparaître pour de bon à la naissance du troisième garçon – Hlynur. Il s'était mis en ménage avec une femme du Vestfirdir, vivant de petits boulots en mer ou sur le rivage, décrochés quand il était sobre. Il leur rendait très rarement visite à Reykjavik, et les trois frères avaient grandi pratiquement sans père. Quelques années après son départ, il avait sombré dans un coma éthylique dont il n'était pas sorti, usé par une vie brève et impitoyable. La mère de Hlynur avait attendu presque un an pour révéler à ses fils la mort de leur père. Aucun d'eux n'avait donc assisté à son enterrement.

Le souvenir de cette annonce restait brumeux dans l'esprit de Hlynur. Ses frères avaient eu du mal à l'encaisser ; ils comprenaient mieux la gravité de la situation et avaient davantage connu leur père. Hlynur était le seul à ne pas se rappeler cet homme et, peu à peu, ses frères avaient fini par le tenir pour responsable de sa mort.

– Papa est parti quand tu es né !

Il avait entendu cette phrase bien trop souvent.

C'était peut-être pour cela qu'il n'avait jamais noué de liens avec ses frères ; ils avaient formé une alliance contre lui, et leur mère était trop occupée pour voir ce qui se passait. Il n'osait jamais riposter et laissait sa colère exploser à l'école – contre d'autres enfants, des cibles faciles. Devenu un tyran de cour de récréation, il soulageait sa frustration en tourmentant plus faibles que lui.

Et depuis que les e-mails arrivaient, ce sombre passé revenait le hanter.

À son entrée en fac, la situation s'était améliorée : il avait changé de comportement et s'était libéré de sa colère. Il se sentait désolé pour ceux qu'il avait harcelés, conscient d'avoir infligé des souffrances à des gens innocents. Pour autant, il n'avait pas tout de suite cherché à expier ses fautes. C'est plus tard que la culpabilité était venue ronger sa conscience.

Une fois terminé son cursus universitaire, il avait quitté la maison familiale et était entré à l'école de police. Après plusieurs affectations à travers le pays, notamment à Reykjavik, il accepta un poste permanent à Siglufjördur. Il n'avait presque plus de contacts avec sa famille. Sa mère avait toujours un travail administratif à Kópavogur, mais à mi-temps désormais, à cause des restrictions budgétaires dans le service public. Il ne voyait ses frères que dans les rares occasions où leur mère les invitait tous à dîner lorsqu'il descendait à Reykjavik – deux fois par an, au maximum. Cette situation lui convenait parfaitement. Il avait peu d'affinités avec eux.

Il s'était fait quelques bons amis à Siglufjördur mais il préférait passer ses soirées devant la télé et consacrer ses petites économies à ses voyages. La dernière fois qu'il était parti, c'était pour assister à un concert en Angleterre avec ses amis de Siglufjördur ; la fois d'avant, c'était un match de football. Au fil des ans, il avait vécu quelques histoires mouvementées avec des femmes, la plupart du temps plus jeunes que lui et vivant à Reykjavik. Aujourd'hui, une jeune enseignante de Saudárkrókur occupait une place à part dans sa vie. Il n'était pas encore prêt à la considérer comme sa petite amie officielle, mais cela pouvait évoluer avec le temps. Elle travaillait dans une école primaire, loin de sa famille restée dans le Sud. Ils se voyaient de temps en temps, passaient la nuit ensemble, en général chez elle – elle venait rarement à Siglufjördur. Dès qu'il avait un soir de libre, il prenait sa voiture et roulait jusqu'à Saudárkrókur, toujours trop vite, sur la route sinueuse gardée par de magnifiques montagnes, dans l'obscurité glacée de l'hiver. Les mois d'été, il faisait le trajet dans la lumière magique du soir et admirait les îles du fjord. Le rocher solitaire de la Vieille Femme, à côté de l'île de Drangey, était visible longtemps après que les flots avaient englouti celui du Vieil Homme. Il se demandait quel sort était préférable : celui du Vieil Homme submergé par la mer, ou celui de la Vieille Femme esseulée.

Ces derniers temps cependant, son avenir sentimental n'était pas sa principale préoccupation. Les e-mails qui lui parvenaient sans cesse le minaient. Ils mêlaient son passé trouble à son présent. Ravagé par la culpabilité, il dormait mal, voire pas du tout certaines nuits.

Il supprima le premier e-mail sans y répondre, s'efforçant en vain de l'ignorer. L'adresse de l'expéditeur, un compte gratuit basé à l'étranger, ne laissait aucun indice pour deviner son identité, très certainement pour le tourmenter davantage.

Il aurait dû faire un effort pour tracer l'e-mail ou pour en signaler le contenu, mais il n'avait pas envie de mener l'enquête. Il ne savait que trop pour quelles raisons on lui envoyait ce message, et il n'avait aucune envie d'en parler à ses collègues. Il espérait que l'affaire en resterait là, sur ce simple e-mail destiné à troubler sa sérénité.

Il se trompait. Le premier message avait atterri dans sa boîte le 10 mai de l'année précédente, un dimanche à l'heure du déjeuner, alors qu'il profitait tranquillement de sa journée de repos. Le suivant arriva deux mois plus tard, envoyé par le même expéditeur. Pas de signature, mais une formulation identique.

Cette fois, il ne l'effaça pas. Poussé par une certaine perversité, il l'ouvrait dès qu'il se sentait d'humeur, aussi bien chez lui qu'en service. Le message lui rappelait les actes odieux dont il s'était rendu coupable.

Hlynur détestait cette version plus ancienne de lui-même et les péchés qu'il avait commis. Il avait fait de son mieux pour réparer ses fautes, y compris fournir des informations confidentielles sur une enquête en cours à l'une de ses anciennes victimes. Pourtant, tôt ou tard, il le savait, viendrait l'heure du jugement dernier. Cette pensée ne le quittait pas.

Il continuait de recevoir des e-mails. Tenaillé par une profonde haine de soi, il les gardait tous. Il les relisait, encore et encore, obsédé par leur contenu, tout en étant conscient de leur impact sur sa santé et sur son moral chancelant. Il n'avait toujours pas répondu. Il n'avait rien à dire. Aucun argument pour se défendre. Il se sentait comme un criminel qui aurait refusé un avocat pour son procès et choisi de garder le silence, attendant simplement le moment du verdict.

Hlynur savait très bien pourquoi il recevait ces messages. Il se souvenait précisément du garçon. Ils étaient dans la même classe depuis l'âge de six ans : un enfant rondouillard prénommé Gauti, qui portait des lunettes aux verres épais. Timide, il parlait peu ; cela avait suffi pour faire de lui le défouloir de Hlynur. Il s'en était pris à Gauti dès la rentrée scolaire puis avait fait en sorte que le garçon ne passe pas une seule journée tranquille à l'école. Gauti était de loin sa cible préférée. Il ne ripostait jamais et, à mesure que les attaques redoublaient, il se recroquevillait davantage dans sa coquille. Les premières années, Hlynur ne l'agressait qu'en paroles : des plaisanteries à ses dépens pendant les cours et en dehors, des moqueries en apparence innocentes auxquelles les enseignants ne prenaient pas garde. Hlynur lui infligeait en virtuose cette torture psychologique incessante, se repaissant de la sensation de toute-puissance qu'elle lui procurait. Rien à voir avec sa vulnérabilité à la maison, avec ses frères. Il découvrit qu'il savait s'y prendre pour écraser les gens, de la même façon que plus tard, en tant qu'officier de police, il révélerait un talent particulier pour arracher des aveux aux suspects.

Tout au long de sa scolarité, Hlynur continua d'exercer sa tyrannie sur Gauti et d'autres malheureux camarades. Elle se fit plus grossière, plus flagrante, avec parfois des flambées de violence. Bien que le plus jeune à la maison, Hlynur n'en était pas moins robuste pour son âge et il savait en tirer profit. Gauti faisait les frais de cette fureur, en particulier pendant les leçons de natation. Hlynur s'amusait à plonger la tête de sa victime sous l'eau pendant que le moniteur regardait ailleurs. L'année avançant, il la maintenait de plus en plus longtemps ; sous l'effet de la terreur, les yeux de Gauti semblaient prêts à jaillir de leurs orbites. Quand il le laissait remonter pour reprendre son souffle, il chuchotait à son oreille : « La prochaine fois, je t'apprendrai à mourir. »

Il ne comprenait pas pourquoi Gauti ne renonçait pas, pourquoi il venait toujours à l'école. On aurait dit qu'il avait appris à ne jamais tricher, à ne jamais sécher les cours. Cela énervait Hlynur ; d'une certaine façon, le garçon lui résistait. Il arrivait à Gauti d'être absent, peut-être plus souvent que la normale ; mais il avait une santé fragile.

Hlynur avait beaucoup de mal à penser à cette époque. À mesure qu'il prenait de l'âge, sa conscience, ce fardeau, lui pesait de plus en plus. Il regrettait amèrement ses actes et faisait ce qu'il pouvait pour se racheter, mais parfois le souvenir de ses années d'écolier le submergeait, le transperçant comme des milliers d'aiguilles. À l'époque, c'était lui, le fort ; aujourd'hui, son passé le torturait. Il ne pouvait s'empêcher de se demander quels souvenirs avaient gardés les autres, ceux qu'il avait harcelés, insultés, frappés jour après jour.

Quant à ces terribles e-mails, c'était limpide. Hlynur savait exactement pour quelle faute on le sommait de rendre des comptes : le harcèlement de Gauti. Sans l'ombre d'un doute. Chaque e-mail comportait exactement le même texte – une seule phrase :

La prochaine fois, je t'apprendrai à mourir.

5

Kristín se préparait à jouer le dix-huitième trou du golf d'Akureyri. À son arrivée, de bonne heure, elle était seule sur le parcours ; d'autres golfeurs étaient apparus depuis. Elle trouvait ce sport relaxant, il lui permettait de mettre entre parenthèses le stress du travail et de profiter du grand air – elle en avait bien besoin. Il l'aidait aussi à oublier Ari Thór et la débâcle de leur couple.

Le parcours de golf était devenu un ami dans le désert, une oasis où elle pouvait recharger ses batteries avant d'affronter les rigueurs de la journée. Elle éprouvait un plaisir inattendu à pratiquer ce sport. Quelques cours pris l'été précédent lui avaient suffi pour retrouver les gestes acquis avec ses parents plusieurs années auparavant. Dès que la météo le permettait, elle sortait les clubs. Elle était devenue une habituée du parcours d'Akureyri, généralement dès l'ouverture, avant le début de sa garde à l'hôpital.

Elle n'avait pour ainsi dire jamais levé le nez de ses livres pendant ses études médicales, mais ces derniers temps, elle éprouvait le besoin de bouger, d'entretenir sa forme. La pression du travail la prenait de court ; en comparaison, étudier paraissait un jeu d'enfant. Son intérêt pour le golf était sans aucun doute la conséquence du stress de son métier, mais elle pensait aussi avoir choisi ce sport parce que Ari Thór le détestait. Il ne s'était jamais gêné pour donner son avis sur leurs amis qui le pratiquaient. Pour lui, la mire de la télévision était plus excitante qu'un tournoi de golf.

Le golf permettait à Kristín de faire d'une pierre deux coups : avoir une activité saine et relaxante et passer du temps dans un endroit où elle n'avait aucune chance de tomber nez à nez avec Ari Thór.

Ils ne se parlaient plus depuis un an et demi, depuis le jour où il lui avait avoué à demi-mot son aventure avec une fille de Siglufjördur. Elle ne lui avait pas demandé de détails, mais c'était la dernière fois qu'elle s'était servie de son smartphone : elle l'avait jeté par terre, le faisant voler en éclats. Elle avait été la première surprise par la profondeur de sa colère ; elle passait pour avoir un caractère égal.

Leur couple était déjà sous pression depuis qu'Ari Thór avait pris la décision de partir vivre dans le Nord sans prendre la peine de la consulter, mais l'aveu d'infidélité était une véritable gifle. Il avait trahi sa confiance. Car même si Kristín ne l'avait jamais dit à voix haute, elle avait toujours imaginé qu'ils passeraient leur vie ensemble, dans une belle maison de la banlieue de Reykjavik, avec deux enfants et peut-être un chien – un doux rêve.

Kristín essayait de se convaincre qu'elle s'était remise de ce choc, qu'elle avait tourné la page d'Ari Thór et de leur couple, mais ce n'était pas vrai, et elle le savait bien. Cela prendrait du temps. Ari Thór avait essayé de la recontacter. Elle avait laissé sa dizaine de coups de fil et d'e-mails sans réponse. Il ne méritait aucune réponse.

Profondément blessée par la trahison d'Ari Thór, elle avait réalisé combien elle l'aimait. Leur séparation la faisait encore souffrir et elle était presque soulagée de ne pas lui avoir demandé de détails sur sa relation avec la fille de Siglufjördur – elle se consolait en se disant qu'il valait mieux ne rien savoir. Mais quand ses pensées dérivaient, elle laissait libre cours à son imagination et broyait du noir, animée d'une haine virulente à l'égard d'une femme qu'elle n'avait jamais vue et dont elle ignorait jusqu'au nom.

À part ça, sa vie était routinière : travail, travail et encore travail.

Elle termina son parcours en assurant le par. Elle avait connu des jours plus fastes.

Kristín s'était faite à la vie à Akureyri. Après sa dernière conversation avec Ari Thór, tandis qu'elle essayait de reprendre ses esprits, elle avait contacté l'Hôpital national de Reykjavik, espérant retrouver son poste estival. Mais il avait été attribué à une amie. Il ne lui restait plus qu'à tenter Akureyri et devenir cette fille de la capitale coincée dans une petite ville côtière. Elle trouva un appartement qu'elle aménagea simplement ; elle punaisa des posters pittoresques aux murs et, en attendant les étagères qu'elle achèterait un jour, entassa par terre les piles de manuels médicaux accumulés pendant ses années d'études.

Elle ne connaissait personne à Akureyri à part Natan, un ami du temps de son couple avec Ari Thór, qui étudiait à l'université. Ils se voyaient de temps en temps, bavardaient devant un café. Elle le soupçonnait de servir d'informateur à Ari Thór et elle ne se privait pas de lui parler. Après tout, autant que son ex sache que tout allait bien pour elle, qu'elle l'avait déjà oublié. Ce n'était pas totalement vrai, mais elle y travaillait. Et puis, peut-être cet homme croisé sur le parcours de golf pourrait-il l'aider à accélérer le mouvement ?

Elle l'avait rencontré trois semaines auparavant, devant le trou n° 1. Elle était venue tôt, espérant avoir le parcours pour elle, mais il était déjà là. Avec un sourire chaleureux, il lui avait demandé si elle accepterait de faire une partie avec lui.

– C'est tellement ennuyeux de jouer tout seul, avait-il ajouté gaiement.

Elle avait hoché la tête, mais en réalité, elle ne partageait pas ce sentiment. Rien de tel qu'une partie en solo, sans interruption. Rien qu'elle dans l'air vivifiant du matin. Toutefois, Kristín avait accepté, intriguée par cet homme charmant.

Il travaillait en indépendant dans le domaine de l'informatique. Il était nettement plus âgé qu'elle, mais cette différence ne la gênait pas s'ils s'entendaient bien. Peut-être Ari Thór était-il trop jeune pour elle ? Elle préférait les hommes un peu plus vieux, avec d'élégants reflets gris dans les cheveux.

Il lui proposa de se revoir pour un nouveau parcours de neuf trous.

Après cela vint un premier rendez-vous en bonne et due forme, un jeudi soir dans un café. Elle arriva à l'heure mais il était déjà là, installé à une table tranquille, et avait commandé deux chocolats chauds accompagnés de parts de tarte aux pommes nappées de crème fraîche. Et si c'était l'homme parfait ?

Kristín lui expliqua qu'elle cherchait à retrouver son équilibre après une longue relation. Il lui répondit qu'il était à peu près dans la même situation, avant de préciser un peu plus tard que son épouse était décédée.

La semaine suivante, ils se retrouvèrent pour déjeuner dans un restaurant de poisson en ville, mais ce rendez-vous se passa moins bien. Dans le vacarme des cliquetis de couverts et de verres, ni elle ni lui ne réussirent à parler tranquillement. Il voulait l'inviter à dîner mais ses tours de garde à l'hôpital occupaient ses prochaines soirées. La semaine suivante ne s'annonçait guère plus arrangeante.

Kristín grimpa dans son vieux tout-terrain japonais rouillé – le luxueux 4 × 4 attendrait que ses années d'études soient loin derrière elle. Le temps estival était magnifique, avec cette chaleur caractéristique de l'intérieur des terres qui faisait tant de bien à Akureyri, postée à la pointe d'un fjord venteux. Ici, en été, les températures étaient les plus élevées d'Islande. Les jours passaient, immobiles, sous un ciel bleu cobalt. Les hivers étaient plus doux qu'ailleurs sur la côte nord, en raison de cette situation enclavée entre de hautes montagnes.

Mais Kristín resterait confinée à l'hôpital, loin des promesses de cette belle journée. Chaque jour ressemblait au précédent. La médecine ne l'enthousiasmait pas et elle commençait à craindre d'avoir passé trop de temps à étudier une discipline qui, en fin de compte, ne lui convenait pas. Elle secoua la tête, chassant ces pensées inutiles. Il faut un temps pour tout, songea-t-elle, et les premières années seront forcément les plus pénibles. Un docteur lui avait un jour dit que la médecine n'était pas un métier mais une vocation, et que chaque journée apportait son lot d'infimes miracles. Jusqu'à présent, elle n'avait rien connu de tel ni ressenti la moindre excitation à l'idée d'aller travailler. Peut-être Ari Thór avait-il eu raison d'abandonner ses études de théologie en constatant qu'elles ne lui correspondaient pas ? Elle sourit, surprise de voir ses pensées la ramener une fois de plus à lui. Mais la vérité, c'est qu'ils ne géraient pas leur vie de la même façon. De son côté, elle revenait rarement sur ses décisions. Et elle avait choisi sa voie. Ces longues gardes la fatiguaient, voilà tout.

Restait que déloger ce garçon de son esprit se révélait une tâche ardue.

6

Un an plus tôt

J'étais épuisée après cette longue journée. J'avais tout donné pour travailler comme psychologue et voilà que je me retrouvais à la rédaction, dans le grand bain. C'était plus facile quand j'étais un peu plus jeune. Bientôt la trentaine ; je m'apprêtais à laisser derrière moi « la décennie de tous les possibles » avec la nette impression qu'il était temps de grandir un peu.

Assise devant mon ordinateur, je laissai passer les minutes en essayant de remettre de l'ordre dans mes pensées. Puis je m'étendis sur le vieux canapé bleu et fermai les yeux. C'était un beau meuble, acheté au marché aux puces, pas spécialement confortable. Peu importe, je m'allongeai quand même. Ma journée de travail avait été si fatigante que je n'avais pas la force de me traîner jusqu'à ma chambre.

Il faudrait que je m'habitue à cette nouvelle vie. Je n'étais plus moi-même ces derniers temps : pression sanguine trop élevée, gorge douloureuse et un stress qui menaçait de m'engloutir. Une journée tranquille à la rédaction, ça n'existait pas. Peu importait ce qui se passait dans le monde ou dans la vie privée des gens en coulisses, les bulletins d'information étaient diffusés aux *mêmes heures chaque soir, sans droit à l'erreur – ou aux excuses. Tout devait être prêt à temps. Compte tenu de la pression et du rythme intense, c'était un travail incroyablement mal payé. À l'hôpital, il y avait des temps morts – certains matins, voire certains jours, personne ne me courait après pour me demander je ne sais quoi et je pouvais me détendre, recharger les batteries. À la rédaction, l'idée de s'offrir une pause était tout bonnement ridicule. La vie, c'était l'instantané, le bourdonnement des infos qui tombent, l'obligation de couvrir les événements au moment où ils se produisent. Une, deux, trois missions, quelques coups de téléphone, déplacement sur zone avec le caméraman, interview, montage, commentaire écrit et enregistré – à toute vitesse, au rythme des dernières nouvelles. C'était ça, la journée type. Mais malgré le stress, j'adorais.*

J'avais prévu de partir une semaine en vacances et d'en profiter pour écrire un article sur ma grand-mère, celle que je n'avais jamais connue. Il serait publié dans un magazine après l'été. Le destin d'une femme au foyer dans les années d'après-guerre. Une tragédie, à vrai dire. Et j'avais de bonnes raisons de vouloir écrire cette histoire.

Mes pensées remontèrent le temps.

J'étais une petite fille de huit ou neuf ans, assise sur une chaise derrière la maison de mon grand-père à Landeyjar, un village côtier à deux heures de route à l'est de Reykjavik. Le soleil doré de l'été chauffait le jardin, un lieu enchanteur, une cour de récréation jonchée d'un bric-à-brac dont personne ne se débarrassait jamais – même une vieille voiture rouillée sans moteur. La cabane en bois de grand-père, ornée de petites fenêtres, abritait un salon de jardin pliable, des jouets, une antique selle, des raquettes et des balles qui avaient connu des jours meilleurs. Il faisait chaud, une douce brise soufflait. La clôture entourant le jardin avait un besoin urgent d'être réparée. Depuis la mort de sa femme Ísbjörg, ma grand-mère, Papi Lárus n'avait plus le cœur à s'occuper des roses.

Je passais trois semaines chez lui avec mes parents. Ce jour-là, ils étaient partis se promener en voiture. J'étais seule dans le jardin quand grand-père était apparu, portant une grande boîte.

– Il y a plein de choses, là-dedans… Elles appartenaient à ta grand-mère.

Il me considéra, perplexe.

– J'ai trouvé cette boîte en faisant du rangement. Ton père ou sa sœur ont dû mettre ça de côté après sa mort. C'est sûrement mieux de tout jeter. Il ne faut pas s'attacher aux affaires personnelles de quelqu'un…

J'ai été nommée d'après mes deux grand-mères : Ísbjörg du côté de mon père, et Heidrún du côté de ma mère, la branche des îles Féroé. Ísrún combine les deux prénoms et j'ai toujours été secrètement ravie de cette jolie originalité. Ísbjörg est morte assez jeune, avant ses cinquante ans. « Elle fumait beaucoup trop, me disait souvent mon grand-père. C'est le cancer qui l'a emportée. » Je n'ai jamais touché à la cigarette.

Je n'ai pas connu Ísbjörg, disparue plusieurs années avant ma naissance. Et je voyais rarement mes grands-parents féroïens. Mais Papi Lárus, de Landeyjar, a toujours fait partie de ma vie. Nous allions souvent lui rendre visite, et l'hiver, il venait vivre avec nous ou avec une des sœurs de mon père, à Reykjavik.

J'ai toujours ressenti un lien intime et inexplicable avec ma grand-mère Ísbjörg. Les gens me disaient souvent que je lui ressemblais, autant physiquement que dans mes façons de me tenir. Elle m'apparaissait comme *une image lointaine, une vision difficile à cerner. Cette femme avec laquelle j'avais tant de points communs, comme cela aurait été merveilleux de la connaître ! Je maudissais ce cancer qui me l'avait enlevée.*

En voyant Papi avec sa boîte, je sentis mon cœur s'emballer. Les affaires d'Ísbjörg !

Il ouvrit un sac-poubelle et se mit à fouiller dans la boîte. Il jeta quelques factures, puis il tomba sur un vieux cahier d'exercices.

— Ses recettes de cuisine ! Tu les veux ?

J'acquiesçai avec ferveur, honorée d'être la dépositaire de ce petit livre de souvenirs. Je le pressai contre moi comme un trésor rare et précieux. Aujourd'hui encore, longtemps après que j'ai quitté la maison familiale, ce livre de recettes occupe une place de choix dans ma cuisine. Et il m'a rendu de fiers services !

La boîte contenait aussi un journal intime superbement relié, à la couverture usée, fermé par un petit cadenas désuet. La clé avait disparu, mais ce ne serait pas un trop grand obstacle.

Papi Lárus le fit tourner entre ses mains.

— Dans sa jeunesse, ta grand-mère tenait un journal. Elle l'a repris quand elle est tombée malade, jusqu'à ce qu'elle n'ait plus la force de tenir un stylo.

— Je peux l'avoir ?

J'aurais aimé le lui prendre des mains et arracher le cadenas.

Ses yeux ne quittaient pas l'épais volume.

— Elle ne m'a jamais montré ce qu'elle y avait écrit.

— Je peux l'avoir ? insistai-je.

— L'avoir ? Non. Il va à la poubelle. Ta grand-mère l'a écrit pour elle, et pour elle seule.

Il laissa tomber le journal intime dans le sac. Je me jurai en silence de le récupérer dès que possible.

Quand il eut terminé d'examiner le contenu de la boîte, Papi annonça :

– Je jette tout ça dans l'incinérateur.

Je l'accompagnai, espérant qu'il change d'avis. Je devais à tout prix récupérer le journal. C'était le seul moyen d'avoir accès aux pensées de ma grand-mère Ísbjörg.

Papi prit le sac et le lança dans les flammes. Les secondes passèrent avec une lenteur exaspérante, comme au ralenti. C'était tellement radical. Tellement brutal. Ma chance de mettre la main sur le journal s'était envolée.

Les années qui suivirent, je ne cessai de me remémorer cette scène tout en essayant de deviner le contenu du journal à jamais disparu. Ce moment ne m'a jamais quittée, pas plus que mes interrogations. Quels détails de la vie de ma grand-mère se trouvaient entre ces pages ? Qu'y avait-elle écrit qui aurait pu nous rapprocher ?

7

La nouvelle de la découverte du cadavre se répandit rapidement à mesure que les sites internet la publiaient, mais aucun ne mentionnait que la victime avait une adresse légale à Siglufjördur, où la vie suivait son cours ordinaire.

La journée s'annonçait ensoleillée, comme si le temps avait décidé que le meurtre brutal d'un habitant de la ville n'était pas une raison suffisante pour lâcher quelques nuages gris dans le ciel d'un bleu parfait, qu'une légère brise ne parvenait pas à troubler. Au sud, les nuées volcaniques empoisonnaient lentement Reykjavik, l'air souillé porté par le vent d'est ternissant le ciel de la capitale. Mais les cendres n'avaient pas atteint Siglufjördur. Pourtant, un ami d'Ari Thór lui avait appris que les cendres des volcans du Sud étaient déjà tombées sur la ville : une fois, au XIXᵉ siècle, et en 1918, lors de la grande éruption du Katla. Endormi depuis un siècle, ce dernier ne risquait-il pas d'être tiré de son sommeil par l'Eyjafjöll ? Certains habitants le redoutaient.

Ari Thór avait rendez-vous avec Hákon Halldórsson dans un café, près de la petite marina. L'homme travaillait comme contremaître sur le chantier du tunnel qui devait relier Siglufjördur et Hédinsfjördur. Grâce à cette nouvelle connexion routière, les habitants de

Siglufjördur pourraient rallier Akureyri, la grande ville de la région, en un peu plus d'une heure.

Le café donnait sur le fjord, dont les eaux d'un bleu profond vibraient doucement sous le souffle tiède du vent d'été qui faisait dodeliner les bateaux aux couleurs vives. Selon Tómas, qui avait une connaissance encyclopédique des habitants de la ville, Hákon était surtout connu en tant que chanteur d'un groupe baptisé les Crooners du Hareng. Ils avaient connu le succès bien après la disparition du hareng, se produisant dans tout le pays et sortant trois albums. Hákon n'était plus un jeune homme, mais il n'avait pas pour autant renoncé à sa carrière dans la pop. Quand le temps le permettait, il se promenait à bord d'un antique cabriolet MG. Ari Thór avait remarqué plus d'une fois cette voiture et son propriétaire, qui semblait se raccrocher à sa jeunesse.

Installé en terrasse, Hákon, un type petit et trapu, aux cheveux aussi gris que son épaisse barbe broussailleuse, se leva à l'arrivée du policier. Sa tenue – jean, pull à grosses mailles tendu sur son ventre proéminent et veste en cuir – révélait que ce début d'été ne lui inspirait pas confiance et qu'il se méfiait des coups de vent trop frais. Il gratifia Ari Thór d'une puissante poignée de main.

– Vous êtes le Révérend, n'est-ce pas ? demanda-t-il sur le ton de la plaisanterie.

Ari Thór soupira.

– Non. Je m'appelle Ari Thór.

Hákon se rassit, invitant d'un geste son interlocuteur à l'imiter.

– Ah, pardon. On m'a dit que vous aviez fait des études de théologie. Alors, qu'est-ce qui vous amène ?

Au téléphone, Ari Thór lui avait juste expliqué qu'il souhaitait lui parler d'un membre de son équipe.

– Un cadavre a été découvert à Skagafjördur, sur Reykjaströnd.

Hákon ne répondit pas, aussi robuste et austère que les montagnes à l'ombre desquelles il avait grandi. Il fallait plus qu'un mort pour l'ébranler.

– Vous n'en avez pas entendu parler ?

– Eh bien, si. Aux informations, ce matin. C'est un meurtre ? C'est l'impression que j'ai eue…

Il restait calme, mais sa voix tremblait légèrement quand il demanda :

– Un de mes gars ?

– En effet. À ce propos, notre discussion doit rester confidentielle. Nous ne souhaitons pas rendre le nom de la victime public tout de suite.

Hákon hocha la tête, même s'il se doutait, comme Ari Thór, que cette information ne tarderait pas à circuler, quelle que soit la personne à l'origine de la fuite.

– Il s'appelle Elías. Elías Freysson.

– Elías ? Ça alors…

Hákon était surpris ; du moins, il en avait l'air.

– Et dire que je le prenais pour un type bien.

– Même les types bien peuvent se faire tuer.

– Si vous le dites… marmonna-t-il.

– Il travaillait pour vous depuis longtemps ?

– Il ne travaillait pas pour moi au sens strict du terme. C'était un sous-traitant indépendant. Il participait au chantier depuis un an et demi. Ils sont… Ils étaient quatre en tout : Elías et trois garçons sous ses ordres. Enfin, quand je dis « garçons »… L'un d'eux est plus âgé qu'Elías et que les deux autres.

Ari Thór avait déjà récupéré toutes les informations possibles sur la victime avant le rendez-vous. Elías Freysson, trente-quatre ans, pas marié, sans enfants, domicilié officiellement à Siglufjördur.

– J'ai cru comprendre qu'il vivait ici, en ville, sur Hvanneyrarbraut. Est-ce exact ? demanda-t-il, d'un ton un peu plus formel.

– Oui, c'est bien ça. Il louait un appart chez Nóra, pas loin de la piscine. Mais je n'y suis jamais allé.

Hákon but une gorgée de café.

– Il y vivait la plupart du temps ? reprit Ari Thór.

– Oui, à ce que je sais. Il participait à des chantiers ici ou là. Le dernier en date, c'était une maison de vacances à… Skagafjördur. C'est là que son corps a été retrouvé ? Pauvre vieux.

Une note de sympathie perça dans sa voix, et pour la première fois, il sembla prendre conscience de la mort de son collègue.

– Je ne peux rien vous dire pour le moment, s'excusa Ari Thór. Pourriez-vous me donner les coordonnées des hommes qui travaillaient avec lui ?

Il arracha une page de son carnet et la passa à Hákon. Ce dernier y nota trois noms, consulta son smartphone et ajouta trois numéros de téléphone.

– Tenez. Ce sont de bons gars.

Comprendre : *pas des tueurs*.

Au moment de se lever, Ari Thór remarqua quelques passants qui, au prétexte d'admirer les petits bateaux et le navire de croisière immaculé amarrés aux pontons, regardaient la terrasse où il se trouvait avec Hákon. Aucun doute : ils se demandaient pourquoi le contremaître du tunnel discutait avec un policier. Les rumeurs n'allaient plus tarder à se répandre.

– Écoutez, l'ami, ajouta soudain Hákon. S'il y a un type à qui vous devez parler, c'est cet artiste, là… Les autres gars ne feraient pas de mal à une mouche.

Ari Thór se raidit sur sa chaise.

– *Écoutez, l'ami*, répondit-il froidement, ne me dites pas comment je dois faire mon métier.

Surpris, Hákon leva les yeux et reprit aussitôt :

– Hé ! Désolé…

– Je me fiche bien que vous ayez été une célébrité locale, d'accord ? Alors, c'est qui, cet artiste ?

– Il s'appelle Jói. Je ne connais pas son nom de famille, juste Jói. Il se présente comme un *performeur*, allez comprendre. Il est… vous savez…

– Non, je ne sais pas.

Ari Thór attendit patiemment que Hákon bafouille le bon mot.

– Un de ces écolos.

Le mépris était perceptible dans sa voix.

– Elías et lui, ils se connaissaient ?

– Ouais, ils collaboraient sur un concert humanitaire à Akureyri. Elías est très impliqué dans l'humanitaire. Il organise… il organisait un concert pour l'association dont Nóra s'occupe. Secours domestique, vous savez…

Cette fois, Ari Thór savait exactement de quoi il parlait. Secours domestique avait été lancé à la suite du krach financier pour aider les familles et les personnes directement touchées par la situation économique – des gens qui s'étaient retrouvés du jour au lendemain sans travail ou qui, simplement, luttaient pour joindre les deux bouts. L'association était une structure locale gérée par des particuliers, notamment quelques personnes de Siglufjördur, et ça démarrait bien. Ari Thór lui-même avait donné quelques milliers de couronnes au début, et les organisateurs cherchaient toujours de nouveaux soutiens.

– Quel genre de collaboration ? Jói devait faire une de ses performances pendant le concert ? Elías travaillait pour Secours domestique ?

Ari Thór regretta aussitôt d'avoir posé toutes ces questions en même temps – erreur classique de débutant.

Mais Hákon ne sembla pas gêné et répondit soigneusement :

– Voyons voir. Elli… je veux dire Elías a proposé d'organiser au printemps un concert dont les bénéfices seraient reversés à Secours domestique. Jói chante en s'accompagnant à la guitare. Il devait se produire pendant le spectacle, mais pour je ne sais quelle raison, ils se sont disputés. C'est tout ce que je sais. Bref, pour résumer, c'est Jói que vous devriez interroger, pas les collègues d'Elías.

Il adressa un grand sourire à Ari Thór.

– On verra, répondit celui-ci en se levant. Merci… l'ami. Et il s'en alla d'un pas leste.

8

Après la conférence de rédaction du matin, Ísrún se rendit à l'Office national météorologique pour se renseigner sur les cendres qui continuaient à flotter au-dessus de la ville. Elle rencontra une jeune femme qui commença par s'excuser, lui expliquant qu'elle venait de décrocher son diplôme et qu'elle n'était en poste que depuis peu, puis qui fit montre d'une parfaite maîtrise des données concernant la pollution atmosphérique à Reykjavik. Elle serait parfaite pour une interview, mais quand Ísrún lui fit part de son idée, la jeune femme changea de ton. Elle refusa catégoriquement et un long silence s'installa.

– Vous ne pouvez pas juste citer mes propos ? finit-elle par demander.

– Malheureusement, ça n'est jamais aussi efficace, répondit Ísrún.

C'était le moment d'enchaîner sur le baratin qu'elle connaissait par cœur :

– Pour les téléspectateurs, c'est vital de voir la personne qu'on interroge. Vous ne remarquerez même pas la caméra, mentit-elle.

Finalement, à l'aide de tout un arsenal d'arguments, elle réussit à convaincre la jeune femme. Pour le regretter aussitôt : les personnes trop nerveuses en interview

passent mal à la télé, et le sujet le plus court peut néces-
siter d'innombrables prises – les mêmes phrases répétées en boucle. En général, les hommes politiques sont
de meilleurs clients, ils n'ont aucun problème à s'expri-
mer devant une caméra. Alors que les gens normaux,
souvent capables de parler longuement et en détail d'un
sujet, se liquéfient de trac dès qu'un objectif est braqué
sur eux. Ísrún s'aperçut, dépitée, que la jeune météorologue relevait de cette catégorie.

– Ça va se voir que je suis nerveuse, non ?

– Ne vous inquiétez pas, la caméra atténue ce genre
d'impression.

Nouveau mensonge.

– Si ça rend vraiment trop mal, vous ne le diffuse-
rez pas, hein ? Vous n'aurez qu'à me citer.

– Bien sûr, murmura Ísrún.

Sa conscience commençait à la travailler, mais elle
avait vraiment besoin d'une experte et cette femme
connaissait son sujet sur le bout des doigts.

L'histoire des nuages de cendres n'était plus vraiment
intéressante – pas de quoi faire l'ouverture du journal.
Ils polluaient l'air de Reykjavik depuis des semaines ;
cette journée était pire que les autres, voilà tout. Après
quelques questions générales, Ísrún préféra se tourner
vers le danger à venir : l'éruption éventuelle du Katla.

– Est-ce un risque réel ? La dernière éruption date
de 1918, le moment pourrait être venu…

– Eh bien…

La jeune femme bredouilla, surprise par ce changement d'angle.

– Effectivement, le danger est là, ça pourrait bien
arriver.

– Quelles seraient les conséquences d'une telle éruption ? Le trafic aérien plongé dans le chaos ?

– Oui, sans aucun doute, je…

Soudain, elle parut comprendre dans quel piège elle était tombée. Elle venait de donner à Ísrún le gros titre parfait.

– Je veux dire, non, il n'y a aucun moyen de le savoir. Tout dépend du type de cendres, de la direction des vents. Il y a tellement de variables…

– Merci, ça ira. On ne va pas vous déranger plus longtemps. Je suis sûre qu'on va pouvoir se servir de ce que vous nous avez dit.

Elle serra la main moite de la jeune femme.

– S'il vous plaît, pas la dernière partie… sur le Katla.

– Peut-être pas, on verra.

Mais Ísrún était bien décidée à jouer la carte de la peur en prédisant aux téléspectateurs l'éruption du gigantesque volcan.

Certaines personnes n'ont vraiment pas envie d'avoir leur quart d'heure de célébrité, songea-t-elle en secouant la tête, agacée. Ou même leurs soixante secondes.

– La situation va empirer dans la journée, s'empressa d'ajouter la jeune femme, comme pour proposer un autre scoop à la place de celui du Katla. Les vents vont tourner et Reykjavik va subir une importante chute de cendres.

Bonne nouvelle. Le reportage d'Ísrún serait donc placé en début de journal, même si la découverte d'un cadavre dans le Nord ferait sûrement l'ouverture.

*

Quand elle fut de retour dans la salle de rédaction, le sujet était sur toutes les lèvres. Ívar lança à Kormákur :

– On a son nom ! Elías Freysson, domicilié à Sigluf-jördur. Un sous-traitant. Apparemment, il s'occupait d'un truc humanitaire dans le Nord. Ça pourrait être un bon angle : un philanthrope assassiné ! Tu vois le genre ?

– Un bon angle ?

Kormákur paraissait gêné.

– Ce type a été assassiné…

Ívar eut un sourire embarrassé puis, se tournant vers Ísrún :

– Et toi, tes chiens écrasés ?

Il avait parlé assez fort pour que tout le monde l'entende.

– Ça avance.

Elle se détourna. Quelques années auparavant, elle n'aurait laissé personne la traiter ainsi, lui donner des sujets mineurs et la ridiculiser devant ses collègues.

*

– Ívar.

Il leva les yeux. Ísrún se tenait devant lui. Qu'est-ce qu'elle faisait dans son bureau ? Peut-être venait-elle se plaindre à cause de l'histoire des chiens écrasés ?

– Tu ne devrais pas être en train de boucler ton sujet sur les cendres volcaniques ? lui demanda-t-il sèchement.

Il ne s'embarrassait jamais de courtoisie quand il s'agissait de travail – sauf avec ses supérieurs, naturellement.

Elle hésita.

– Allez… qu'est-ce que tu veux ?

– Je me demandais si tu pourrais me mettre sur l'affaire de meurtre avec Kormákur. C'est plutôt calme, de mon côté.

Elle rougit, visiblement contrariée.

– Calme ? Pas bon, ça.

– Comme je travaille les jours qui viennent, je n'aurai aucun mal à suivre le meurtre en même temps que mes sujets en cours.

La détermination inhabituelle de la jeune journaliste surprit Ívar.

– C'est difficile de mettre deux personnes sur la même affaire. Tu as fini de monter ton sujet sur le festival d'été ?

– Pas encore, mais presque. On peut demander à un stagiaire de s'en occuper ?

– On verra. C'est pour le bulletin de nuit.

Ívar s'impatientait.

– Et la pollution volcanique ?

– J'ai interviewé une météorologue de l'Office ce matin. On doit pouvoir en tirer quelque chose.

Elle était mal à l'aise, ne sachant pas comment tourner les choses. Elle ajouta enfin, d'une voix ferme :

– Je veux aller dans le Nord.

– Dans le Nord ? répéta Ívar, perplexe.

– Ouais. À Skagafjördur. Là où le corps a été trouvé. Peut-être aussi à Siglufjördur.

– Bordel, Ísrún ! On ne peut pas t'envoyer comme ça à travers le pays ! Nos budgets sont trop serrés. Point final.

– Mais…

– Point final.

– C'est juste que…

Elle baissa la voix et s'approcha.

– … je viens de recevoir un coup de fil et… je crois que ça mérite qu'on s'en occupe.

– Un coup de fil ? Explique-toi ! De qui ?

– Désolée, je ne peux pas te le dire.

– Et pourquoi ça, nom de Dieu ?

Il se retint au dernier moment de frapper du poing sur le bureau.

– D'un ami à moi, à Akureyri. Il m'a dit qu'il connaissait la victime, mais je ne sais pas si je peux tout te raconter…

– Vas-y, balance ! cria-t-il.

– Tu me mets sur l'affaire.

– D'accord. Comme tu veux.

Ívar prenait sur lui pour garder son calme. Et si elle aussi avait l'œil sur ce poste de directeur de la rédaction qu'il convoitait ?

– Il m'a dit qu'Elías faisait partie d'un réseau de trafic de drogue dans le Nord, chuchota-t-elle, comme si elle lui révélait un secret d'État.

– Trafic de drogue, vraiment ?

Sa surprise n'était pas feinte.

– Vois ce que tu peux trouver. Je ne peux te promettre aucun défraiement, essence ou hébergement, tant que tu ne reviens pas avec un scoop. Et pas question de t'envoyer un caméraman. Si tu as besoin de filmer, tu verras avec notre pigiste dans le Nord. Et si tu as juste des infos, envoie-les à Kormákur et il s'en servira pour ses reportages, conclut-il en appuyant sur le « ses ».

Si Ísrún était une rivale et que cette affaire débouchait sur quelque chose d'important, mieux valait en attribuer le mérite à Kormákur.

– Entendu.

Ísrún lui sourit. *Voilà qui n'arrive pas souvent*, songea Ívar.

– Je pars cet après-midi. Pour l'hébergement, ne t'en fais pas, je trouverai un endroit pas cher à Akureyri. Je connais bien : j'ai travaillé à l'hôpital, là-bas.

– Tu aurais mieux fait d'y rester, marmonna le rédacchef dans sa barbe.

*

Ísrún sortit du bureau sans répondre à son commentaire grossier. Il ne le méritait pas. La véritable raison de son départ d'Akureyri aurait certainement choqué Ívar. Peut-être même en serait-il resté bouche bée, pour une fois. Mais elle était satisfaite d'être parvenue à ses fins. Bientôt, elle serait en route vers le nord. Elle avait poussé le bouchon un peu loin en inventant cette histoire de trafic de drogue, mais c'était un tout petit mensonge et il fallait absolument qu'elle travaille sur cette enquête.

9

Islande du Sud - un an plus tôt

Mes vacances avaient commencé. Je comptais passer la semaine dans le sud de l'Islande pour me remettre de la pression et de la fatigue écrasantes.

J'avais l'intention d'écrire cet article sur ma grand-mère, mais peut-être avais-je surtout besoin de découvrir ce que contenait son journal intime – un besoin qui ne m'avait pas quittée depuis le jour où Papi Lárus l'avait jeté dans les flammes.

Bien sûr, ce journal était perdu à jamais. Je savais bien que je n'aurais jamais accès à son contenu, mais j'avais du mal à l'accepter. Peut-être mon grand-père, mort depuis des années, avait-il raison : Ísbjörg avait écrit ce journal pour elle-même et pour personne d'autre.

Je roulais vers l'est, en direction de Landeyjar, à bord de ma guimbarde rouillée dont le moteur poussif m'obligeait à respecter les limitations de vitesse. Je pris un dernier virage et la maison de mon grand-père apparut enfin, surplombant la route cahoteuse et gravillonnée. Juchée sur une petite butte, elle donnait d'un côté sur la plaine verdoyante, avec au loin les montagnes aux cimes enneigées, et de l'autre sur les îles Vestmann, surgissant de la mer.

Pour une petite fille en visite chez ses grands-parents, c'était un terrain de jeu infini. Un vent frais chargé de l'odeur de la mer y soufflait toujours, même au plus chaud de l'été – c'est du moins les souvenirs que je gardais de cet endroit. Je suivis le chemin montant jusqu'à la maison et ouvris le portail surmonté de barbelés, oubliant un instant qu'à la mort de Papi un couple avec deux enfants avait acheté sa maison.

Un pick-up assez récent était garé dans la cour et un chien affectueux vint m'accueillir. Les chances pour que cette visite apporte quoi que ce soit à mon article étaient minces, mais ce lieu m'attirait.

Une jeune femme parut à la porte, m'observant des pieds à la tête sans dire un mot. Elle remarqua ma cicatrice puis détourna les yeux, tentant de faire comme si elle n'avait rien vu. Ce temps d'arrêt suffit à me rappeler combien il m'était difficile de passer inaperçue.

On m'a suggéré de recourir à la chirurgie esthétique, mais je ne l'ai jamais sérieusement envisagé. Sans doute qu'au plus profond de moi l'idée d'être différente, d'affronter le monde et de nager à contre-courant ne me déplaisait pas.

– *Bonjour,* dit la jeune femme en souriant.

– *Bonjour. Je m'appelle Ísrún.*

– *Oui. Vous êtes de la télé, c'est ça ?*

Elle jeta un coup d'œil derrière moi.

– *Pas de caméraman ?*

– *Quoi ? Oh, non, je ne suis pas ici pour mon travail. J'écris un article sur ma grand-mère. Elle vivait ici.*

– *Dans cette maison ?*

– *Tout à fait. Vous accepteriez de me laisser entrer pour que je fasse un tour ?*

Elle y consentit. J'imagine que c'est difficile de barrer la route à quelqu'un qu'on voit régulièrement dans son salon, sur son écran de télé.

Je fis de mon mieux pour apprécier ce moment. Les souvenirs me submergeaient, même si les nouveaux propriétaires avaient changé beaucoup de choses. La cuisine était neuve et la salle de bains refaite. Le charme du lieu en avait un peu pâti : ce n'était plus la vieille maison de famille déglinguée où vivait Papi, mais sa version plus moderne, mieux conçue.

J'aurais aimé passer la nuit ici, si on me l'avait proposé, mais j'avais de toute façon prévu de loger dans la ferme d'un cousin, non loin de là. L'endroit idéal pour écrire mon article, me détendre et partager des souvenirs de famille.

Je devais également rencontrer deux femmes qui avaient bien connu Ísbjörg. Elles s'étaient montrées ravies à l'idée d'évoquer le bon vieux temps avec moi.

Je frémissais d'impatience, m'imaginant récolter des indices, des détails infimes qui me permettraient d'entrevoir ce qu'avait été l'existence de ma grand-mère.

10

Svavar Sindrason regardait au loin, assis sur une vieille chaise en osier, son poste d'observation habituel. La vue en elle-même – le mur du voisin – n'avait rien de spécial, mais ce n'était pas grave : c'était le ciel qu'il aimait observer.

De temps en temps, il se rendait à l'église, plus par habitude que par conviction, même s'il avait sa foi bien à lui. Il croyait en une puissance supérieure mais n'en attendait aucune réponse. Il demandait rarement conseil à Dieu.

Il avait atteint la quarantaine et, contrairement à ce qu'il avait imaginé, il vivait toujours dans la vieille maison de Dalvík. Il avait plutôt projeté de mettre un peu d'argent de côté et d'emménager ailleurs. Il était né là et y avait passé pratiquement toute sa vie. Pendant un moment, il était parti travailler dans le Sud, où il louait un appartement. Depuis la mort de ses parents, Svavar était propriétaire de cette maison. Il aimait cette ville, mais n'en rêvait pas moins d'un petit appartement, quelque part dans le sud de l'Europe, si possible pas trop loin d'une plage. Un endroit où il mènerait une existence paisible, à savourer des cocktails sous le soleil. Pour réaliser son plan, il se sentait capable d'à peu près tout.

Quelques instants plus tôt, Svavar regardait le bulletin d'information à la télé. À présent, assis devant la fenêtre, il songeait au Tout-Puissant. Pour une fois, il était troublé. Tourmenté par des interrogations sur la vie et la mort. Des questions sur sa vie, et sur la mort de quelqu'un d'autre. Il se demandait jusqu'où il serait capable d'aller pour sauver sa peau.

Svavar voulait vivre à fond la seule existence dont il disposait, or c'était impossible sous les verrous. Mais la prison n'était pas la seule cause de son angoisse. S'il allait parler à la police, c'était la mort qu'il redoutait. Sa propre mort.

Si seulement il savait avec certitude à quelles conséquences il s'exposait en se rendant au commissariat, peut-être aurait-il moins de mal à se décider. En revanche, il avait une idée assez nette de ce qui se passerait s'il *n'y allait pas*.

Au fil des ans, il avait souvent employé l'expression « c'est une question de vie ou de mort » ; aujourd'hui, il prenait pleinement conscience de sa signification.

Il continua de regarder par la fenêtre, dans l'espoir de voir surgir la solution à son dilemme : faire ce que la morale lui commandait, sauver une vie, et s'exposer aux conséquences inévitables ; ou ne rien dire, et affronter sa conscience jusqu'à la fin de ses jours.

11

La machine à café du poste de police de Siglufjördur devenait un lieu incontournable dès qu'une enquête sortait de l'ordinaire. Ómar, le premier visiteur de la journée, fit son entrée peu après avoir entendu aux infos que l'homme assassiné, non content de travailler sur le chantier du nouveau tunnel, résidait à Siglufjördur.

Skipper à la retraite, Ómar était un habitué du commissariat – il venait toujours de son plein gré, pour prendre un café et discuter un peu. Personne ne se rappelait au juste quel bateau il avait piloté, mais le surnom de « Skipper » lui collait à la peau comme celui de « Révérend » encombrait Ari Thór – qui n'avait pourtant jamais administré de paroisse.

– Comment ça va, Ómar ? demanda Tómas tandis qu'ils s'asseyaient à table.

– Pas mal, mon garçon, pas mal. Et vous ?

Tómas n'avait aucune intention de se confier. Il savait exactement ce qu'Ómar était venu chercher : des informations croustillantes sur son épouse, partie vivre « momentanément » à Reykjavik. Il était persuadé que le feuilleton de ses déboires conjugaux était devenu un ragot prisé en ville.

– Très bien, répondit-il, surjouant l'enthousiasme.

Enfin, ça va parfois, songea-t-il. Seulement quand il ne pensait pas à sa femme. Il avait envie de s'installer à Reykjavik pour être avec elle, mais c'était plus facile à dire qu'à faire. Il envisageait de faire une pause dans sa carrière, une année sabbatique peut-être, pour descendre vivre dans le Sud. Ari Thór paraissait s'adapter de mieux en mieux à la vie dans le Nord, et Tómas se sentait prêt à accepter qu'il le remplace en cas de congé prolongé.

– Pas trop débordé aujourd'hui ?

– Les affaires courantes, répondit Tómas en restant aussi concis que possible.

– C'est terrible, ce type *assassiné*…

– Oui. Vous le connaissiez ?

– Non. Dieu merci, non. C'était un sous-traitant, c'est ça ? Venu pour travailler sur le tunnel ? Tout le monde a l'air de vouloir se faire un paquet de pognon avec ce chantier… Il paraît qu'il habitait dans l'appartement de Nóra.

– En effet, c'était son locataire.

Tómas prenait soin de ne pas livrer trop d'informations au vieil homme. C'était la police criminelle d'Akureyri qui menait l'enquête, assistée par les policiers de Saudárkrókur et, dans une moindre mesure, par ceux de Siglufjördur.

Ari Thór n'avait pas chômé : il avait interrogé Hákon, « le Crooner du Hareng », comme l'appelait Tómas, qui lui avait donné les noms et les coordonnées des trois collègues de la victime. L'un d'eux, Páll Reynisson, avait travaillé en tant que policier à Siglufjördur. Les deux autres étaient Svavar Sindrason, un gars de Dalvík, et Logi Jökulsson.

Lors d'une conférence téléphonique, Tómas et Ari Thór avaient ensuite appris qu'on avait déjà interrogé

Svavar Sindrason. Il connaissait Elías depuis longtemps mais n'avait pas fourni beaucoup de renseignements. Il était au courant pour le petit boulot en parallèle dans la résidence secondaire de Skagafjördur. Elías ne s'en cachait pas.

Selon toute probabilité, le meurtre avait eu lieu la nuit. Sans surveillance routière à cette heure-là ni caméras, il était presque impossible de savoir qui roulait dans le secteur. Quant à Svavar, il jurait avoir passé la nuit dans son lit. Comme il vivait seul, l'alibi serait difficile à confirmer.

Il n'était pas exclu que l'assassin soit une femme. Le coup avait été asséné sans grande force et le morceau de bois utilisé n'était pas très lourd. C'est le clou planté dedans qui avait occasionné les vrais dégâts.

*

On pouvait scinder la vie de Nóra Pálsdottir en trois sections distinctes : un désastre conjugal ; des voyages à l'étranger ; un métier qui consistait à demander à des inconnus d'ouvrir la bouche. Elle avait suivi des études de dentiste car son père était dentiste et qu'aucune autre voie professionnelle ne pouvait s'envisager dans la maison où elle avait grandi. En réalité, son travail ne l'intéressait pas et elle s'arrangeait pour passer le plus de temps possible à arpenter le globe. Après dix ans de mariage, son époux comprit que les voyages étaient son unique passion et demanda promptement le divorce – ce qui lui permit de soutirer fort peu élégamment une petite fortune à sa femme. Il est vrai qu'au-delà de son amour pour les voyages, sa propension à ne pas être tout à fait fidèle était la véritable cause de leur séparation.

Elle réduisit son train de vie, vendit sa maison dans le centre-ville de Reykjavik et acheta un appartement en banlieue. L'argent qui lui restait passa dans sa cagnotte de voyages. Sa carrière de globe-trotter avait débuté pendant ses années d'études. Elle voyageait léger et préférait partir seule.

Vivre sur une île isolée de l'Atlantique Nord ne risquait pas de faire son bonheur : elle avait toujours éprouvé un besoin vital d'explorer le monde, de découvrir des cultures étrangères, de contempler la nature. Elle saisissait toutes les occasions qui se présentaient de visiter un nouveau pays et de laisser l'Islande loin derrière elle.

Elle commença par sillonner l'Europe, puis, quand ses revenus le lui permirent, elle se tourna vers d'autres destinations passionnantes : l'Asie, l'Afrique, l'Amérique du Sud. Elle élut ses endroits préférés dans chaque hémisphère et les visita plusieurs fois. Ses périples étaient incessants ; à chaque nouveau paradis découvert, elle prévoyait d'y retourner, jusqu'à ce que la vérité lui apparaisse au fil des ans : le temps et ses fonds n'étaient pas des ressources infinies. À l'âge de soixante ans, elle décréta qu'elle en avait assez. Les unes après les autres, ses amies et ses connaissances prenaient leur retraite et parlaient de voyager enfin dans le monde entier, de s'offrir des croisières ou des randonnées en terre inconnue. Nóra, elle, était épuisée, blasée.

Peu après sa retraite, elle vendit l'appartement de Grafarvogur. Elle ne s'y était jamais sentie bien, notamment parce qu'elle l'avait lourdement hypothéqué afin d'investir sur les marchés financiers. Au moment du krach, elle découvrit vite qu'elle avait presque tout perdu.

Il ne lui restait plus qu'à quitter la région de Reykjavik pour se replier vers le nord et renouer avec sa ville natale, Siglufjördur. Le peu qu'elle réussit à sauver du désastre financier lui permit d'acquérir une jolie maison sur Hvanneyrarbraut, avec vue sur la mer. Elle louait les pièces de l'étage, ce qui lui suffisait pour subvenir à ses dépenses courantes. Mieux encore : elle appréciait d'avoir un locataire.

Désormais, Nóra comptait se reposer et profiter de la vie. Elle s'attela à ce projet en devenant très active dans la vie locale, en ayant quelques amoureux et en passant le reste de son temps à lire, assise à la fenêtre de son salon, avec pour seul horizon la mer et les montagnes qui enserraient la ville.

Elle était chez elle quand le jeune officier de police frappa à sa porte. Depuis qu'elle avait appris aux informations la mort de son locataire, elle s'attendait à cette visite. Elle avait donc troqué son jogging et ses tongs habituels pour une tenue plus élégante. C'était la moindre des choses.

Elle espérait voir Tómas, mais c'est celui qu'on surnommait le Révérend qui se présenta ; un jeune homme avenant, beaucoup trop jeune pour elle, bien sûr, même si elle refusait d'exclure toute possibilité. Il dégageait une impression de sérieux, et son regard éteint laissait penser qu'il avait perdu quelque chose de précieux.

*

– Entrez.

Le sourire de la femme s'effaça à mesure qu'elle le regardait des pieds à la tête.

– Vous devez être Ari Thór ?

Que des gens inconnus connaissent son nom le surprenait toujours, mais il se raisonna : dans une si petite communauté, tout le monde sait qui sont les policiers.

– Merci. Je dois jeter un coup d'œil dans l'appartement d'Elías. J'ai appris qu'il était votre locataire ?

– En effet. C'est affreux, ce qui lui est arrivé. Pauvre homme… Lui qui était si charmant.

Ses paroles ne paraissaient pas totalement sincères. *Si charmant*. Il se demanda si on graverait cette épitaphe sur la pierre tombale d'Elías Freysson.

– D'ailleurs, mon Dieu, qu'est-ce que je suis censée faire de toutes ses affaires ?

– On vous le dira. Il a peut-être un parent qui peut hériter de ses biens. Mais d'abord, je dois visiter son appartement. Pour le moment, il vaut mieux que vous ne touchiez à rien, répondit Ari Thór d'un ton catégorique, pour couper court à tout bavardage inutile.

Les murs de l'entrée, peints en jaune sombre, arboraient de petites reproductions stylisées. À droite, un escalier menait à l'étage. Nóra fit signe à son visiteur de la suivre au salon. Une cheminée accueillait tout un assortiment de coupelles et de plantes en pot ; des tableaux venus du monde entier ornaient les murs : un paysage d'Afrique, un autre d'Asie, une aquarelle représentant Rio de Janeiro. C'était à l'évidence la maison d'une voyageuse, un sanctuaire rempli de souvenirs.

– Quand l'avez-vous vu pour la dernière fois ? demanda Ari Thór.

Il s'était confortablement installé sur un canapé au tissu blanc gaufré. Elle vint s'asseoir près de lui – juste assez pour que ce soit gênant.

– Hier. Je l'ai croisé dans l'entrée hier matin, assez tôt. Comme vous avez pu le voir, il ne pouvait pas monter sans traverser mon entrée. J'ai transformé cette maison quand je l'ai achetée afin d'avoir deux appartements séparés, l'un en bas et l'autre en haut.

Son sourire intense mettait Ari Thór mal à l'aise. Il détourna les yeux.

– Il vous a paru préoccupé ? Vous avez remarqué un comportement inhabituel chez lui ?

Nóra réfléchit un moment.

– En voilà une question ! Pas préoccupé, non. Je dirais plutôt : *excité* par quelque chose.

– Par quoi, selon vous ?

– Je n'en ai aucune idée, malheureusement.

– Quand s'est-il installé chez vous ?

– Ça remonte à quelques mois. Je l'ai rencontré par l'entremise de Secours domestique. Vous connaissez ?

Sa voix s'était adoucie.

– Oui. J'ai même fait une donation, répondit Ari Thór, le plus laconique possible, dans l'espoir de garder une certaine distance.

Le visage de la femme s'illumina.

– J'en suis ravie ! Elías avait proposé d'aider l'association, il disait qu'il avait beaucoup de temps libre et qu'il voulait se rendre utile à la communauté.

Elle marqua un temps.

– Au début de cette année, il m'a expliqué qu'il devait quitter l'endroit où il vivait et qu'il cherchait un logement pour quelques mois, en attendant la fin du chantier du tunnel. Il m'avait entendu dire que je faisais faire des travaux dans ma maison pour vendre ou louer l'appartement à l'étage lors d'une réunion de Secours domestique.

Elle se mit à parler à voix basse, comme en signe de respect pour le défunt :

– C'était un locataire idéal. Il ne faisait jamais un bruit… Dernièrement, il s'est souvent absenté.

– Vous avez accès à son appartement ?

– Si j'y ai accès ? Évidemment. Mais je n'y suis jamais allée. C'est important de respecter la vie privée d'autrui.

Ari Thór crut déceler un soupçon de culpabilité dans sa voix.

– En un mot, c'était un ange. J'adore les gens qui sont prêts à consacrer un peu de leur temps libre à des bonnes œuvres. Et c'était un très bel homme, ce qui ne gâte rien. Un vrai bourreau des cœurs. Un peu dans votre genre...

Elle battit des cils. Ari Thór tenta de l'ignorer, mais il sentit le rouge monter à ses joues – ce qui empirait s'il essayait de se contrôler.

– Ne soyez pas timide ! Il n'y a aucune raison d'être gêné par votre apparence...

Elle se rapprocha encore de lui et dégaina un nouveau sourire lourd de sous-entendus.

– Mais vous voulez peut-être boire quelque chose ? Un café ? Du vin ? J'ai du rouge et du blanc.

Il se leva d'un bond, glacial.

– Ma visite est strictement professionnelle. Vous me conduisez à l'appartement d'Elías ?

C'était un ordre, pas une demande.

– Bien sûr, répondit Nóra, qui parut accepter ce rejet sans sourciller.

À la base, l'étage n'était manifestement pas conçu comme un appartement autonome. Il comportait deux pièces, deux anciennes chambres ; l'une donnait sur une salle de bains, et on avait maladroitement transformé l'autre en salon-kitchenette. Le long d'un mur s'alignaient un frigidaire, un évier et une cuisinière. Le reste du mobilier remplissait l'espace sans vraiment l'aménager.

Dans la chambre, le décor était neutre, avec son lit double et ses tableaux monochromes. Les affaires personnelles n'étaient pas légion : une veste posée sur le lit, une paire de chaussures rangée sagement à côté d'une série d'haltères. Des vêtements jonchaient l'intérieur du placard et sous une pile un sac de sport dépassait. Il en sortait une serviette blanche, pliée et propre.

C'est seulement après avoir examiné de plus près le contenu du sac qu'Ari Thór décida d'appeler Tómas. D'urgence.

12

Ísrún ne mit pas longtemps à trouver le nom et le lieu de travail de l'ex-femme d'Elías.

Elle avait un talent certain pour se servir d'Internet afin de trouver des renseignements sur les gens, de façon tout à fait légale, bien sûr. Parfois, l'irresponsabilité de certains internautes, qui laissaient toutes sortes d'informations personnelles sur les réseaux sociaux à la libre disposition de tous, la stupéfiait – et facilitait considérablement ses recherches. De plus, aujourd'hui, les archives de la plupart des journaux étaient mises en ligne ; se renseigner sur les gens était devenu un jeu d'enfant.

Le nuage de cendres sur Reykjavik avait épaissi. L'air, comme chargé de minuscules particules de sable, faisait crisser les dents. La jeune femme de l'Office national météorologique avait vu juste. La chaleur était inhabituellement élevée pour cette période de l'année, mais on ne pouvait pas dire que le temps était agréable tant l'atmosphère était sèche et sale.

Elle quitta les locaux de la chaîne de télé, retenant sa respiration sur le parking, soulagée quand elle put enfin se réfugier dans sa voiture. Malgré l'air chaud et rance qui saturait l'habitacle, elle résista à l'envie de baisser sa vitre pendant le trajet jusqu'au petit café tenu par Idunn, l'ex-femme d'Elías.

La zone portuaire était calme, seuls quelques touristes bravaient les cendres en attendant le bateau qui devait les emmener observer des baleines ou des macareux. Parfois, Ísrún descendait au port le week-end pour acheter du poisson frais au marché, du flétan quand c'était possible. Mais la plupart des week-ends, elle était de garde – et quand elle était chez elle, elle ne trouvait pas toujours l'énergie de sortir de son lit.

Le café dégageait une atmosphère accueillante et cosy, avec sa musique apaisante en fond sonore, ses aménagements en bois rustiques et confortables et l'odeur voluptueuse du café chaud. La porte et les fenêtres restaient fermées pour empêcher l'air âcre d'entrer, mais la puanteur métallique des cendres parvenait tout de même à s'insinuer dans la salle. Un couple avec un landau était assis à une table, la mère sirotant sa tasse, le père occupé à pianoter sur son ordinateur. Un vieux monsieur accompagné d'un gros chien bavardait avec une serveuse, debout derrière le comptoir. Idunn. Ísrún la reconnut d'après les photos trouvées dans les archives des journaux sur Internet. L'une d'elles la montrait en compagnie d'Elías au quarantième anniversaire d'un homme politique célèbre. La seule différence notable était la couleur de ses cheveux, autrefois teints en rouge vif.

Ísrún avança vers elle et commanda un cappuccino.

Quand Idunn la servit, Ísrún engagea la conversation :

– C'est drôle, j'ai l'impression de vous connaître. On s'est déjà rencontrées quelque part, non ?

– Je ne crois pas… C'est possible, mais je ne suis vraiment pas physionomiste.

– Moi, c'est tout le contraire, je suis incapable d'oublier un visage. Ça peut être une vraie malédiction, parfois ! Je m'appelle Ísrún.

Idunn lui répondit en donnant son prénom. Tout à coup, elle parut reconnaître son interlocutrice et en fut troublée. Ísrún reprit :

– Attendez, je crois me souvenir… Une grande fête d'anniversaire, les quarante ans de quelqu'un, il y a deux ou trois ans ?

Elle avala une gorgée de café pour laisser à Idunn le loisir de répondre.

– Délicieux, ce cappuccino. Vous êtes la patronne ?

– Merci, sourit Idunn. Oui, c'est moi. J'ai ouvert il n'y a pas très longtemps. J'avais un café dans le centre commercial de Kringlan, mais je voulais me rapprocher du centre-ville.

Ísrún décida d'attaquer de front.

– Oh, mon Dieu ! Vous ne seriez pas la femme d'Elías ? L'homme qui a été retrouvé mort quelque part dans le Nord…

Le sourire d'Idunn s'évanouit aussitôt, remplacé par un rictus douloureux.

– Arrêtez votre cirque, je vous ai vue à la télé. Aux infos, pas vrai ? En tout cas, vous êtes une très mauvaise actrice.

Ísrún hocha la tête et rougit, honteuse. Sa réaction la déçut : elle pensait avoir moins de scrupules.

– Mais vous avez raison, j'ai été mariée à Elías, reprit Idunn d'une voix froide. Il y a bien longtemps, maintenant. Qu'est-ce que vous voulez savoir sur ce salopard ? Bon débarras…

Son hostilité prit Ísrún de court. Le souffle coupé, elle sentit tous ses réflexes de journaliste, fruit d'années d'expérience, l'abandonner.

– La police m'a appelée ce matin pour m'annoncer la nouvelle. Je ne peux pas dire que j'ai versé toutes les larmes de mon corps.

– Est-ce qu'il était… Votre mariage n'était pas un mariage heureux ? lui demanda Ísrún d'une voix douce.

– Putain, ça non ! Elías était un véritable enfoiré. Je ne comprends toujours pas ce qui m'a pris de lui dire « oui ».

Elle parut regretter ses paroles.

– Oh, par pitié, ne me citez pas aux infos, d'accord ?

Elle se tut un instant. Puis, se penchant vers Ísrún :

– En tout cas, pas la peine d'en faire un saint dans vos reportages.

– Ça, ça ne risque pas, répondit Ísrún, presque pour elle-même. Mais votre divorce a dû vous rapporter quelque chose, non ?

Sa question déclencha un rire amer et fatigué.

– Si seulement ! Ce salopard était toujours fauché – d'après ce que je sais, en tout cas. C'était moi qui rapportais de l'argent à la maison. Lui s'en est très bien tiré, il a même récupéré mon appartement d'Akureyri. Rien de spécial, à peine plus grand qu'un cagibi, mais ça représente quand même de l'argent. J'ai juste réussi à garder le café. C'est… c'était un tel radin que je ne suis même pas sûre qu'il ait fait les démarches pour mettre l'appartement à son nom. Officiellement, il doit encore appartenir à ma société. Il ne devait pas vouloir payer l'assurance et la taxe immobilière.

Le visage d'Idunn s'illumina brusquement.

– Hé ! Si ça se trouve, je vais pouvoir récupérer mon appart ! Ça vaudrait le coup de le vendre…

– Le malheur des uns fait le bonheur des autres, commenta Ísrún, peu convaincue.

Elle remercia Idunn et prit congé, rassemblant son courage pour affronter l'air vicié du dehors.

Dans le ciel inhabituellement sombre malgré l'absence de nuages, l'épaisse brume minérale dissimulait le soleil. Ísrún sentait le goût des cendres sur sa langue à chaque respiration, comme si elle avalait des bouchées de sable. L'image la fit frémir. Elle accéléra le pas et, sitôt dans sa voiture, mit le contact. Plutôt qu'à Reykjavik par une belle journée d'été, on aurait pu se croire dans une ville étrangère polluée, en pleine vague de chaleur.

C'était sans doute le meilleur jour pour s'échapper de la capitale. Elle retournait à Akureyri pour la première fois depuis son départ précipité pour Reykjavik, un an et demi auparavant. Elle serra les dents en songeant aux vieilles blessures que cette visite pourrait réveiller, mais elle n'avait pas le choix : elle devait y aller.

Les choses commençaient à prendre forme, Ísrún sentait qu'elle était sur une bonne piste. Elle allait pouvoir lever le voile sur le vrai Elías Freysson.

*

– Kormákur ! Viens voir !

Assis à son bureau, Ívar criait à travers la salle de presse, comme à son habitude. Un roi régnant sur ses sujets.

Kormákur se dépêcha de le rejoindre.

– Comment ça avance sur le meurtre ?

– Rien de neuf.

– Rien de neuf ? Un homme a été assassiné. Ne me dis pas que tu restes le cul sur ta chaise en attendant la conférence de presse de la police ?

Le sarcasme était violent.

– Quoi ? Non, bien sûr que non… mais ça vient juste de commencer… bafouilla Kormákur.

– Ça fait l'ouverture du flash ce soir. Bordel de merde, je veux un angle bien dramatique, compris ?

Ívar marmonna quelque chose puis se pencha vers le journaliste pour lui glisser à l'oreille :

– Écoute, quelqu'un a appelé Ísrún pour lui refiler un tuyau. Un ami dont elle n'a pas voulu me parler. Il prétend qu'Elías trempait dans une affaire de drogue.

– De drogue ? répéta Kormákur, surpris. Consommateur ?

– Non. Trafiquant.

– Bon sang… sacré scoop !

– C'est clair ! Ísrún a insisté pour s'en occuper, donc si elle envoie quelque chose, tu le récupères. Mais je veux aussi que tu mènes ta propre enquête. Je ne lui fais pas vraiment confiance pour traiter une info aussi énorme. Tu peux t'en occuper ?

– Bien sûr.

Kormákur retourna à son bureau et appela le commissariat d'Akureyri pour savoir s'il existait un lien entre la victime du meurtre et un réseau de trafic de drogue. Mais impossible d'obtenir une confirmation de son interlocuteur ; aucune information ne serait révélée avant la conférence de presse. Kormákur raccrocha. Il se demanda ce que savait vraiment Ísrún. Il espérait qu'elle reviendrait bredouille de son excursion dans le Nord : un bon argument pour obtenir son renvoi de la rédaction.

13

Kristín pressa le pas dans le couloir de l'hôpital d'Akureyri. Avec le temps, le linoléum s'était éraflé, taché, et le carrelage blanc des murs avait perdu son éclat. C'était un décor froid, hostile.

Tout le personnel était déjà sur le pied de guerre, pour le plus grand plaisir de Kristín. Quand l'ambiance était trop calme, elle s'ennuyait rapidement ; trop de temps pour penser à son avenir. Comme tous les diplômés de médecine en Islande, il lui faudrait bientôt partir à l'étranger pour se spécialiser, mais elle repoussait cette perspective dans un coin de son esprit. Elle n'avait pas la tête à prendre des décisions déterminantes pour la suite de sa carrière. Après des années à l'université d'Islande, elle devrait encore affronter une longue période d'études dans un pays inconnu. Parfois, elle regrettait d'avoir choisi cette voie. À quoi bon se former pendant tant d'années s'il fallait ensuite restreindre son champ d'action à une spécialité ? En prenant en compte la longueur de ce processus et la pression inhérente à son travail, elle trouvait son salaire dérisoire. Avec l'économie au ralenti depuis le krach financier et les différentes coupes dans les services de santé, elle serait sûrement obligée de travailler à l'étranger pour rentabiliser son investissement personnel. Et cela impliquerait encore plus de décisions à prendre.

Son téléphone vibra dans sa poche. C'était son ami golfeur. Ils devaient se revoir dans la semaine.

– Kristín ?

– Oui, salut !

La voix complice de l'homme lui réchauffa le cœur.

– Je te dérange ?

Kristín avait toujours privilégié les études et le travail quand elle vivait avec Ari Thór. Peut-être était-ce une des raisons de leur séparation ?

– Non, ça va.

– Je me demandais si tu étais libre ce soir ? On pourrait se trouver un restaurant ?

– Désolée, mais j'ai déjà prévu quelque chose.

Elle était déçue. Elle avait besoin de le revoir, de se détendre en sa compagnie, de se changer les idées. Elle reprit :

– Demain soir ?

– Parfait.

– Si on se retrouvait chez moi ? Je termine à 19 heures.

Elle lui donna l'adresse.

– Génial. À demain alors !

La joie dans sa voix semblait sincère, et à l'idée de ce rendez-vous elle ne pouvait s'empêcher d'éprouver une véritable impatience. Du vin rouge, quelques bons fromages – finalement, peut-être cet homme réussirait-il à lui faire oublier Ari Thór ?

14

Il n'avait pas remarqué qu'elle était retournée en bas. Nóra était dans l'entrée quand Ari Thór redescendit de l'appartement, le sac de sport à la main.

– Vous emportez ça ? demanda-t-elle.

– Oui.

– Pour quoi faire ?

Elle trépignait, les yeux écarquillés. Ari Thór évita son regard inquisiteur.

– J'ai besoin des clés de l'appartement. Vous en avez un double ?

– Quoi ? Ah oui, bien sûr.

Elle alla les chercher.

– Je n'en ai pas d'autres, lui dit-elle en les lui tendant, les yeux fixés sur le sac de sport.

– Comment payait-il son loyer ?

Elle eut un sourire.

– Que voulez-vous dire ?

– En liquide ? Ou par virement bancaire ?

– Toujours en liquide, pourquoi ?

– Je vous recontacterai si j'ai d'autres questions, répondit Ari Thór d'un ton autoritaire, dans l'espoir de tenir Nóra à distance. Et je compte sur vous pour ne parler à personne de ma visite. Pas un mot non plus sur le sac de sport, compris ?

Sur ce, il la salua et retourna au 4 × 4 de la police.

Il faisait encore clair sur Siglufjördur. Le soleil brillait dans le ciel d'un bleu pur, allumant une gerbe d'étincelles à la surface du fjord. Quelques bancs neigeux accrochés aux versants les plus hauts des montagnes y découpaient de vives taches blanches. Ari Thór avait entendu parler aux infos du nuage de cendres au-dessus de Reykjavik ; cela aurait aussi bien pu concerner l'autre hémisphère de la planète.

Il laissa ses pensées dériver. Kristín avait quitté depuis longtemps le petit appartement qu'il possédait sur Öldugata, dans la capitale, mais il avait repoussé pendant plusieurs mois le moment de passer une annonce pour le mettre en location. À Noël, il avait pris un long congé dont il n'avait pas vraiment besoin et était descendu à Reykjavik la veille du réveillon pour vider l'appartement, stocker ses affaires personnelles dans un box et rencontrer son futur locataire. Ils s'étaient mis d'accord sur un bail d'un an à compter du 1er janvier. Ari Thór était soulagé de s'être enfin occupé de l'appartement, même si cela mettait un terme définitif à sa vie de couple avec Kristín. Il avait passé la veille de Noël dans sa voiture, en route vers le nord, au rythme de la messe de minuit qui résonnait dans l'habitacle chaque fois que l'autoradio daignait capter un signal.

Toujours garé devant chez Nóra, Ari Thór s'essuya le front. Ses souvenirs l'empêchaient de réfléchir. Il fallait qu'il se concentre sur l'affaire. Il respira profondément et démarra, en route vers le commissariat pour passer prendre Tómas. Il avait prévu d'interroger Logi Jökulsson, le troisième membre de l'équipe d'Elías sur le chantier. Le rendez-vous était fixé à Skútudalur, à l'entrée du tunnel. Tómas lui avait proposé de l'accompagner.

– Combien tu penses qu'il contient ? demanda Tómas une fois installé dans le 4 × 4.

– Je dirais, quelques millions en monnaie étrangère. Et un bon tas de couronnes, plusieurs millions aussi. Difficile d'être plus précis. Il faudra compter tout ça.

Tómas plissa le front.

– Tu penses qu'elle était au courant ? Elle a peut-être jeté un coup d'œil dans le sac avant ton arrivée.

– Nóra ? À vrai dire, je n'en sais rien.

– À ta place, je n'exclurais pas cette possibilité. Elle a toujours été un peu tordue.

– Tout cet argent… ça ne peut pas sortir de nulle part. Elías faisait probablement quelques petits boulots au noir, mais rien qui puisse lui rapporter autant.

– Je suis d'accord. Il serait temps de chercher quel était le vrai métier d'Elías.

*

Tómas et Ari Thór attendaient Logi à l'entrée du tunnel. Un homme d'une trentaine d'années finit par émerger de la bouche obscure, son casque couvert d'une épaisse couche de terre. Il n'était pas rasé et son bleu de travail n'avait pas vu de lave-linge depuis longtemps.

– Salut ! Je n'ai pas beaucoup de temps, il y a encore des tonnes de boulot…

– On prendra le temps qu'il faudra, répondit Ari Thór en élevant la voix malgré lui.

Il attaqua tout de suite l'interrogatoire.

– Depuis combien de temps connaissiez-vous Elías ?

Tómas fit un pas de côté, attentif à leur échange.

– Trois ans, répondit Logi en évitant le regard des deux policiers.

– J'ai cru comprendre que vous étiez trois à travailler avec lui : vous, Svavar Sindrason et Páll Reynisson.

– C'est ça, ouais.

– C'était un bon chef d'équipe ?

– Pas mal.

– Pas de retard dans les paiements ?

– Jamais.

– Vous voyez quelqu'un qui aurait pu vouloir attenter à sa vie ?

– Attenter à sa vie ? répéta-t-il en souriant. Vous avez de ces formules…

Il se tut un instant.

– Et comment je saurais un truc pareil ? reprit-il, contrarié.

– Vous vous entendiez comment, tous les quatre ?

Ari Thór ne quittait pas l'homme des yeux, déterminé à repérer le moindre changement d'expression.

– Plutôt bien. C'est Svavar qui le connaissait le mieux. C'est lui qu'il faudrait interroger…

Il bâilla.

– On a trouvé beaucoup d'argent liquide dans l'appartement d'Elías, notamment des devises étrangères.

La surprise éclaira brièvement le visage de Logi.

– Vous étiez au courant ? reprit Ari Thór.

– Que le type avait du cash chez lui ? C'est pas mes oignons.

Il avait répondu du tac au tac, mais il paraissait ébranlé. Il hésita un moment puis ajouta :

– Mais ma réponse est non. Je ne savais pas, pour le fric.

Ari Thór laissa le silence s'installer, peser jusqu'à devenir insoutenable.

– Vous en êtes bien sûr ?

– Absolument ! répondit Logi avec emphase.

– Vous saviez qu'Elías travaillait sur une maison à Skagafjördur ?

Logi réfléchit un moment.

– Eh bien, oui. Il en parlait beaucoup. Il disait qu'il touchait un bon paquet pour ce boulot. Un médecin du Sud qui se payait une maison de vacances…

– Quand l'avez-vous vu pour la dernière fois ?

– Hier, à la fin de sa journée, soupira Logi, qui ne cherchait plus à cacher son agacement. Il était 21 heures. Il m'a dit qu'il allait directement à Skagafjördur pour bosser sur la maison.

– Où étiez-vous hier, en fin de soirée et dans la nuit ? demanda Ari Thór en durcissant le regard.

– Hé ! C'est quoi ce délire ? Vous ne croyez quand même pas que c'est moi qui l'ai buté ? Après le boulot, je suis rentré chez moi, et je n'ai pas quitté mon lit jusqu'à ce matin.

– Quelqu'un peut le confirmer ?

– Bah… demandez à mon frère Jökull et à sa femme Móna. Ils habitent juste en dessous de chez moi. Je ne peux pas sortir sans passer par chez eux. On habite dans la vieille maison de nos parents. Comme le pater est mort et qu'on a mis la mère à l'hospice, on partage la maison. Chacun a son étage, mais ce ne sont pas deux appartements séparés, vous comprenez ?

– C'est très clair. Mais si vous aviez décidé de sortir en pleine nuit, personne ne vous aurait remarqué, n'est-ce pas ?

Il essayait de provoquer Logi – une méthode qui pouvait donner de bons résultats.

– Ouais, peut-être n'importe quelle autre nuit, mais pas hier. Ma belle-sœur est enceinte. Elle supporte mal la grossesse, et justement, cette nuit, elle n'était pas bien. Impossible de fermer l'œil. Du coup, ils ont regardé une vidéo une bonne partie de la nuit, ça m'a empêché de dormir. Je suis même descendu voir ce qui se passait vers 3 heures.

– Quel film ?

– Un thriller. *Seven*. Vous l'avez vu ?

– On ira leur parler.

– Ne vous gênez pas. Et maintenant, je peux retourner bosser ?

– Bien sûr. Mais restez dans les parages. On pourrait avoir besoin de vous reparler d'ici ce soir ou demain.

– Je ne pars pas d'ici tant que ce putain de tunnel n'est pas terminé.

Et il s'éloigna sans un regard en arrière.

Ari Thór et Tómas retournèrent à leur voiture en silence.

– J'irai interroger son frère et sa femme plus tard pour qu'ils me confirment son alibi, annonça Ari Thór.

– Tu pourrais peut-être leur parler plus gentiment ? suggéra Tómas. Móna, la belle-sœur de Logi, elle est de ma famille. Pas un membre très proche, mais on se connaît assez bien. Ça fait longtemps qu'ils essayent d'avoir un enfant, alors maintenant qu'elle est enceinte – Dieu merci –, ils sont très nerveux et très excités…

Il sourit. Ari Thór soupira, irrité de recevoir des consignes. Tómas lui avait confié les rênes de l'enquête, et il entendait bien la mener à sa façon.

15

L'unique erreur de Ríkhardur Lindgren lui avait coûté cher.

Face à son miroir, dans son luxueux appartement du quartier portuaire de Reykjavik, il examinait les conséquences du rude traitement infligé à son corps par les années. Il commençait à devenir gris. À vrai dire, il était totalement gris. Sur son visage ridé, des cercles sombres soulignaient ses yeux. Ses mains n'étaient plus aussi fermes que par le passé. Mais ça, c'était peut-être l'alcool.

Il ne se souvenait pas toujours précisément de son âge, il lui fallait faire des soustractions – mais le résultat importait peu. Il se voyait comme un jeune homme ayant vieilli prématurément.

Il se retourna et considéra l'appartement qu'il venait de mettre en vente. Il l'avait meublé avec goût, quoique de façon très neutre, choisissant tout son mobilier dans le même magasin, sans trop y réfléchir. Sur les murs blancs presque nus – les tableaux achetés scandaleusement cher par ses parents étaient soit dans un garde-meubles, soit chez sa sœur –, le seul ornement était une pendule dont les piles mortes s'assuraient qu'il était à jamais 10 h 01. Les étagères débordaient de livres. Nulle part trace d'un album de famille ou de photos encadrées.

Les gens avaient cessé de lui rendre visite. Il n'était pas dans l'annuaire et son adresse légale était située ailleurs. Il avait résilié son abonnement téléphonique, remplacé par un téléphone portable prépayé. Personne ne l'appelait jamais, et c'était aussi bien. Il n'était plus réveillé en pleine nuit par des coups de fil de gens haineux qui avaient perdu un proche.

La situation était plus simple, voire plus agréable, même si sa femme l'avait quitté et qu'ils n'avaient pas eu d'enfant.

Ses parents – un chimiste suédois et une doctoresse islandaise – étaient tous les deux morts. Après une enfance idyllique en Suède puis en Islande, on l'avait encouragé à suivre ses rêves, à se lancer dans la médecine, et ses études avaient abouti à un poste hospitalier. La vie l'avait bien traité et elle aurait continué s'il n'avait laissé son penchant pour la bouteille empiéter sur sa vie professionnelle. Il avait frôlé la catastrophe à plusieurs reprises – puis il y avait eu cette erreur.

Celle qui avait coûté la vie à un patient.

L'enquête avait révélé d'autres comportements fautifs ayant eu des conséquences graves sur ses malades – deux autres avaient perdu la vie. Autant de drames qui trouvaient leur source dans son histoire d'amour avec l'alcool.

Le scandale avait éclaté, inévitable. Les journalistes le harcelaient. Il était resté l'Ennemi public n° 1 pendant plus longtemps qu'il n'acceptait de s'en souvenir. Les menaces de mort au téléphone, la nuit, n'avaient cessé que lorsqu'il s'était désabonné.

Mais tout ça, c'était du passé – vieux de plusieurs années. Les médias l'avaient oublié. Radié de l'ordre des médecins, il avait été poursuivi plusieurs fois en justice et condamné à payer des dommages et intérêts.

Non que ça l'ait particulièrement touché : ses parents étaient très riches. Mais tout avait changé. Il n'éprouvait plus aucun plaisir à vivre à Reykjavik, s'aventurait rarement dehors et n'appréciait même plus la superbe vue sur la mer que lui offraient ses baies vitrées. Il laissait les rideaux fermés. Son existence se bornait à une série de routines moribondes.

Chaque matin, le radio-réveil le tirait de son sommeil, mais il restait généralement au lit jusqu'à midi. Il avalait une soupe en guise de déjeuner, les informations en fond sonore, puis enfilait une chemise et un pantalon en flanelle, feuilletait quelques livres dans son salon, écoutait une dramatique à la radio avant de s'offrir une petite sieste – aidé par des cachets pour s'assurer un sommeil profond pendant une ou deux heures. Il se réveillait juste à temps pour le JT du soir qu'il regardait en se préparant à dîner : poisson quatre fois par semaine, steak haché le vendredi, poulet le samedi et agneau le dimanche.

Il en allait ainsi chaque semaine, dans une répétition infinie, à la fois rassurante et étouffante. Il avait renoncé à la boisson. Cela avait été plus facile que prévu, même si la menace demeurait, tapie dans un recoin de son esprit.

Ríkhardur ne sortait de chez lui qu'une fois par semaine – sauf occasion spéciale, comme une consultation médicale ou un rendez-vous à la banque. D'abord, il passait chez le poissonnier, puis au supermarché, et enfin dans une librairie.

Il achetait trois livres à chaque fois. Malgré sa voracité de lecteur, il ne mettait jamais les pieds dans une bibliothèque. Il n'avait aucune envie d'ouvrir des ouvrages déjà feuilletés par des dizaines d'autres mains. *Tous ces germes*, pensait-il avec dégoût.

De retour chez lui après son excursion hebdomadaire, il se cloîtrait dans l'appartement immaculé où personne d'autre n'était entré depuis deux ans, et il se sentait en sécurité, à distance respectueuse. Protégé. Ce n'était pas un homme facile à trouver. Et c'était exactement l'effet recherché. Il serait encore plus difficile à localiser une fois installé dans le Nord, mais avec le temps, il savait qu'il ne provoquait plus de véritable intérêt. Jusqu'à ce jour. Un jour qui avait commencé exactement comme les autres. Nouvelles, soupe, bulletin d'infos de midi.

« Un homme a été retrouvé mort près d'un chantier sur Reykjaströnd, à Skagafjördur. »

Ríkhardur se figea, la cuillère de soupe à la main, l'œil rivé sur la radio comme s'il s'attendait à voir le présentateur en jaillir pour l'interroger dans sa cuisine. Les mains secouées d'un infime tremblement, il reposa la cuillère dans son bol et se rendit dans son bureau pour s'installer devant son ordinateur – une vieille machine dont il se servait rarement. Malgré plusieurs mois d'inactivité, la bête se réveilla dans un vrombissement. Après quelques tentatives infructueuses, Ríkhardur finit par trouver un site d'informations qui montrait des photos du lieu du crime.

Avec le temps, il s'était comme vidé de ses émotions ; rien ne le touchait ni ne l'affectait.

Mais là, il se leva si brusquement qu'il renversa sa chaise.

– Bon sang, qu'est-ce que qui se passe ? cria-t-il, le cœur battant à se rompre, le corps tendu par le choc.

16

L'homme qui leur ouvrit ne pouvait être que Jökull, le frère de Logi.

– Bonjour, grommela-t-il en dévisageant Ari Thór à travers ses lunettes rondes.

Il dégageait une froideur glaciale, mais malgré cela, l'air de famille était frappant. *Le feu et la glace*, se dit Ari Thór. Jökull était plus petit que Logi, plus félin, mais leur lien fraternel ne faisait aucun doute.

– Je m'appelle Ari Thór et je viens discuter avec vous de la mort d'Elías Freysson.

Il avait parlé avec autorité, s'attendant à être invité à entrer, mais Jökull n'avait apparemment pas envie de recevoir de la visite.

– Eh bien… d'accord, répondit-il paresseusement. Qu'est-ce que vous voulez savoir ?

Ari Thór alla droit au but :

– Où était votre frère la nuit dernière ?

– Quoi ? Vous ne croyez quand même pas que Logi a buté votre type, si ?

Ari Thór avait envisagé de procéder en douceur, d'assurer Jökull que son frère n'était pas suspect. Mais ils devaient être certains de l'emploi du temps des collègues de la victime pour les éliminer de l'enquête, et cet homme froid et laconique ne lui donnait aucune raison de prendre des pincettes.

– Qui sait ? C'est peut-être un de nos suspects…

Pour la première fois, Jökull parut se sentir concerné.

– Ouais, ben… il est resté toute la nuit à la maison.

– Comment pouvez-vous en être si sûr ?

Jökull rajusta ses lunettes sur son nez.

– Ma femme et moi, on est restés réveillés presque toute la nuit. Elle est enceinte et c'est plutôt difficile pour elle.

– Il n'aurait pas pu quitter la maison sans que vous le remarquiez ?

– Pour ça, il aurait fallu qu'il saute par une fenêtre de l'étage. Écoutez, je sais qu'il a passé la nuit chez lui. À un moment, il nous a rejoints et a regardé la fin d'un film avec nous. *Seven*. C'est ça, de bosser par rotations. On dort à des heures bizarres.

– Vous faites le même boulot que lui ?

La question parut le surprendre.

– Non. Soulever des charges lourdes, très peu pour moi. Je préfère rester devant un écran d'ordinateur. Je bosse à la Savings Bank.

On aurait dit qu'il s'attendait à ce qu'Ari Thór connaisse le nom de tous les employés des principales sociétés de la ville.

– Je dois aussi interroger votre femme.

– Quoi ? Móna ? Elle dort encore, je crois.

Ari Thór resta sur le perron sans sourire, attendant que le temps fasse son œuvre.

– Je vais la chercher, dit enfin Jökull dans un soupir.

Il disparut à l'intérieur.

Ari Thór recula de quelques pas et considéra la maison peinte en jaune. Une petite araignée avait entrepris l'ascension de la façade. Le bâtiment devait dater des années cinquante ou soixante et, a priori, on l'avait repeint récemment.

– Oui ? demanda une voix fatiguée.

Une femme très enceinte se tenait sur le pas de la porte.

– Je suis Móna, vous vouliez me parler ?

Elle s'adossa au chambranle.

– Vous êtes Ari Thór, n'est-ce pas ? Tómas est mon cousin. Il m'a parlé de vous.

– Bonjour. Juste une question : vous savez où se trouvait votre beau-frère cette nuit ?

– Oui. Logi était à la maison. Il n'a pas pu dormir à cause de nous.

Elle semblait épuisée. Elle tapota son ventre protubérant et esquissa un pauvre sourire.

– Merci, c'est tout ce que je voulais savoir.

En retournant à la voiture de police, il leva les yeux vers les montagnes, où des parcelles neigeuses apparaissaient encore.

À Siglufjördur, l'ombre de l'hiver et les neiges furieuses qui engloutiraient la ville quand les longues journées céderaient la place aux longues nuits n'étaient jamais loin.

17

Quand Ísrún apprit à la radio que le propriétaire de la maison devant laquelle on avait retrouvé le cadavre n'était autre que Ríkhardur Lindgren, elle rentra directement au bureau. Elle sentait toujours le goût de la pollution dans sa bouche. Le nuage de cendres au-dessus de la ville avait grandi et grossi au cours de la journée. La brume épaisse masquait le soleil ; seule la température, de plus en plus chaude, trahissait sa présence derrière les miasmes gris.

Fichu volcan… En temps normal, elle adorait l'été. Aujourd'hui, elle aurait accueilli avec joie le glacial vent du nord.

Elle se rappelait très nettement l'affaire Lindgren. Elle avait fait la une de l'actualité quand Ísrún travaillait encore comme journaliste, juste avant de reprendre ses études. Trois patients étaient morts à cause des problèmes d'alcool de ce médecin. Mais leur rédacteur en chef de l'époque avait fait preuve d'une prudence inhabituelle, décidant de ne pas révéler l'identité du coupable et refusant de dramatiser l'affaire à mesure que sa gravité se révélait.

Selon les documents officiels, la résidence légale de Lindgren était désormais située en Suède. Quand l'affaire avait éclaté, Elín, une amie journaliste d'Ísrún, avait couvert le sujet pour le journal qui l'employait. Depuis, elle avait quitté son poste pour travailler comme attachée de presse d'une banque. Peut-être se souviendrait-elle de certains détails à propos de Lindgren – d'un angle intéressant pour aborder l'affaire ? Ísrún pourrait marquer des points auprès d'Ívar sans que cela l'empêche de quitter la ville à temps pour partir dans le Nord.

– Salut, c'est Ísrún ! lança-t-elle dès que son interlocutrice décrocha.

– Ísrún ! Ça fait une éternité !

– Oui, j'ai été un peu occupée…

C'était un euphémisme. Ces deux dernières années, sa vie avait ressemblé à un tour en montagnes russes – avec plus de bas que de hauts.

– Comment va la vie dans le monde des attachés de presse ? J'imagine que tu te débrouilles pour vendre des belles histoires à tes anciens collègues ?

Elín rit.

– Ça m'arrive, oui !

Ísrún profita de la bonne humeur d'Elín pour jouer cartes sur table.

– Tu as un peu de temps pour quelques questions ?

– À propos de quoi ?

– Tu te souviens de Ríkhardur Lindgren ?

– Si je m'en souviens ? Ce salopard d'ivrogne…

– Tu sais ce qu'il devient ?

– Oui. J'ai écrit plusieurs papiers sur lui, y compris quand il a fait l'objet de poursuites privées.

– Il vit ici ou il est parti en Suède ?

– Aux dernières nouvelles, il habiterait dans un appartement hypermoderne qui appartient à sa sœur, dans le quartier du port, répondit Elín, à l'évidence heureuse d'aider une ancienne collègue journaliste.

Une demi-heure plus tard, Ísrún arrivait sur le perron d'une résidence de Vatnsstígur, un quartier très luxueux de Reykjavik.

Le nom de la sœur ne figurait nulle part sur les interphones. Un seul bouton ne portait aucune étiquette : un appartement au sixième étage. C'était forcément celui-là. Elle le pressa tout en écartant son visage du champ de la caméra. Pas de réponse. Elle répéta l'opération et attendit. Le haut-parleur grésilla. Une voix rauque en jaillit, abrupte.

– Quoi ?

– Ríkhardur Lindgren ? Je suis de la police. Je dois vous parler de votre maison sur la côte nord.

L'homme marmonna une phrase qu'elle ne comprit pas et un bourdonnement lui signala l'ouverture de la porte de l'immeuble.

Elle prit l'ascenseur jusqu'au sixième étage. Quelques années plus tôt, elle serait montée par les escaliers en petites foulées, mais elle n'était plus assez en forme.

Arrivée devant la porte, elle appuya sur la sonnette. Dès que l'homme lui ouvrit, elle glissa un pied dans l'embrasure et, avec un grand sourire, se faufila à l'intérieur.

– Attendez un peu, protesta l'homme, troublé. Je vous connais, vous… Cette… cette cicatrice…

Les gens n'en parlent jamais, d'habitude, pensa Ísrún.

– Je vous ai vue à la télé.

Sa voix grondait à présent.

– Vous n'êtes pas flic ! Vous êtes une putain de journaliste ! Foutez le camp !

– J'ai une proposition à vous faire, répondit-elle calmement. Je ne m'intéresse ni à vous, ni à vos foutus problèmes. Ce qui m'intéresse, c'est de découvrir la vérité sur Elías Freysson. Si vous acceptez de répondre à quelques questions, je vous promets que je ne mentionnerai pas votre nom dans mon reportage. Par contre, si vous refusez de me parler…

Elle marqua une pause. Plus jeune, elle n'était pas aussi froide et impitoyable. Les deux dernières années l'avaient transformée.

– … vous pouvez être sûr que les médias ne tarderont pas à camper devant votre porte.

Il déglutit avec peine.

– Un caméraman m'attend dans la voiture, mentit-elle. Il suffit que je l'appelle et vous ne pourrez plus sortir de cet immeuble sans être filmé.

Il lui tourna le dos, plongé dans ses réflexions. Puis, faisant volte-face, il lui lança avec mépris :

– Qu'est-ce que vous voulez savoir sur Elías ?

– Vous le connaissiez bien ?

– Pas du tout, non. Il travaillait pour moi, c'est tout. On m'avait dit qu'il faisait du bon boulot, et ses tarifs étaient raisonnables.

– Qui vous a mis en relation avec lui ?

– Un ami qui vit à Dalvík. Il s'appelle Svavar. Lui et Elías étaient très proches. Ils ont travaillé ensemble pendant plusieurs années.

– Je veux les coordonnées de ce Svavar. Son téléphone ou son adresse.

Il hocha la tête, abattu.

– Restez ici, ordonna-t-il en se dirigeant vers la pièce voisine.

Il en revint quelques instants plus tard, avec un morceau de papier couvert d'un gribouillis à peine lisible.

– Tenez, grogna-t-il en tendant le papier à Ísrún. Et maintenant, fichez-moi la paix.

Ísrún ne bougea pas.

– Que savez-vous d'autre sur Elías ? Une information qui pourrait m'être utile ?

– Bon Dieu ! Puisque je vous dis que je le connaissais à peine ! Quel imbécile… se faire tuer comme ça, sur ma propriété…

Ísrún, toujours immobile, l'observait. Il enrageait, cherchant un moyen de se débarrasser d'elle.

– La seule chose que je sais, c'est qu'il était lié à un truc de charité, un concert à Akureyri. C'est tout. Allez, partez avant que j'appelle la police !

Elle lui sourit et tourna les talons.

– Merci pour votre aide !

La porte claqua derrière elle. Elle reprit l'ascenseur, regagna sa voiture et prit la route du Nord.

Sa première escale serait Dalvík, chez Svavar.

18

– Eh ben, chicos dis donc ! railla Hlynur en regardant Ari Thór sortir quelques feuilles de thé d'une boîte en fer ornée d'un arbre de Noël avant de les plonger dans l'eau chaude.

– Tu ne sais pas ce qui est bon, répliqua Ari Thór. Toi, ton truc, c'est cette lavasse que tu appelles café et que tu avales à longueur de journée.

– Et pour toi, Noël est en avance, on dirait !

Ari Thór sourit et quitta la pièce sans répondre, son thé à la main.

Hlynur ne le suivit pas. Le sourire suffisant de son collègue l'agaçait.

Il sentait la jalousie grandir en lui. Et même une pure colère. Sans doute s'adressait-elle en réalité à Tómas : après tout, c'était lui qui avait demandé à Ari Thór de prendre en charge l'enquête, laissant à Hlynur les incidents insignifiants. Est-ce qu'il comptait lui donner de plus grandes responsabilités ? Le préparait-il à devenir le prochain inspecteur de Siglufjördur ? Hlynur estimait que vu son expérience et son âge ce poste lui revenait de droit.

Mais rien ne se passait normalement. Il pensait sans cesse à ces e-mails – difficile de penser à autre chose – et voilà que Tómas confiait une affaire importante, la plus importante de l'année, à quelqu'un d'autre. Le fait qu'il s'agisse d'Ari Thór ne faisait qu'amplifier son sentiment d'injustice.

Il devait de toute urgence briser le cercle vicieux du regret et de l'auto-apitoiement, mais c'était plus facile à dire qu'à faire. Sa carrière ne risquait-elle pas de se réduire à une peau de chagrin ? Était-il écrit qu'il serait toute sa vie un raté ? Ou bien réussirait-il à se hisser hors du gouffre et à devenir quelqu'un en laissant derrière lui une enfance de malheurs et d'erreurs ?

Une fois adulte, Hlynur avait pris conscience de la souffrance qu'il avait infligée à ses camarades d'école pendant toutes ces années. Il avait alors repris contact avec toutes ses victimes pour leur demander pardon. Certains avaient bien pris sa démarche, d'autres non. Gauti était le seul qu'il n'avait pas retrouvé. Il avait fini par tomber sur son nom dans le journal – à la rubrique nécrologique.

Ça ne faisait aucun doute : Gauti s'était suicidé. Et pour Hlynur, ce geste désespéré trouvait sa source, directement ou indirectement, dans les tourments qu'il avait subis à l'école. Autrement dit, Hlynur était responsable du suicide d'un de ses camarades – il l'avait harcelé à mort. Et avait blessé profondément tant d'autres…

La prochaine fois, je t'apprendrai à mourir.

Quand il lisait ce message terrifiant sur son écran, il éprouvait parfois de la colère, parfois de l'incrédulité.

Qui osait lui envoyer ça ? Quelqu'un qu'il connaissait ? Peut-être un habitant de Siglufjördur ? Est-ce qu'il était là, en train de l'observer, de le suivre même ? Certains jours, il cédait à la paranoïa et se sentait espionné. Quelqu'un, juste à côté de lui, épiait ses faits et gestes. Hlynur passait son temps à regarder par-dessus son épaule. Pourtant, il n'avait toujours pas essayé de découvrir l'identité de l'expéditeur. Un membre de la famille de Gauti ? Un de ses amis ? En tout cas, les messages continuaient d'arriver, bien réels.

Peut-être avait-il vraiment besoin d'apprendre à mourir.

Ce matin-là, sa petite amie de Saudárkrókur avait laissé un message sur sa boîte vocale. Il savait de quoi elle voulait parler : de la prochaine étape de leur relation. Il l'aimait beaucoup, c'était certain, et dans d'autres circonstances il aurait été excité d'avoir cette conversation avec elle.

Mais il ne la rappela pas.

*

Ari Thór buvait son thé de Noël. Il avait le même goût que n'importe quel autre thé – aucun arôme particulier. Il se demanda si, au fond, Noël était censé avoir un goût spécial. Il n'y avait jamais pensé. Il se rappela que sa mère lui avait un jour expliqué que pour elle Noël était associé à l'odeur des pommes, sans doute parce que les pommes étaient rares en Islande à l'époque où ses parents étaient des enfants.

Il repensa à l'affaire, satisfait de la façon dont l'enquête progressait ; il avait bien l'intention de continuer. Depuis qu'il connaissait l'identité du propriétaire de la maison devant laquelle on avait découvert le corps, une question tournait en boucle dans son esprit : le tueur voulait-il tendre un piège au célèbre docteur Ríkhardur Lindgren ?

Ari Thór fit des recherches sur les trois patients morts à cause du docteur. Une veuve âgée issue d'une banlieue de Reykjavik, décédée pendant une opération, laissait une fille et ses enfants, qui vivaient dans le même quartier. Une retraitée de Kópavogur était morte après un combat douloureux contre les effets secondaires des erreurs de Lindgren. Son mari vivait à Akureyri, et ils avaient plusieurs enfants. Enfin, un vieil homme de Hafnarfjördur était mort des suites d'une intervention chirurgicale. Il n'avait qu'un fils, qui vivait en Norvège.

La police d'Akureyri envoyait régulièrement à Ari Thór et Tómas les dernières nouvelles de l'enquête. Mais un journaliste du Sud avait appelé directement le commissariat de Siglufjördur pour demander si Elías était impliqué dans un trafic de drogue. Le journaliste avait refusé d'indiquer d'où il tenait cette information. Ils avaient exploré cette nouvelle piste, sans rien de concluant pour le moment. Par ailleurs, Elías s'était récemment rendu au Danemark. Parti quelques jours, il était revenu au début de la semaine. Pendant son séjour, il n'avait pas pris de vol intérieur. Les enquêteurs cherchaient à savoir s'il s'était rendu dans un autre pays depuis le Danemark en embarquant sur un avion d'une compagnie étrangère.

Ari Thór avait contacté le troisième collègue d'Elías, Páll Reynisson, que Tómas surnommait « Páll le Flic » parce qu'il lui avait prêté main-forte durant un été. Páll revenait dans le Nord après un séjour à Reykjavik et avait promis de passer dès son arrivée au commissariat.

L'objectif suivant d'Ari Thór était de rencontrer cet artiste qui se faisait appeler Jói. Hákon, le contremaître du chantier, ne semblait pas l'estimer beaucoup. À le croire, il existait une certaine animosité entre lui et Elías au sujet de Secours domestique.

Si c'était vrai, cela pouvait devenir intéressant.

19

La maison de l'artiste se trouvait à Hlídarvegur. La façade de ce vieux bungalow indépendant peint en blanc était entièrement ornée de plantes grimpantes. Une collection de poupées russes à dominante jaune, rangées de gauche à droite en ordre décroissant, occupait le rebord de la fenêtre au-dessus de la porte.

En l'absence de sonnette, Ari Thór frappa au carreau – ou, plus exactement, sur la sculpture en verre placée au centre de la porte. Un homme d'âge mûr, dont l'épaisse barbe grise évoquait le père Noël, apparut à l'angle de la maison.

– Venez de ce côté, je travaille dans mon jardin. Tómas m'a prévenu que vous deviez passer.

Ari Thór suivit Jói derrière son bungalow. Une toile trônait au milieu de la pelouse parmi les arbustes et les buissons, ornée d'empreintes de pieds. Ari Thór remarqua que ceux du vieil homme étaient couverts de peinture.

Jói plongea le pied droit dans un seau de peinture bleue puis avança à cloche-pied jusqu'à la toile.

– Vous peignez ? demanda Ari Thór, réalisant la stupidité de sa question en s'entendant la poser.

– On peut dire ça, oui, gloussa Jói.

– On m'a dit que vous étiez un artiste-performeur…

– Je suis connu pour ça, mais mes performances ne sont pas toujours faciles à vendre. C'est pour ça que je me suis aussi mis à peindre, pour joindre les deux bouts. De temps en temps, je chante et je joue la comédie. Ce tableau-là, je l'ai déjà vendu à un collectionneur en Hollande. J'ai une petite réputation là-bas. C'est bien de pouvoir vendre à l'étranger de nos jours, avec le taux de change favorable de la couronne. Surtout que la vie n'est pas si chère ici, et que je n'ai pas besoin de grand-chose.

Soucieux de ne pas tacher ses chaussures, Ari Thór bougeait le moins possible.

– Vous vivez ici depuis longtemps ?

– Vit-on jamais *vraiment* quelque part ? répondit Jói sans lever les yeux. Je suis un citoyen du monde mais en gros je suis resté ici, à Siglufjördur, depuis que je suis né. Je laisse à d'autres le soin de décider si c'était une bonne idée ou pas.

– Qu'est-ce qui était une bonne idée ou pas ? demanda Ari Thór, qui s'impatientait.

– Naître.

Il prit un air pensif.

– À propos de vie et de mort, reprit Ari Thór d'un ton plus grave, j'ai appris que vous connaissiez Elías Freysson, l'homme qui a été assassiné l'autre nuit.

Jói eut un petit rire sombre.

– Oui, je le connaissais. Une belle crapule !

Sa voix avait pris les mêmes inflexions graves que celle d'Ari Thór.

– « Un ange », effectivement… laissa échapper ce dernier.

– Quoi ?

– On me l'a décrit comme un ange.

– Il savait faire bonne impression, mais j'ai vu clair dans son jeu. C'est une habitude, chez moi. C'est le propre de l'artiste.

Il se remit à sautiller à cloche-pied sur sa toile.

– Vous avez eu un différend ? demanda abruptement Ari Thór, que le comportement de l'artiste déstabilisait.

– Pendant les manifs ? Non, je ne dirais pas ça…

Il quitta sa toile un instant pour aller plonger son pied gauche dans la peinture jaune, puis y retourna et sauta de nouveau, cette fois sur ses deux pieds. Ari Thór luttait pour cacher sa stupéfaction.

– Quelles manifs ?

– Vous n'êtes pas au courant ? demanda Jói, hésitant.

– J'espère que mes questions ne vous empêchent pas de travailler ? dit brusquement Ari Thór, agacé de voir son interlocuteur occupé à autre chose.

– Pas de problème, j'aime travailler sous pression !

– Bon, alors parlez-moi de ces manifestations.

– Le terme est excessif. C'était plus une protestation spontanée, comme on en a l'habitude dans le pays. On s'est réunis à une dizaine et on a organisé un piquet de protestation à l'entrée du tunnel.

– Je croyais les habitants de Siglufjördur favorables à ce tunnel ?

– Ce n'est pas mon cas. On manifestait contre l'utilisation d'explosifs pour éventrer la montagne, avec tous les risques environnementaux que ça provoque… Sans compter que Hédinsfjördur, un des lieux les plus reculés d'Islande, va se trouver sur la route principale alors que c'est une merveille de la nature… C'est un foutu scandale !

– Il y a eu des résultats ?

– Comme vous avez pu le voir, aucun. Le tunnel ouvre cet hiver, je crois.

– Toutes ces manifestations étaient pacifiques ?

– À peu près, marmonna Jói.

– C'est-à-dire ?

– Elías était là. Il est monté sur ses grands chevaux. Il venait d'emménager ici. Il a commencé à nous insulter. J'étais le seul à lui tenir tête. On a bien failli en venir aux mains…

Il marqua un temps.

– Pour tout dire, il m'a jeté par terre – enfin, il m'a poussé et je suis tombé. Je n'ai pas riposté. Bon, c'était dans l'excitation du moment, mais tout de même, je l'ai regardé différemment après ça. Je n'aimais pas ce type.

Il leva la tête et eut un sourire maladroit.

– Vous vous connaissiez d'avant ? demanda Ari Thór.

– Non, pas du tout, même si Elías a passé du temps dans le coin dans son enfance – avec un couple, dans une ferme de Skagafjördur. Pendant quelques années, c'était une sorte de camp de vacances pour les gamins de Reykjavik. Mais c'est à l'abandon maintenant.

– Ce serait bien que je parle à ce couple. Vous savez où ils vivent ?

– Si vous voulez les interroger, vous allez devoir faire preuve de créativité : ils sont morts tous les deux. Mais un de leurs enfants s'est installé ici. Jónatan. Il habite à côté de la vieille église.

– J'irai le voir dès que je pourrai. Parlez-moi un peu du concert caritatif que vous organisiez. Vous étiez censé vous y produire ?

– Oui, et j'en ai toujours l'intention. Le concert aura lieu même si Elías n'est plus là. À vrai dire, avec sa mort, il y a même plus de chances qu'il ait lieu. J'avais envisagé de m'en retirer complètement, mais ça n'est plus nécessaire à présent.

– Pourquoi vouliez-vous vous retirer ?

– Je m'occupais de l'organisation avec Elías et Nóra. Elle l'adorait. J'imagine que c'est elle qui l'a décrit comme un ange, pas vrai ?

Il sourit et, sans attendre de réponse :

– Il y avait quelque chose de bizarre là-dedans... dans la participation d'Elías, je veux dire. Il insistait pour s'occuper de la partie financière et ne voulait pas qu'on y mette le nez. Nóra s'en fichait, pas moi. Je me suis débrouillé pour avoir accès aux papiers administratifs, je voulais savoir ce qu'il fabriquait. J'ai bien fait de me méfier ; j'ai trouvé une facture délirante venant d'Elías et d'autres entreprises pour des frais qui ne correspondaient à rien. À mon avis, il se servait du concert pour mettre en circulation de l'argent sale.

– Blanchiment ?

– C'est le terme, oui. Il devait espérer que personne ne regarderait ça de trop près, puisque c'était un événement caritatif. Mais je ne lui faisais pas confiance, et j'avais raison.

– J'imagine que, la nuit dernière, vous n'étiez pas à l'endroit où il s'est fait tuer ? lança Ari Thór sur un ton désinvolte.

– Très drôle. J'étais à Akureyri. Je faisais du camping. J'étais occupé à dessiner, pas à liquider quelqu'un à Skagafjördur.

– Ça n'est pas si loin que ça.

– Pas en kilomètres, non, mais il y a des années-lumière entre dessiner un paysage et tuer un homme, pas vrai ?

Jói leva les yeux de sa toile désormais multicolore.

– Possible, dit Ari Thór en tournant les talons.

*

Il suivit Hlídarvegur, descendit la pente abrupte de Brekkugata et s'approcha de la place de la Mairie, perdu dans ses pensées.

En arrivant sur la place, il la vit.

Ugla. La jeune fille qui avait détruit sa relation avec Kristín. Non, ça n'était pas vrai : ce n'était pas elle, la coupable. Ari Thór devait assumer sa responsabilité.

Il ne l'avait pas croisée depuis quelques mois, et cela faisait un an et demi qu'ils ne s'étaient pas parlé.

Elle arrivait de l'autre côté de la place. Impossible de faire demi-tour ou de traverser sans lui donner l'impression qu'il l'évitait. Quand ils se croisèrent, elle le regarda mais ne lui rendit pas le sourire qu'il lui adressait.

Autrefois, cette femme le fascinait. Cette émotion s'était évanouie.

Aujourd'hui, Kristín lui manquait.

20

Ce n'était ni la première ni la dernière fois que Páll Reynisson empruntait le tunnel de Strákar. Il était né à Siglufjördur, y avait grandi et n'avait jamais envisagé de vivre ailleurs. En sortant du tunnel, il fut accueilli par la vaste étendue du fjord, un spectacle familier et réconfortant qui signifiait immanquablement : *je suis chez moi*.

Pendant deux étés, Páll avait travaillé comme policier adjoint. L'expérience lui avait plu, mais pas suffisamment pour qu'il ait envie d'en faire son métier. Il avait préféré suivre une formation d'électricien. Sa mission la plus récente concernait le projet de tunnel de Hédinsfjördur, où il officiait dans la petite équipe d'Elías Freysson.

Ça allait être un peu bizarre de débarquer au commissariat où il avait travaillé pour y être interrogé.

*

Tómas avait décidé de ne pas participer à l'interrogatoire de Páll. Le fait qu'ils se connaissent risquait de brouiller les cartes et, de toute façon, il n'avait aucun doute sur la capacité d'Ari Thór à le mener à bien.

Pouvait-il recommander son collègue pour le poste d'inspecteur ? Il hésitait, vu ce que cela impliquait : griller la politesse à Hlynur, qui avait nettement plus d'ancienneté. Mais en ce moment, Hlynur n'était plus que l'ombre de lui-même. Très souvent, il se repliait dans sa bulle, l'esprit entièrement occupé par d'autres choses.

Au début, Tómas se disait que cela finirait par s'arranger – comme une fatigue passagère, un mal-être provisoire. Mais ces derniers mois, le problème n'avait fait que croître, au point qu'il ne confiait plus à Hlynur que des tâches subalternes.

Il n'était plus aussi ponctuel et il travaillait à contre-cœur. À cause de sa négligence, une enquête relativement simple sur une affaire de drogue avait été bâclée. Le pire était survenu lorsqu'un vieillard avait eu une crise cardiaque à la piscine municipale. Hlynur était de garde et sur place ce jour-là, mais à en croire les personnes présentes, il avait fait preuve d'une inefficacité affligeante. Il n'avait pratiquement pas dit un mot et était resté figé pendant toute la scène. Par chance, l'homme avait survécu, mais certainement pas grâce à Hlynur.

Si quoi que ce soit de plus grave qu'un accident de la route se produisait, Tómas s'en occupait ou envoyait Ari Thór. Hlynur devait forcément s'en rendre compte. Dès que l'affaire de meurtre serait résolue, Tómas lui parlerait à cœur ouvert de ce problème.

D'un autre côté, Tómas n'avait aucune certitude de partir dans le Sud, et s'il restait, il n'aurait pas besoin de se choisir un successeur. Il était très attaché à cette ville et il avait du mal à s'expliquer pourquoi. Peut-être parce qu'elle renfermait son passé, des souvenirs auxquels il avait du mal à renoncer. Et puis, c'était là que sa brillante carrière s'était construite ; là qu'il s'était dédié corps et âme à son travail – peut-être trop. Le congé sans solde temporaire qu'il comptait s'octroyer ne risquait-il pas de se transformer en une trop longue parenthèse ? Son poste d'inspecteur ne lui serait pas réservé indéfiniment. Était-il prêt à prendre ce risque ?

*

– Asseyez-vous, dit Ari Thór à Páll.

Il était bien décidé à ne pas le laisser dans sa zone de confort, même si, de toute évidence, l'homme connaissait le commissariat comme sa poche.

– Ça fait plaisir de revoir cet endroit. J'ai passé quelques beaux étés, ici, dit-il, tentant de briser la glace. Il y a encore des gens qui m'appellent Páll le Flic.

– On ne perd pas facilement son surnom, à Siglufjördur, remarqua sèchement Ari Thór. Pourquoi étiez-vous à Reykjavik ?

– J'ai juste voulu faire un break. J'avais un jour de congé et j'en ai profité pour descendre dans le Sud. Aller voir ce que la grande ville me réservait… Bon, c'était surtout des cendres et de l'obscurité.

Il se pencha au-dessus de la table et hasarda un sourire.

– Vous étiez à l'hôtel ?

– Non. Chez un ami.

Il se redressa sur sa chaise.

– Vous voulez son nom et son téléphone ?

– Absolument.

Páll lui donna les informations, qu'Ari Thór nota sur un papier avant de reprendre l'interrogatoire :

– Quand êtes-vous rentré ?

– Ce matin.

– C'était comment, de travailler avec Elías ? demanda abruptement Ari Thór, cherchant à déstabiliser Páll.

– Un peu différent, répondit-il du tac au tac.

– C'est-à-dire ?

– Ça n'était pas évident de travailler avec Elías et Svavar. Ils se connaissaient depuis des années et j'avais l'impression qu'ils manigançaient quelque chose – quelque chose dont je n'ai jamais eu vent.

– Un autre boulot ?

– Possible. Je n'en sais rien. Ou alors…

Il baissa la voix.

– … quelque chose d'illégal, vous voyez le genre ?

– Si c'était le cas, pourquoi ne pas nous en avoir avertis ?

– J'avais juste une intuition… Rien pour la corroborer, sinon je serais venu direct ici. En tout cas, je suis sûr d'une chose : ces derniers temps, ils étaient nerveux – et pas qu'un peu. Comme s'ils étaient sur un gros coup. Mais ils ne m'en ont jamais parlé.

Páll haussa les épaules.

– Vous avez travaillé longtemps ensemble ?

– Un an et demi, grosso modo. Elías m'a engagé peu de temps après son arrivée ici.

– Quel genre de personne c'était ?

Páll prit le temps de la réflexion.

– Il est difficile à décrire. Il dégageait quelque chose de malveillant. Par exemple, il prétendait se passionner pour les grandes causes charitables, mais c'était des conneries. La seule personne qu'il voulait aider, c'était lui-même. Je crois qu'il voulait ramasser un maximum de fric pour partir vivre à l'étranger. Svavar aussi parlait souvent d'aller s'installer dans un pays chaud…

Il se pencha de nouveau vers Ari Thór.

– S'il comptait sur sa fortune, je peux vous assurer que ça ne risquait pas d'arriver ! Donc soit ils me payaient particulièrement mal, soit ils avaient un autre boulot du genre louche que personne ne connaissait.

— Et Logi ? Vous croyez qu'il participait aussi à… cet autre boulot ?

— Je n'en suis pas sûr. En fait, je ne crois pas. Même s'ils lui faisaient beaucoup plus confiance qu'à moi. Un ancien flic, hein ?

Son visage s'ouvrit dans un large sourire.

— Avant-hier, j'ai vu Elías et Logi en train de discuter. Dès qu'ils m'ont vu, ils se sont tus. Peut-être qu'il était déjà dans le coup. Ou alors, ils allaient le faire entrer dans leur petite société secrète…

Sous le ton léger de Páll, on décelait une certaine amertume. Il leur en voulait toujours d'avoir été mis sur la touche.

*

Hlynur regarda Ari Thór entrer avec Páll dans la salle d'interrogatoire.

Un an plus tôt, c'est lui qui aurait été à la place de son collègue, il en était cruellement conscient. Sa vieille colère bouillonna en lui. Il devait à tout prix découvrir qui lui envoyait ces e-mails. Alors seulement, sa vie retrouverait un semblant d'équilibre.

Rassemblant son courage, il relut l'annonce du décès de Gauti. Cela faisait longtemps qu'il ne l'avait pas parcourue, mais la coïncidence le frappa comme à chaque fois : Gauti était mort le 10 mai et le premier e-mail mystérieux lui avait été envoyé à la même date, des années après. Selon la notice nécrologique, Gauti avait une sœur plus jeune. Son père était mort avant lui, mais sa mère était toujours en vie. Hlynur nota les noms et consulta le Registre national d'état civil. Sa sœur habitait dans la région de Reykjavik. Leur mère était morte un an après Gauti. Hlynur trouva facilement l'annonce de son décès. Tandis qu'il la parcourait, une idée terrible se forma en lui : elle était morte de chagrin. Aucune mention n'indiquait si elle s'était ou non suicidée.

Hlynur avait envie de vomir. Comme si la responsabilité de la mort de Gauti n'était pas une croix assez lourde à porter... voilà qu'il se retrouvait avec deux morts sur la conscience. Accablé par ce fardeau, il sentit un sombre désespoir l'engloutir, qu'il tenta vainement de dissiper. Puis il chercha des photos de la sœur de Gauti sur Internet. Elle s'appelait Oddrún. Avec un prénom aussi rare, il n'eut aucune difficulté à la trouver. Un visage apparut sur l'écran, qui le regardait. Il était certain de n'avoir jamais vu cette femme.

*

Ce soir-là, Tómas et Ari Thór devaient prendre part à une réunion à Akureyri pour faire le point sur l'enquête. Tómas proposa de partir en fin d'après-midi et de s'arrêter en route pour manger un bout.

À vrai dire, il se réjouissait de cette occasion de dîner dehors avec quelqu'un. Il en avait assez des barquettes réchauffées au micro-ondes. Il n'avait jamais appris à cuisiner, se condamnant ainsi aux plats préparés. De temps en temps, il achetait une pizza surgelée qu'il réchauffait dans le four. La cuisine de son épouse lui manquait, des recettes simples du quotidien aux festins qu'elle préparait pour les occasions spéciales.

Il regrettait surtout son occasionnel steak frites sauce béarnaise – une lente et délicieuse façon de s'assurer une fin prématurée.

*

117

Akureyri était le dernier endroit où Ari Thór souhaitait se rendre. Il n'était pas prêt à croiser Kristín. Pas encore, en tout cas.

D'un autre côté, cette visite lui offrait l'occasion de vérifier sa théorie sur Ríkhardur Lindgren, puisque le veuf d'une des victimes du docteur habitait la ville. Peut-être pourrait-il passer le voir, sans Tómas ? Il avait prévu de retrouver Natan, un vieil ami du temps de l'école qui habitait Akureyri, et de lui demander de le conduire chez l'homme. À tout hasard, bien sûr, mais autant saisir cette opportunité pour opérer une vérification discrète.

Dans les rues du centre-ville de Siglufjördur, les touristes du bateau de croisière se pressaient sous un clair soleil estival – rien à voir avec l'épais nuage de cendres ancré sur Reykjavik.

Ari Thór avait contacté l'ami de Páll, à Reykjavik, qui lui avait confirmé son alibi : s'il disait la vérité, Páll se trouvait bien loin de Skagafjördur au moment du crime. À présent, il voulait interroger le fils du couple propriétaire de la ferme où, à en croire Jói, Elías avait séjourné. Il lui restait du temps avant de prendre la route pour Akureyri avec Tómas. Avec un peu de chance, cette visite se révélerait fructueuse.

En chemin, il appela Natan pour les détails de leur rendez-vous. Tómas voulait s'arrêter quelque part pour dîner, mais Ari Thór allait décliner l'invitation, lui dire qu'il avait prévu de voir un ami. Tómas mangerait seul, mais ça ne le dérangerait sûrement pas. Il avait l'habitude.

Ari Thór avait une autre raison de préférer la compagnie de Natan à celle de son supérieur. Natan connaissait Kristín. Il pourrait lui soutirer des informations sur elle.

Après avoir été si rapidement éconduit par Ugla puis Kristín, Ari Thór n'avait pas eu envie de rencontrer qui que ce soit. Depuis, il n'avait fait qu'un seul écart – qui n'en était pas vraiment un, puisqu'il n'était plus rede-vable envers Kristín. L'automne qui avait suivi leur sépa-ration, un ami de l'école de police lui avait proposé de l'accompagner à une fête à Blönduós. Un ami ? Le mot n'était-il pas trop fort ? Une connaissance serait plus juste. Ari Thór avait très peu d'amis et il n'avait jamais eu le talent nécessaire pour se constituer une bande. Il avait du mal à s'ouvrir, à dévoiler aux autres son côté chaleureux, sensible. Depuis la mort de ses parents et de sa grand-mère, il ne s'était senti vraiment à l'aise qu'avec deux personnes : Kristín et Ugla.

Son ancien camarade venait de s'installer à Blön-duós pour une affectation provisoire et il ne connais-sait personne. Il n'avait pas envie d'aller seul à cette fête, avait-il expliqué à Ari Thór, peut-être celui-ci accepterait-il de faire le trajet depuis Siglufjördur pour l'y accompagner ? À l'époque, Ari Thór en avait telle-ment assez de souffrir et de s'apitoyer sur son sort après ses fiascos sentimentaux qu'il avait accepté.

Il avait demandé à Hlynur de lui prêter sa voiture – une requête étrange dans la mesure où ils avaient peu d'affinités et ne se voyaient jamais en dehors du tra-vail. Mais Ari Thór s'était montré convaincant. Après tout, il n'avait personne d'autre vers qui se tourner – ni Tómas, et encore moins Ugla.

*

Quand ils arrivèrent à la fête, le bruit était assour-dissant. Très vite, dans la cohue, il perdit de vue son ami. Des chansons qu'il n'avait jamais entendues pas-saient à plein volume, occultant tout le reste. C'était quoi, ce groupe ? Les pulsations des basses le rendaient fou. Il décida rapidement qu'il était bien trop vieux pour tout ça.

Quelqu'un le bouscula violemment et il se retourna, prêt à lui rendre la pareille. Trop tard : la personne s'éloignait déjà. Le regard d'Ari Thór s'arrêta alors sur une jeune fille magnifique. Fasciné, il s'approcha d'elle maladroitement, son corps échouant lamentablement à marquer le rythme malgré ses efforts.

Par-dessus le vacarme, il se présenta, lui annonçant qu'il était policier. Il ne comprit pas son prénom, mais au cas où elle ne l'aurait pas entendu la première fois, il lui répéta qu'il était policier. C'était une petite rousse, incroyablement jolie et beaucoup plus jeune que lui.

Sans même qu'Ari Thór s'en rende compte, le dernier slow s'acheva et il était encore avec la même ravissante cavalière. Sans se lâcher, ils sortirent de la salle, et peu après Ari Thór se retrouva devant une maison à Blönduós. Une maison rouge. Habitée par une fille aux cheveux roux.

Une fois entrés, elle lui servit à boire, mit de la musique et monta le volume – toujours ce foutu bruit. Leurs vêtements ne tardèrent pas à joncher le sol.

Faire l'amour avec cette fille rousse était très différent de ce qu'Ari Thór avait connu avec Kristín : plus audacieux, plus frénétique, plus froid. Et, pendant tout le temps qu'ils passèrent dans les bras l'un de l'autre, il ne cessa pas de penser à son ancienne fiancée.

*

Une fois dessaoulé et reparti vers Siglufjördur, il regretta cette mésaventure. Il la rangerait dans la catégorie « ça n'a jamais eu lieu » si Kristín et lui se remettaient ensemble un jour. *Quand* ils se remettraient ensemble, corrigea-t-il.

Si tout était fini entre eux, pourquoi éprouvait-il le sentiment coupable de lui avoir été infidèle ?

21

Le calme régnait au commissariat. Hlynur avait passé le plus clair de son temps à parcourir d'anciennes rubriques nécrologiques. Celle de Gauti, puis celle de sa mère. Il avait vérifié sa boîte mail. Lu et relu les messages menaçants.

Quand cela cesserait-il ?

Comment se faire pardonner ses fautes passées ?

Le pourrait-il jamais ?

Il aurait tout donné pour briser ce cercle vicieux, pour entendre une voix qui lui expliquerait comment tout arranger. Mais il se dit avec effroi que la voix lui avait déjà parlé.

La prochaine fois, je t'apprendrai à mourir.

La personne qui lui envoyait ces e-mails, que ce soit la sœur de Gauti ou quelqu'un d'autre, attendait que l'inévitable se produise : que Hlynur choisisse la même issue que Gauti.

La colère monta en lui comme une houle.

Pourquoi ils ne me fichent pas la paix ?

Je regrette !

Je regrette tout !

22

Ari Thór traversa la place, gravit l'escalier un peu raide menant au parvis de la vieille église et arriva chez Jónatan. Ce dernier montait la garde dans l'embrasure de la porte. Ari Thór le reconnut tout de suite ; il le croisait parfois en ville mais ne savait rien de lui. C'était donc lui, l'homme dont les parents possédaient la ferme où Elías avait passé quelque temps dans sa jeunesse.

Grand mais voûté, il souffrait manifestement du dos. Il jaugea Ari Thór à travers les épais verres de ses lunettes, penché vers lui comme s'il rendait un verdict.

– Qu'est-ce que vous voulez ? demanda-t-il d'une voix rauque, loin de la basse profonde à laquelle Ari Thór s'attendait.

Ari Thór n'avait pas dit à Tómas où il se rendait, préférant cacher son jeu. Il n'avait pas non plus prévenu Jónatan, et de toute évidence sa visite inattendue n'était pas la bienvenue.

– Rien de spécial. Seulement vous poser quelques questions.

– Je n'aime pas les flics, j'imagine que vous le savez déjà. Ils ne vous foutent jamais la paix…

Ses grognements manquaient de volume, ce qui leur ôtait toute profondeur ou toute noirceur.

– C'est à cause d'Elías que vous êtes là ?

Elías. Donc, ils se connaissaient. Sans doute des souvenirs du temps de la ferme.

– *J'imagine que vous le savez déjà*, répéta Ari Thór à son ombrageux interlocuteur. Qu'est-ce que vous entendez par là ? Et vous ne me faites pas entrer ?

– Je ne fais entrer personne chez moi. Tous des fouille-merde…

Il s'écarta de l'embrasure, claqua la porte derrière lui et descendit les marches du perron pour s'arrêter quasiment sur les orteils d'Ari Thór.

– Je vais faire un tour à la coopérative. Vous n'avez qu'à me suivre, gamin, on parlera en chemin.

Ari Thór jeta un coup d'œil vers la place de la Mairie. Ça ne faisait pas un très long trajet, en passant devant la vieille église. Il aurait le temps d'interroger Jónatan, mais il avait intérêt à choisir ses questions avec soin.

– Comme vous voulez, répondit-il, agacé, avant de s'apercevoir que l'homme marchait lentement, comme si chaque pas était un combat.

Leur conversation ne serait peut-être pas si brève, finalement.

– Alors, qu'est-ce que vous vouliez dire avec cette remarque ?

– Ne jouez pas au con avec moi, OK ? Vous savez sans doute que j'ai fait de la taule. Sinon, pourquoi vous seriez venu m'emmerder ?

Bon Dieu… Erreur de débutant : interroger quelqu'un sans s'être renseigné sur lui.

– Je n'ai pas l'habitude de vérifier le casier de toutes les personnes avec qui je discute.

Il espérait être convaincant.

– C'est vrai que ce ne serait pas très marrant… fit Jónatan en s'engageant péniblement dans la descente.

– Vous étiez là-bas pour quoi ?

Ari Thór s'en voulut aussitôt de gâcher du temps avec cette question ; il aurait pu y répondre lui-même plus tard en cherchant dans la base de données de la police.

– Des conneries, la drogue… Vous trouverez bien. Disons que je n'étais ni coupable ni innocent.

Jónatan hésita puis décida de s'expliquer plus longuement. D'expérience, Ari Thór savait que chaque délinquant a toujours plus ou moins des circonstances atténuantes.

– Je l'ai fait pour le fric, compris ? Rapporté de la dope de l'étranger… Mais l'idée ne venait pas de moi.

– Vous connaissiez bien Elías ?

– Bien ? Non, je ne dirais pas ça. Je me souviens de lui…

Sa voix dérailla. Il toussa avant de reprendre :

… du temps où il était à la campagne, dans la ferme de mes parents. Il n'est jamais venu me voir depuis qu'il s'est installé à Siglufjördur. Je savais juste qu'il était là et j'ai aussi appris pour sa mort. Mais je ne suis pas du genre à me mêler aux autres, du coup je ne suis pas au courant des derniers ragots.

– Vous vivez ici depuis longtemps ?

– Depuis la mort de mon père. Ça fait cinq ans. Ma mère n'était déjà plus là. Ça ne rimait à rien de garder cette foutue ferme, avec son troupeau décimé et rien d'autre à faire que regarder la mer et vivre dans les souvenirs… les vieux souvenirs.

À en juger par son ton, ils ne devaient pas être bons.

– Quand est-ce que vous vous êtes fourré dans cette histoire de drogue ?

Ils n'étaient plus très loin de la coopérative.

– Il y a bien longtemps, répondit Jónatan d'un ton mélancolique. Avant la mort de mes parents. J'avais déménagé à Reykjavik pour apprendre des choses – tout le monde devrait faire ça. Quand je suis sorti de taule, je suis reparti dans le Nord. Je n'avais nulle part où aller… Ensuite, ma mère est morte. Mon père a essayé de continuer avec la ferme, mais il est mort la même année. Et moi, j'ai renoncé. Mes frères et sœurs m'ont payé une maison ici, ils l'ont eue pour pas cher.

Il s'immobilisa et, avec difficulté, jeta un œil à sa petite maison, par-dessus son épaule.

– Ils vivent dans le Sud maintenant. Dans une espèce de paradis urbain…

Il sourit.

– Ils ne viennent jamais me voir. Bah, l'immobilier n'était pas cher dans le coin, et je suppose qu'ils ont préféré mettre de la distance entre nous.

– Et aujourd'hui, vous faites quoi ?

Ils se tenaient devant les portes du magasin.

– Eh bien, jeune homme, on peut dire que je suis à la retraite. Je ne suis pas vraiment en pleine forme, vous savez.

Il sourit de nouveau.

– Maintenant que je suis épuisé et bon à rien, je touche une petite alloc maladie… Je me débrouille tant bien que mal. J'ai perdu la notion des jours, mais je sais encore distinguer le week-end de la semaine. Vous savez comment ?

Ari Thór resta immobile, attendant la réponse.

– Je regarde par la fenêtre quand je me lève, le matin. S'il y a du monde dans les rues, c'est la semaine, sinon, c'est le week-end. Ça me suffit. La vie est tellement simple quand personne n'en a rien à foutre de vous !

Et, sans un regard pour Ari Thór, il entra dans le magasin en traînant la jambe.

23

Jónatan n'avait aucune idée de ce qu'il venait faire à la coopérative. Il avait peu d'argent et tout ce qu'il lui fallait à la maison : un peu de lait, du *skyr*[1] et les restes du dîner de la veille. En réalité, il ne voulait pas laisser ce foutu flic entrer chez lui. Une virée à la coopérative était la meilleure façon de s'en débarrasser.

Descendre le chemin en pente sans sa canne avait été une épreuve douloureuse. Dans son empressement à partir, il l'avait oubliée chez lui, et il se retrouvait dans les travées de l'épicerie comme une âme en peine parmi les touristes, sans besoin réel d'acheter quoi que ce soit.

Pourquoi n'avait-il pas laissé entrer le flic chez lui ? En partie parce que la maison était un vrai taudis, il devait bien se l'avouer. Il n'avait pas fait le ménage depuis des lustres. En même temps, il n'était pas assailli de visiteurs…

L'autre raison, c'était qu'il aurait pu s'épancher un peu trop pour soulager sa conscience, et cette idée le terrifiait. D'un autre côté, un aveu n'était pas nécessairement une mauvaise chose. Toujours mieux qu'être obligé de porter le fardeau de la vérité sur son dos brisé.

---

1. Spécialité laitière islandaise, à mi-chemin entre le yaourt et le fromage. (*N.d.T.*)

L'espace d'un instant, en voyant le flic sur le perron, il s'était dit que tout était fini – presque soulagé. Il se voyait déjà lui ouvrir sa porte, le faire asseoir parmi les détritus et tout lui raconter.

Il parcourut du regard le magasin. Il ne reconnaissait personne et personne ne semblait l'avoir remarqué. Il avança jusqu'aux caisses et se faufila dehors.

Il se sentait stupide d'être entré dans la coopérative et d'en ressortir les mains vides. Au coin de l'église, il avisa la montée qui l'attendait. Il aurait vraiment dû prendre sa canne.

Jeune homme, il n'était pas aussi étourdi. Même enfant, à la ferme de Siglufjördur, il se montrait précis et réfléchi, toujours organisé, fiable, consciencieux. Il était le plus jeune d'une fratrie de cinq, et avec tant de frères et sœurs et des parents entièrement occupés par la ferme, on ne l'avait pas poussé à travailler dur. En revanche, il avait toujours été clair qu'il irait étudier dans le Sud. Ça lui convenait très bien : il n'avait pas la force nécessaire pour des travaux physiques et la ferme ne l'intéressait pas. Il partit donc pour Reykjavik, où ses années de lycée furent couronnées de succès. C'est ensuite qu'arrivèrent les problèmes qui ruinèrent son existence.

Il voulut étudier la médecine – un choix difficile et une entreprise ardue. Il commença à se préparer dès l'été, avant le début du premier trimestre. Plongé dans la lecture de manuels médicaux, il se demandait s'il pouvait vraiment devenir médecin. Serait-il capable de s'occuper des patients qui viendraient le voir tous les jours, de leur livrer son diagnostic et de leur prescrire les bons traitements ? « Rentrez chez vous, vous n'avez rien du tout. » Comment pourrait-il en être certain ? Comment faisaient les médecins pour prendre autant de décisions chaque jour ? Il imaginait que chaque patient devait faire l'objet d'un examen approfondi, étayé par des recherches dans des livres et des revues, et que c'était seulement après avoir mené à bien toutes ces vérifications qu'il pourrait lui annoncer : « Vous êtes en pleine forme, pas d'inquiétude à avoir. »

Et si l'un d'eux tombait malade ? S'il passait à côté de quelque chose à l'examen ? Ces pensées hantaient l'esprit de Jónatan.

Puis les choses sérieuses débutèrent : étudier.

*

Assis dans la bibliothèque devant le cercle de lumière dessiné par la lampe, il fixait le livre mais ne le lisait plus. Jónatan ne savait pas depuis combien de temps l'ouvrage était ouvert à la même page. Il était arrivé de bonne heure après une nuit entière passée à lire, à mémoriser des informations. Les mots commençaient à se mélanger. Ses journées passaient, mornes et monotones. Avait-il raté son premier partiel ? Peut-être. Il n'était plus sûr de rien. Son père lui avait téléphoné quelques jours plus tôt. Incapable de lui dire la vérité, Jónatan lui avait annoncé qu'il avait réussi haut la main tous ses examens. Ça n'était pas vraiment un mensonge : il connaissait ses matières mieux que quiconque. Et pourtant, il avait échoué...

*

Après le fiasco de ses études universitaires, il se mit en quête d'un métier. Mais trouver quelque chose qui lui convienne à Reykjavik n'était pas facile. Lui qui n'avait jamais été assez costaud pour endurer le rude labeur de la ferme cherchait désormais, à contrecœur, le genre de travail que son dos fragile ne lui permettrait pas de supporter très longtemps. Il finit par se faire embaucher comme docker. Du matin au soir, il n'arrêtait pas. C'était bien payé, mais extrêmement fatigant. Il n'avait pas la force physique nécessaire. Il faisait de son mieux pour tenir, mais ses douleurs dorsales revenaient, chaque fois un peu plus fortes.

On lui proposa de travailler sur un bateau. La paie était encore meilleure, il pourrait mieux s'en tirer et mettre un peu d'argent de côté. La vie de marin se révéla pire que celle de docker. Il se força à enchaîner plusieurs voyages, luttant contre le mal de mer, livide et fragile… C'est là qu'il rencontra le diable en personne ; un homme qui savait s'y prendre pour le soumettre à la tentation.

– Se tuer au travail, c'est bon pour les minables, prétendait-il. L'argent facile, il n'y a rien de mieux.

Et c'est ce qu'il proposa à Jónatan.

À l'époque, son dos était en charpie. Il saisissait toutes les occasions pour sauver sa peau. Passer de la drogue ne présenta aucune difficulté la première fois. Pas plus que la deuxième. Jamais deux sans trois ?

La troisième fois, il se fit prendre. Il resta des semaines en détention provisoire avant d'être expédié en prison. Ses parents découvrirent qu'il avait renoncé à la médecine depuis plusieurs mois pour se lancer en indépendant dans le commerce de l'industrie chimique.

La prison, ce n'était pas le pire. Il avait une cellule assez grande et relativement confortable. Le pire avait été, à sa sortie, de devoir retourner vivre dans le Nord, l'esprit et le dos brisés.

Jónatan arriva en haut de la côte. Il fit une pause pour savourer la douceur de l'été, dépourvu de ces vents cinglants qui lacèrent la ville pendant les longs mois d'hiver. Il s'étira. Ses douleurs dorsales étaient terribles, mais supportables. Il parvint jusqu'à sa maison, ce pauvre cabanon que lui avaient payé ses frères et sœurs. En entrant, il vit tout de suite sa chère canne posée sur le radiateur de l'entrée.

Fourbu, il s'allongea pour se reposer un peu. Il savait déjà que son sommeil serait agité. Il ne supportait pas la vive clarté du dehors, ce soleil de minuit que tout le monde adorait. Il avait acheté d'épais rideaux mais les rayons du soleil trouvaient toujours un interstice par lequel se faufiler.

Dans son esprit, les nuits les plus sombres étaient les plus lumineuses, et il ne savait que trop bien pourquoi.

24

Le soir tombait quand Ísrún arriva à Dalvík. Elle ne l'aurait pas deviné sans l'horloge du tableau de bord en cette placide soirée de juin pure et lumineuse ; la journée s'étirait, plus longue encore sur la côte nord que dans la région de Reykjavik. Le paysage paraissait différent, plus rocailleux et menaçant, mais, Dieu merci, elle avait laissé derrière elle l'air empoisonné de la capitale.

Ísrún se gara devant la maison où habitait le collègue le plus proche d'Elías : Svavar Sindrason, quarante-deux ans, célibataire.

Kormákur l'avait appelée sur la route dans l'espoir de grappiller un scoop pour le JT du soir. Elle lui avait répondu sèchement qu'elle n'avait rien pour l'instant et que cela prendrait du temps. Elle en avait profité pour lui demander de chercher tous les renseignements possibles sur Svavar, se gardant bien de mentionner sa conversation avec Ríkhardur Lindgren.

Kormákur avait fait du zèle ; un peu plus tard, il l'avait rappelée pour lui transmettre de nombreuses informations sur Svavar – date de naissance, contexte familial, etc. Elle l'avait écouté, un large sourire aux lèvres : c'était Kormákur qui l'assistait et non l'inverse, comme Ívar l'aurait voulu.

Malgré tous ses efforts, Kormákur n'avait pas trouvé grand-chose dans les médias ou sur Internet. De temps en temps, le nom de Sindrason apparaissait dans les rubriques sportives de vieux journaux car il avait jadis pratiqué le handball à un très haut niveau. À part cela, il menait *a priori* une existence bien ordinaire.

De charmantes maisons s'alignaient proprement le long de la rue. Ísrún sonna chez Svavar. Elle n'avait plus besoin de rassembler son courage pour déranger des inconnus en dehors des heures de travail. Grâce au journalisme, elle s'était forgé une carapace. L'information occupait la première, la deuxième et la troisième place dans la liste de ses priorités. Néanmoins, elle agissait avec un professionnalisme méticuleux, consciente que son travail l'amenait parfois à gêner des personnes qui n'avaient rien demandé. Elle savait aussi que dès qu'elle commencerait à éprouver trop d'états d'âme, il serait temps de chercher un métier moins brutal.

Un homme à l'air fatigué lui ouvrit.

— Bonsoir, dit-il d'une voix grave.

— Je voudrais vous poser quelques questions sur Elías, lança-t-elle sans même se présenter. Je suis venue directement de Reykjavik pour vous parler.

Un peu de flatterie ne pouvait pas faire de mal.

— J'apprécierais vraiment que vous acceptiez de m'accorder cinq ou dix minutes de votre temps.

Svavar semblait pris de court.

— Entrez.

Elle n'hésita pas.

— Je ne vous ai pas vue au JT ? grommela-t-il quand ils se retrouvèrent dans son salon.

Il fixait la cicatrice sur son visage.

La pièce évoquait une maison de vacances surchargée, avec des meubles dépareillés et sans charme, des livres

133

improbables alignés dans une bibliothèque, comme laissés là par hasard. La plupart des étagères étaient vides, à l'image des murs. Seul signe de vie, une petite télévision diffusait des images vacillantes dans un coin, le volume réglé très bas. Toute la différence entre être à la maison et être dans une maison, songea Ísrún.

Elle acquiesça – oui, elle travaillait à la télé. Le regard de Svavar se mit à faire des allers-retours.

– Où… où est-ce qu'il est ? bredouilla-t-il.

– Qui ?

– Ben, vous savez… le caméraman.

– Je l'ai laissé à Reykjavik. Je commence par mener mon enquête, puis je fais des interviews, si nécessaire.

Elle prit soin de ne pas prononcer la formule magique *en off*. Rien de l'interview qu'elle s'apprêtait à mener ne serait *en off*. Elle avait bien l'intention d'exploiter la moindre information qu'elle pourrait soutirer à Svavar. Et sûrement pas de la façon à laquelle il s'attendait.

Svavar s'assit sur l'unique chaise. Ísrún resta un moment debout au milieu de la pièce, attendant une réaction de sa part, puis elle alla dans la cuisine et en rapporta un tabouret.

– Je comprends, maugréa-t-il, apathique. Travail préparatoire. J'imagine que vous faites ça pour le type que je viens de voir au JT ?

Merde. Elle aurait dû présenter les choses différemment, afin que Svavar ne la prenne pas pour l'assistante de Kormákur. Par expérience, elle savait que les gens préféraient parler à quelqu'un d'influent. Or, les présentateurs du JT ont une influence considérable.

– Pas vraiment, non, dit-elle dans un petit rire – et avec un léger scrupule, mais pas assez pour l'arrêter. En réalité, c'est *lui* qui m'assiste dans mon enquête.

Je n'ai pas pu l'emmener avec moi, il fallait bien que quelqu'un reste à Reykjavik pour présenter les infos.

Puis, réorientant adroitement la conversation :

— Vous connaissiez bien Elías ?

— Ouais… Très bien. J'ai bossé pour lui pendant plusieurs années.

— Quel genre de chef c'était ?

Il resta silencieux un instant.

— Un sacré bon chef.

— Travailleur ?

— Un gros bosseur, oui.

— Beaucoup de monde dans son équipe ?

— Juste nous trois, en général.

Il se racla la gorge, se tordit les mains.

— Moi, Logi et Páll le Flic. Ils vivent tous les deux à Siglufjördur. Elías était le responsable.

— Et vous aviez assez de travail ?

Elle enchaînait les questions avec vivacité, évitant les longs silences susceptibles de diluer l'attention de Svavar.

— Ça oui, plus qu'il n'en fallait. Beaucoup en équipe de nuit. Le tunnel doit absolument être terminé pour une ouverture à l'automne.

— Qu'est-ce qui est arrivé à votre ami ? demanda-t-elle sans plus de précautions.

— Alors là, aucune idée…

Il avait répondu presque sans réfléchir. Il frotta sa barbe de trois jours.

Ísrún se pencha vers lui.

— Mais j'imagine que vous aimeriez le savoir, non ?

— Bien sûr !

Sa voix était cassante, mais si peu convaincante qu'Ísrún comprit immédiatement qu'il avait une petite idée sur la question.

– Il avait eu des démêlés avec la justice ?

– Pourquoi vous demandez ça ?

Elle sentait presque l'odeur de sa sueur, même assise à bonne distance de lui.

– Eh bien…

Elle sourit.

– … vous savez, une journaliste ne doit jamais révéler ses sources.

– Elías, c'était un gars honnête… tout ce qu'il y a d'honnête, répondit Svavar d'une voix sourde. De toute façon, on ne doit jamais dire du mal d'un mort, hein ?

– Parfois, ça fait partie de notre boulot. Donc, pas de condamnations ? Rien de trouble dans son passé ?

– Hé, ça suffit vos conneries ! gronda-t-il.

Il semblait prêt à se lever, mais l'énergie lui manquait.

– Vous vous prenez pour un flic ? Qu'est-ce que vous cherchez à la fin ?

– Je crois que vous le savez parfaitement. Des policiers sont venus vous voir aujourd'hui ?

– Ouais…

Il marmonnait, redevenu calme tout à coup.

– Je leur ai dit la même chose qu'à vous. J'étais chez moi toute la nuit. Je ne l'ai pas tué.

– Ce n'est pas ce que je vous demande, dit-elle, ravie de ce qui venait d'échapper à Svavar.

Donc, la police l'avait déjà interrogé. C'était une information qu'elle pourrait transmettre à Kormákur et Ívar pendant qu'elle continuerait à mener discrètement son enquête.

– Bon, ça va comme ça, non ? lança-t-il d'un ton décidé.

Il avait enfin rassemblé son courage pour se comporter en maître des lieux plutôt qu'en invité de passage dans sa propre maison.

– Ça ira très bien, merci. Mais n'hésitez pas à m'appeler si vous avez autre chose à me dire.

Elle griffonna son numéro sur un papier qu'elle lui tendit. Dès qu'il l'eut pris, elle regretta son geste. Quelque chose en Svavar lui déplaisait ; lui donner un moyen de la contacter n'était peut-être pas une très bonne idée.

Dehors, elle s'arrêta devant sa voiture rouge et sortit son téléphone. Il était temps de faire le point et de gagner encore un peu de temps. Si ça marchait, sa prochaine destination serait Akureyri, où elle passerait la nuit.

Kormákur décrocha tout de suite. Il n'était jamais loin de son portable.

– Salut ! Tu es dans le Nord, ça y est ?

Elle entendait des bruits de circulation derrière lui. Il devait être sur le chemin du retour.

– Ouais, à Dalvík. Je viens de parler à Svavar. La police l'a interrogé aujourd'hui.

– OK. Ça, c'est sorti nulle part…

Ísrún perçut la surprise de Kormákur. Elle savait qu'il parlait en connaissance de cause : il avait un don surnaturel pour suivre ce qui se disait dans les médias, garder un œil sur la concurrence, lire les journaux et les sites d'information tout en accomplissant une journée de travail complète. C'était peut-être ce qu'il évoquait quand il lui avait avoué un jour être marié à son métier.

– J'espère que ça pourra te servir. Je vais essayer de trouver quelque chose de plus consistant pour demain. Comment ça s'est passé, aujourd'hui ?

– Pas mal.

Il n'avait pas l'air fou de joie.

– On a gardé l'affaire en ouverture du journal, mais il n'y avait pas vraiment d'éléments nouveaux. Rien de mieux que nos concurrents, malheureusement.

— C'est toujours ça. J'ai bon espoir de te rapporter un scoop. Peut-être demain.

— De toute façon, ton tuyau de ce soir devra attendre demain, lui aussi. Au fait, tu as vraiment de la chance d'être partie aujourd'hui : ce foutu nuage est toujours au-dessus de nos têtes comme une couverture et ça a même empiré depuis ton départ. Il fait nuit noire à Reykjavik. C'est glauque.

Isrún imagina cette belle nuit d'été cachée derrière la brume grise. Une vision de l'Enfer.

25

Un an plus tôt

— *Ça aurait été bien pour toi de connaître ta grand-mère, dit Katrín, la vieille dame assise face à moi, devant une robuste table en bois dans sa petite maison de Landeyjar.*

C'est sûr, pensai-je, mais je me contentai de lui sourire. Nous étions dans son salon, si tant est qu'on puisse appeler ça un salon : la maison était si petite que le séjour et la cuisine se trouvaient dans la même pièce. Pour dormir, elle disait avoir de la place à l'étage. La maison était bien chauffée — même surchauffée. Avec toutes les fenêtres fermées, on étouffait.

Katrín était une lointaine parente et la meilleure amie de ma grand-mère Ísbjörg. Une amie d'enfance.

Aujourd'hui, elle avait plus de quatre-vingts ans, l'âge que ma grand-mère aurait eu si le cancer ne l'avait pas emportée si jeune.

Par la fenêtre, on apercevait la mer et les îles Vestmann. Le vent soufflait en violentes rafales, même si nous étions en plein été, quand les longues journées de soleil se transforment en nuits lumineuses.

— *Il souffle toujours un vent du diable, par ici, commenta la vieille dame.*

Un silence.

– *Vous vous seriez drôlement bien entendues, toutes les deux ! Tu lui ressembles.*

– *Vraiment ?*

J'avais souvent entendu ça.

– *Oui, tu me rappelles Ísbjörg.*

Malgré la clarté du jour, elle avait posé au milieu de la table une grande bougie allumée qui rehaussait d'un éclat doré l'atmosphère chaleureuse de cette vieille maison en bois remplie de souvenirs et d'histoires.

– *On s'asseyait souvent à cette table. À l'époque, on était encore jeunes et jolies, tu imagines ? Cette maison est dans ma famille depuis des lustres, un temps plus ancien que les souvenirs du plus âgé d'entre nous – et que les miens. Pourtant, mon Dieu, mes souvenirs remontent à très loin !*

– *Qu'est-ce que vous faisiez pour vous occuper à l'époque ? Sans télévision, je veux dire.*

– *Pas de télé, ça, tu peux en être sûre ! De toute façon, je n'ai jamais eu beaucoup de temps pour ça... Je n'en ai même pas ici.*

Elle marqua une pause.

– *Nous bavardions, nous jouions aux cartes – parfois juste nous deux, d'autres fois avec des amies. Nous en avions quelques-unes dans le quartier. Quand nos deux meilleures amies sont parties vivre à Reykjavik, nous sommes restées toutes seules.*

Elle soupira.

– *Quel jeu de cartes ?*

– *En général, une partie de* marías. *Tu connais ?*

– *Jamais entendu parler.*

– *Les jeunes ont oublié ce que c'était, de s'asseoir et de jouer ensemble comme on le faisait dans le temps. Trop de télévision...*

Elle fronça les sourcils. Je souris intérieurement. Je ne lui avais pas avoué que je travaillais pour le JT.

— Et ma grand-mère... Quel genre de femme c'était ?

La réponse ne demanda pas trop de réflexion à Katrín.

— Quelqu'un de bon. Tu me la rappelles... Acérée comme une lame, mais avec un bon cœur. Le genre de femme à qui on pouvait faire confiance.

Je restai silencieuse, attendant la suite. Katrín finit par reprendre :

— Elle lisait beaucoup, comme nous toutes à l'époque. On s'asseyait en groupe et on lisait. Ta grand-mère n'était pas du genre à lire dans le noir, toute seule. Elle avait peur du noir, de la nuit, de tout ce qui était un peu sombre...

Elle sourit.

— Peur du noir ? C'est vrai qu'à l'époque, ça devait être facile de croire aux fantômes. La nuit noire, ces fermes très éloignées les unes des autres... les vieilles légendes devaient sembler bien réelles !

Je m'aperçus que je reprenais mes réflexes d'intervieweuse, essayant d'orienter la conversation dans la direction qui m'intéressait.

— Pour ce qui est des fantômes, je ne peux pas répondre à la place de ta grand-mère. Tout ce que je sais, c'est qu'elle n'aimait pas le noir. Quand l'Hekla est entré en éruption, en 1947, tout le monde a pris peur. Personne ne savait combien de temps ça allait durer. Ísbjörg, elle, était terrifiée. Et cette terreur est restée en elle jusqu'à sa mort.

— Vraiment ?

— Oui. Elle en parlait souvent. Quand c'est arrivé, on avait dans les vingt ans. Tout à coup, sans signe avant-coureur, l'air s'est rempli de cendres et le ciel est devenu noir. Ces horribles cendres ont détruit tous

les pâturages. C'est très angoissant quand la nuit surgit aussi brusquement, sans qu'on s'y attende. Ta grand-mère l'a très mal vécu.

Katrín se pencha vers moi et, dans un murmure :

– Elle appelait ça : la Grande Nuit. Je m'en souviens très bien. Par la suite, chaque fois qu'elle reparlait de l'éruption, elle utilisait cette expression : « Katrín, tu te rappelles la Grande Nuit ? »

Elle jeta un coup d'œil par la fenêtre. Un frisson me parcourut. L'univers de ma grand-mère resurgissait, les angoisses et les terreurs qui l'avaient accompagnée toute sa vie devenaient palpables.

J'étais soulagée qu'il fasse si clair au-dehors malgré le grondement incessant du vent qui nous rappelait que l'Islande, cette île isolée dans la partie septentrionale de l'océan Atlantique, est toujours à la merci des éléments, quelle que soit la saison.

– Je ne me suis jamais exprimée aussi bien que ta grand-mère. Elle avait toujours un mot précis pour chaque chose. Pour moi, quand il faisait noir, il faisait noir. Mais maintenant, je suis comme elle : l'obscurité me met mal à l'aise. J'ai toujours l'impression qu'elle cache quelque chose d'inquiétant, quelque chose qui fuit la lumière. Mais quand le noir revient... alors, je repense à cette expression : « la Grande Nuit ».

26

Tómas était retourné dans le poste de police pour prendre des papiers. Ari Thór en profita pour glisser un CD de musique classique dans le lecteur du 4 × 4. Il n'avait aucune envie de faire le trajet jusqu'à Akureyri au son de ces ballades vieillottes remontant à l'âge d'or du hareng.

Tómas vouait une passion ardente à ces mélodies désuètes et Ari Thór se doutait qu'en son temps il écumait les salles de bal et enchaînait les tours de piste romantiques dans la vallée de Hvanneyrarskál, au-dessus de Siglufjördur. Peut-être cette musique lui rappelait-elle une époque plus heureuse ? Quand il revint, Chopin régnait en maître dans la voiture et il ne fit aucune remarque. Il était d'humeur maussade, comme souvent ces derniers temps.

Ils partaient en avance pour Akureyri, ce qui convenait très bien à Ari Thór : il pourrait retrouver Natan et essayer d'interroger le pauvre homme qui avant tant souffert à cause du Dr Lindgren.

– Je dois voir un vieil ami à Akureyri, ça ne te dérange pas ? demanda-t-il par politesse.

– Pas de problème. Il n'aura qu'à venir manger un hamburger avec nous.

– En fait, je vais chez lui. Je me prendrai un sand-wich sur le chemin.

Visiblement, l'inspecteur luttait pour garder les yeux sur la route, s'escrimant à cacher sa déception.

– Comme tu veux, lâcha-t-il.

L'ambiance devint instantanément glaciale. Le télé-phone de Tómas, raccordé à un kit mains-libres, sonna quelques instants plus tard. La voix de Hlynur résonna dans les haut-parleurs de la voiture :

– Vous êtes passés où ? demanda-t-il sans préam-bule, d'une voix affolée.

– On est en route pour Akureyri.

– Akureyri ? Mais pourquoi ?

Tómas marqua une pause, hésitant.

– La réunion au sujet du meurtre…

Un temps, puis Hlynur reprit :

– Ah, OK.

Et il raccrocha.

– Bizarre…

Tómas passa sa main dans les rares cheveux qui gar-nissaient encore son crâne.

– … très bizarre.

– Quoi ?

– Je lui ai dit tout ça il y a une demi-heure.

*

Hlynur fixait le téléphone.

Il était seul au commissariat et il avait chaud.

Dehors, la température était douce – inhabituelle-ment chaude, même, pour un début d'été. Et Hlynur était en sueur, dans l'air inerte et suffocant.

Brusquement embarrassé, il se rappela qu'avant de partir Tómas lui avait parlé de cette réunion à Akureyri, à laquelle il se rendait avec Ari Thór. Il secoua la tête, comme pour réveiller sa mémoire. Il se revit alors, après leur départ, lever les yeux de l'écran de son ordinateur, submergé par une sensation de malaise – la sensation étrange de se trouver complètement seul au monde.

C'était comme si Ari Thór et Tómas s'étaient évanouis sans un mot. Il s'était levé, avait fait le tour du commissariat en criant leurs noms, se demandant où ils avaient bien pu passer. Les gens ne disparaissent pas comme ça – en tout cas pas dans une petite ville comme Siglufjördur. Paniqué, il avait pris son téléphone et appelé Tómas. Qui l'avait ramené à la raison.

Il laissa échapper un gémissement de honte et d'inquiétude.

Qu'est-ce qui lui arrivait ?

Comment avait-il pu oublier ?

Il se laissa tomber sur le sol, en proie à un épuisement total. Il enfouit son visage dans ses mains et pensa à Gauti. Il devait se ressaisir. Les événements du passé devaient rester dans le passé ; rien ne pourrait jamais les effacer. Il devait faire un effort, reprendre le contrôle de lui-même, surmonter l'angoisse qui l'oppressait.

Hlynur se rappela que la cérémonie de remise des prix à l'école débutait bientôt. Tómas avait été très clair : il devait y aller à sa place. Ça lui ferait sans doute du bien.

Il inspira profondément, se releva et ajusta son uniforme. Dehors, la clarté du soleil le frappa de plein fouet, après la pénombre du bureau. Et l'air frais l'aida à se remettre les idées en place.

Peu après, il se retrouva face à une salle remplie d'enfants. Ces visages tournés vers lui le transportèrent dans le temps. Ses anciens camarades apparurent dans la foule et, de nouveau, un malaise glaçant l'enveloppa. Il sentit le regard délavé de Gauti posé sur lui. Quand il scrutait l'assemblée attentivement, ses camarades disparaissaient – mais seulement pour ressurgir un peu plus loin.

Quelqu'un lui tapa sur l'épaule. Il se retourna brusquement – c'était le directeur. Hlynur réalisa qu'il venait d'avoir une absence.

Tant bien que mal, il fit de son mieux pour aller au bout de cette cérémonie de remise de prix devenue un véritable supplice, puis il sortit de la salle sans un mot. Les fantômes de son passé étaient revenus à la vie sous ses yeux. Il se précipita dans les toilettes les plus proches et vomit.

27

Pendant ses années d'études, Ari Thór voyait souvent passer des bus affichant le message « PAS EN SERVICE ». Après la mort de ses parents, il s'était installé chez sa grand-mère et le bus était devenu son moyen de transport habituel. Du vivant de son père et sa mère, il n'avait jamais rien eu à faire par lui-même ; par la suite, il avait tout mis en œuvre pour être autonome.

Le paradoxe du message l'intriguait. Les bus n'étaient pas en service, et pourtant ils passaient à toute vitesse devant lui. Ils allaient bien quelque part ? Le même genre de sentiment l'habitait depuis quelques mois : il était constamment occupé, mais sans véritable but. Kristín avait toujours été la force qui le maintenait sur les rails. Pourquoi l'avait-il laissée partir ?

– Tu as vu Kristín ? Comment va-t-elle ? demanda-t-il à Natan dès qu'ils se retrouvèrent.

D'une certaine façon, il n'avait pas envie d'entendre les réponses, mais il ne pouvait pas s'empêcher de poser les questions. Ils étaient assis dans la vieille Volvo de son ami, un véhicule manifestement au bout du rouleau mais qui tenait encore la route. Natan ne répondit pas tout de suite.

– Je prends un café avec elle de temps en temps. Elle va bien.

Il se concentrait sur sa conduite, comme pour éviter de trop en dire.

– Toujours célibataire alors ? reprit Ari Thór d'un ton faussement désinvolte qu'il espérait – sans trop y croire – convaincant.

– Comme je te l'ai dit, elle va bien.

– Mais encore ?

Il s'excusa aussitôt pour sa brusquerie. La réponse de Natan fut tout aussi brusque :

– Comme apparemment tu veux le savoir à tout prix, je te le dis : elle sort avec un type. Je vois bien que tu es toujours accro, mais il va falloir que tu tournes la page. De toute façon, tu es déjà assez occupé comme ça, avec ton cadavre et Dieu sait quoi…

– Que je tourne la page ou non, ça me regarde.

Il respira profondément, tentant de contrôler cet accès de colère.

– Pardon, murmura-t-il encore.

– Ne pense plus à elle, d'accord ? suggéra amicalement Natan. Une de perdue, dix de retrouvées. Il n'y a pas de jolies filles à Siglufjördur ?

– Si, malheureusement. Et c'est qui, ce type ?

Il aurait voulu dire *ce fils de pute,* mais se retint.

– Je ne l'ai jamais vu mais elle en dit beaucoup de bien. Elle l'a rencontré en jouant au golf. Il est plus vieux qu'elle et il a perdu sa femme. Je n'ai jamais compris ce que les femmes trouvaient aux hommes plus âgés. Quand je vois une femme de mon âge au bras d'un vieux type, c'est comme si elle m'insultait.

Natan se gara sur le bas-côté de la route.

– On est arrivés.

Natan attendit dans la Volvo pendant qu'Ari Thór frappait à la porte de la maison du veuf, située aux abords de la ville. Un jardin à l'abandon, hérissé de mauvaises herbes et de plantes sauvages, entourait l'antique bâtisse en bois au toit pentu, couvert de tuiles en métal rouillé. Cette ancienne ferme, sûrement prospère en son temps, n'était plus que l'ombre d'elle-même, sans même un chien attendant patiemment l'opportunité de donner – ou pas – son feu vert à des visiteurs inattendus.

Quand le vieillard ouvrit, Ari Thór lui expliqua rapidement la raison de sa visite. L'octogénaire était tout disposé à lui faire entendre son opinion violemment défavorable sur le docteur.

Ils s'assirent à l'autre bout de la ferme, sur un vieux banc bleu aussi rouillé que la bâtisse. On n'avait pas tondu la pelouse depuis une éternité. À vrai dire, les années n'avaient épargné ni la maison, ni le banc, ni le terrain – ni le vieillard. Pendant toute leur conversation, il garda les yeux fixés sur les herbes grasses et ondoyantes. Pas une fois il ne croisa le regard d'Ari Thór. D'une voix faible, il lui demanda :

– Vous pensez que l'assassin a pu commettre une erreur ? Qu'en réalité, c'était ce salopard de médecin qu'il voulait envoyer en enfer ?

– C'est une possibilité. Pour le moment, on n'a aucune certitude.

– Ce qu'il a fait est impardonnable, dit l'homme avec conviction. Et c'est un fervent croyant qui vous le dit. Il entrait dans le bloc opératoire complètement saoul… quelle honte. Ma femme me manque tous les jours, surtout par une belle journée ensoleillée comme celle-ci. Mon soleil, c'était elle.

Il ne semblait pas pressé de se débarrasser de son jeune visiteur.

– Après tout ce qui s'est passé, vous avez été… en contact avec Ríkhardur ?

– Non, et je n'en ai aucune envie. On nous a versé des dommages et intérêts…

Il soupira.

– … mais qu'est-ce que vous voulez que j'en fasse, à mon âge ?

Ari Thór avait du mal à imaginer cet homme si doux préparer un crime, surtout aussi brutal.

– Vous savez s'il a un jour reçu des menaces ?

– Non, mon ami. Aucune idée. Je n'irai pas jusqu'à dire que je n'ai jamais pensé à lui en envoyer. Quand mes pensées s'égaraient… vous comprenez ? Quand elles m'emmenaient loin, là où j'aurais regretté d'aller. Par contre, je n'ai jamais regretté d'avoir ces pensées, ça non.

Il se plongea dans le silence. Ari Thór attendit qu'il reprenne la parole.

– Elle méritait mieux que ça. C'était une femme aimante, attentive aux autres, douce, et beaucoup plus intelligente que moi. La philosophe de la maison. Elle avait compris le sens de la vie – elle le croyait, en tout cas. Sa grande idée, c'était que les réponses simples n'existent pas. Chacun de nous doit trouver son propre but dans la vie, ce qui le rend heureux. Et c'est aussi bien, vous ne trouvez pas ? Si tous les enfants de Dieu étaient à la poursuite du même but, nous finirions par faire tous la même chose. Quel monde ennuyeux ce serait, n'est-ce pas ?

Il fixait les herbes du regard. Apparemment, il prenait plaisir à évoquer son épouse disparue.

– Je vais devoir y aller, j'en ai peur, annonça Ari Thór en se levant.

Il savait très bien ce qui – ou plutôt celle qui – le rendait heureux. Mais il avait piétiné ce bonheur qui s'offrait à lui. Et il n'arrivait pas à se sortir Kristín de la tête. Il avait longtemps espéré qu'ils finiraient par se retrouver, mais aujourd'hui, cette possibilité lui semblait plus éloignée que jamais. Il avait laissé passer sa chance.

– Merci pour cette discussion, dit-il.

– Merci pour votre visite. Quel dommage que la victime ne soit pas Ríkhardur. Cela aurait été une excellente nouvelle.

28

Ari Thór traversa la réunion dans une sorte de brume. Il essayait d'écouter, mais ses pensées le ramenaient sans cesse à Kristín. En l'absence de thé, il se rabattit sur le café insipide et quelques biscuits.

Helga, une jeune inspectrice d'Akureyri, leur expliqua qu'Elías rentrait tout juste d'un séjour au Népal et qu'il avait pris une correspondance à l'aéroport de Kastrup, à Copenhague. C'était nouveau : avant, ils pensaient qu'il avait passé ces quelques jours au Danemark. La raison de son voyage au Népal était encore inconnue.

L'atmosphère était pesante dans la salle de réunion. Ce meurtre faisait la une de l'actualité et la presse suivait l'enquête de très près.

Mais Ari Thór était encore sous le choc de la nouvelle : Kristín avait quelqu'un dans sa vie. Il se rappelait à peine ce que le vieil homme de la ferme lui avait raconté. En tout cas, il était persuadé qu'il n'était pas l'assassin. Ari Thór était sur le point d'abandonner sa théorie d'un meurtre lié d'une façon ou d'une autre à Ríkhardur Lindgren. Du moins pour l'instant.

Il fit de son mieux pour se concentrer sur la suite de la réunion et maîtriser la jalousie qui grandissait en lui – il n'avait jamais vraiment réussi à contrôler ce sentiment. Il repensa à la première fois où cette jalousie avait eu des conséquences néfastes pour lui. Quel âge avait-il ? Dix-sept ? Dix-huit ans ? Il sortait depuis peu avec une fille d'un autre lycée. Il se croyait amoureux, mais leur histoire avait duré trois semaines et s'était terminée lors d'une fête, avec perte et fracas. La fille y était allée sans lui et il avait décidé de lui faire une surprise. Il avait commencé la soirée dans une autre fête avec des camarades, puis, après quelques verres de punch en trop, il avait pris un taxi pour retrouver son amie. Il se rappelait la maison : une élégante villa de Hafnarfjördur au mobilier massif et démodé – un endroit lugubre. Mais peut-être ses souvenirs étaient-ils déformés par ce qui s'était produit ensuite. Il avait cherché son amie dans le salon et dans la cuisine, l'appelant à la cantonade. Un des fêtards avait alors brandi le pouce en direction d'un couloir :

– Quelque part par là !

Il avait regardé dans une chambre, puis dans une autre, et l'avait trouvée dans la dernière. Dans les bras d'un garçon.

L'émotion qui l'avait saisi avait été si violente, si puissante, si perturbante qu'aujourd'hui encore il évitait de se la rappeler. Et voilà qu'en pensant à Kristín avec cet homme mystérieux il se sentait de nouveau envahi par l'envie écrasante de se servir de ses poings – et cette fois, il était sobre comme un chameau.

Dès qu'il était entré dans la chambre, la fille avait desserré l'étreinte du garçon et regardé Ari Thór. Elle n'avait rien dit, mais sur son visage il avait lu un message, entre « désolée » et « c'est la vie ».

Ari Thór avait complètement perdu son sang-froid. Il s'était jeté sur l'autre garçon et l'avait frappé. Presque malgré lui, le coup était parti si fort qu'il avait projeté son rival à terre. En tombant, celui-ci s'était cogné la tête contre un montant du lit. Le sang avait coulé. Ari Thór s'était enfui avant que le garçon ait eu le temps de réagir.

Il n'avait plus jamais parlé à cette fille. Il avait été étonné que sa victime n'ait pas porté plainte. Peut-être se sentait-il coupable ? On ne pique pas la fiancée d'un autre. On ne convoite pas la femme de son voisin. Tout le monde le sait. C'est un des Dix Commandements, non ?

Ísrún ne se sentait pas au mieux de sa forme. Certes, le long trajet depuis Reykjavik l'avait fatiguée, mais il y avait autre chose. Ce n'était pas la pension, assez moyenne mais correcte : un lit propre, un placard et une commode contenant juste une bible.

Peut-être était-ce à cause des souvenirs qui resurgissaient maintenant qu'elle était de retour à Akureyri ? Cela la décevait ; elle se croyait plus forte que ça. Elle avait choisi cette pension alors que d'anciennes amies auraient pu l'héberger, mais en réalité elle n'avait pas vraiment gardé contact avec elles depuis son installation dans le Sud. Elle était partie du jour au lendemain, sous de faux prétextes, sans expliquer à quiconque les vraies raisons de son départ précipité. Elle les gardait pour elle.

Elle ferma les rideaux et se mit au lit. Il n'était pas tard mais elle voulait se lever de bonne heure pour aller voir l'appartement d'Elías, qui appartenait apparemment à son ex-épouse. Puis elle partirait pour Siglufjördur, où elle n'avait jamais mis les pieds.

Elle venait de s'endormir quand le téléphone sonna. Une bonne journaliste n'éteint jamais son portable – priorité à l'actualité –, ce qui ne l'empêcha pas de jurer en décrochant. Parfois, elle devrait enfreindre les règles professionnelles pour s'offrir une bonne nuit de sommeil.

– Tu es à Akureyri ?

Kormákur. Toujours aussi direct.

Elle se frotta les yeux et marmonna quelque chose qui pouvait passer pour un « oui ».

– Tu dormais ? Allez, debout ! s'exclama-t-il, excité. Il y a une réunion des enquêteurs au bureau du shérif du comté.

– Une conférence de presse ? demanda-t-elle, encore engourdie.

– Non, pas du tout. Personne n'est au courant à part nous. J'ai un contact là-bas. Vas-y, vite !

Ísrún s'assit sur le lit, surprise par l'information que venait de lui donner Kormákur et stupéfaite qu'il ait un contact fiable à Akureyri. Incroyable ce dont cet homme était capable.

– J'y vais. J'ai un caméraman ?

– Il est en route. On prend en charge ses frais.

– Et demain, je peux l'emmener avec moi à Siglufjördur ?

– Tu crois vraiment qu'Ívar va te dire oui pour ça ?

L'incrédulité de Kormákur n'était pas feinte. Il avait raison : inimaginable !

Elle se força à se lever alors que chaque fibre de son corps réclamait le retour à l'horizontale. Elle voulait tirer la couverture sur sa tête et fermer les paupières, mais son instinct lui répétait que l'actu était prioritaire et qu'il fallait suivre toutes les pistes, même si la plupart ne menaient à rien.

*

156

Le caméraman, qui était aussi le pigiste de l'édition locale, l'attendait devant les bureaux du shérif.

– Personne n'est encore sorti.

La fraîcheur de la nuit était tombée sur la ville. Ísrún frissonna, leva les yeux vers le ciel : clair et sans nuages. Aucune trace de cendres. Elle eut un petit rire sombre en pensant aux mystères obscurs qui enveloppaient cette affaire. Puis elle regarda la porte vitrée donnant accès à l'immeuble. Est-ce que les policiers avaient, eux aussi, l'impression de tâtonner dans la pénombre ?

Enfin, un mouvement attira son regard. Des gens dans le hall. La réunion devait être terminée. Le premier à sortir fut un homme entre deux âges, presque chauve, portant un uniforme qu'elle ne reconnut pas. Un autre officier le suivait, plus jeune, sans doute moins de trente ans, plus grand et bien bâti.

Elle avança vers eux et s'apprêtait à poser sa première question quand elle reconnut un visage déjà vu à la télé : Helga, une des inspectrices de la brigade criminelle d'Akureyri.

– Tiens, dit celle-ci avec un sourire aimable, on dirait que nos limiers de l'information sont déjà en chasse ! Je n'ai rien à vous dire pour le moment. Vous aurez peut-être un communiqué un peu plus tard.

À son air, Ísrún sut qu'il y avait anguille sous roche. La caméra tournait. Elle se lança :

– Où en est l'enquête ?

– Pas d'évolution notable.

– Vous avez interrogé Svavar Sindrason dans le cadre de cette affaire ?

Helga eut du mal à dissimuler son étonnement.

– Nous avons interrogé beaucoup de gens, et nous n'avons pas encore de suspect, répondit-elle, piquée au vif.

– Cette affaire a-t-elle un lien avec Ríkhardur Lindgren ?

– Absolument pas.

Ísrún s'apprêtait à lui poser une question sur l'appartement d'Elías à Akureyri mais Helga ne lui en laissa pas le temps.

– C'est tout pour l'instant, merci.

Ísrún était trop fatiguée pour insister.

30

Nuit d'été à Siglufjördur.

Jónatan éteignit la télé et regarda par la fenêtre. Dehors, presque personne. Le bateau de croisière était reparti, emportant sa cargaison de touristes.

Aux infos, un reportage montrait Reykjavik plongée dans la nuit, étouffant sous son nuage de cendres. Ici, il n'y en avait aucune trace. Pas encore, en tout cas. La petite ville baignait dans une aura lumineuse. Pour combien de temps ?

La façon dont la ville avait évolué lui déplaisait : nouveaux immeubles, nouveaux cafés et restaurants, nouveau tunnel... Finie la paix, finie la tranquillité. Ce satané tunnel était une malédiction. La douceur de vivre dans ce lieu retiré du monde ne serait bientôt plus qu'un souvenir.

La visite du policier l'avait troublé. Jónatan s'évertuait à ne pas trop penser au passé, à ses parents, au « bon vieux temps ». Et à la violence. Cette violence pure, élémentaire, qu'il avait subie – et avec lui d'autres garçons, certains plus âgés que lui.

Difficile de déterminer précisément ce qui avait engendré cette violence primitive. Une dépendance au sentiment de toute-puissance, peut-être ? Le pouvoir faisait très certainement partie de l'équation. Et le besoin de montrer qui le détenait.

Même s'il faisait partie des victimes, même s'il n'avait rien fait de mal, il pensait avoir une part de responsabilité ; surtout plus tard, quand il avait continué à se taire. S'il avait parlé, il aurait peut-être aidé d'autres pauvres enfants, à défaut de s'aider lui-même.

Il avait pensé – espéré – que toute cette histoire était oubliée depuis longtemps.

À présent, il n'en était plus aussi certain.

Pauvre Elías. Il faisait partie des victimes.

Jónatan espérait que ces événements – qui auraient dû rester enfouis dans le passé – n'avaient pas causé sa mort.

Ce serait une croix trop lourde à porter.

INTERLUDE

CET ÉTÉ-LÀ

Un petit garçon se tenait au bord de la route, vêtu d'un uniforme scolaire – chemise blanche, pantalon gris, ceinture multicolore et cravate rayée –, une montre digitale au poignet. À ses pieds, un cartable. Il plaquait ses mains sur sa bouche et son nez, peut-être pour se protéger des fumées et des vapeurs qui l'environnaient. À moins qu'il ne fût en train de réfléchir. Ou de prier.

Autour de lui, tout était gris, les maisons, cernées par le sable et les pierres, et même les maigres touffes d'herbe qui bordaient la route, couvertes d'une dense poussière grisâtre – bien loin du vert islandais.

Assis à l'arrière d'un taxi délabré bloqué dans un embouteillage, Elías tuait le temps en regardant par la vitre. Ses yeux plongèrent un instant dans ceux du garçon, puis il se détourna. Le taxi avança de quelques mètres et l'enfant disparut. L'innocence qu'il dégageait avait renvoyé Elías plusieurs décennies en arrière, à une époque où sa propre innocence n'avait pas encore été saccagée par le monstre de la ferme.

Ils longèrent deux bâtiments en briques rouges. D'abord un supermarché à la façade ornée d'une grande publicité criarde pour du savon, avec une vitrine remplie de boîtes de conserve. Des sacs et des cartons étaient entassés devant le magasin et une vieille femme attendait à l'entrée. Dans l'autre boutique, on vendait de la peinture. Une vieille moto était garée devant.

Ce voyage en vaut-il la peine ? se demanda Elías pour la énième fois. Il était parti à l'étranger pour accomplir une mission bizarre, mandaté par des types assez douteux. Il n'avait jamais quitté l'Europe jusqu'à présent. En temps normal, les vacances pour lui se résumaient à une semaine ou deux au bord de la mer, occupé à boire des bières. Et cela lui suffisait amplement. Une pause dans sa vie morne et répétitive en Islande.

Mais les hommes avec qui il était en relation pouvaient le rendre riche. Il avait l'occasion de faire ses preuves. D'abord, ce job, et si tout se passait bien, un autre, plus important. Simplement, il devait veiller à ne pas se faire arnaquer. Toujours avoir des yeux dans le dos.

Il avait parlé de ses nouveaux amis à Svavar, en ajoutant qu'il avait l'intention de l'introduire dans le business. Il pensait même mettre quelqu'un d'autre dans la boucle. Si d'autres contrats se présentaient, il y aurait assez de boulot pour trois.

Il était impatient de pouvoir quitter l'appartement minable qu'il louait à Siglufjördur. Dès que le tunnel serait terminé, il déménagerait. Par contre, il ne laisserait pas tomber ses activités caritatives. Elles s'étaient révélées très efficaces pour blanchir l'argent sale.

Le taxi avança de quelques centimètres. La circulation était bouchée des deux côtés. Elías avait aperçu quelques bus antédiluviens tellement remplis que certains passagers voyageaient à l'extérieur, cramponnés à la carrosserie.

Oppressé par la chaleur écrasante, Elías s'escrima à baisser les vitres arrière du taxi. Peine perdue. Il avait passé la première nuit de son séjour à Katmandou avant de redécoller le lendemain matin. Généralement, il n'avait pas peur en avion, mais ce vol depuis la capitale dans un coucou bringuebalant avait éprouvé ses nerfs. Il était enfin arrivé à destination : une petite ville rurale.

Il patientait dans ce taxi depuis une demi-heure. Le chauffeur ne ménageait pas son klaxon et de temps en temps il jetait un coup d'œil à son passager et haussait les épaules, comme pour dire qu'il ne pouvait rien faire de plus.

Ce n'était peut-être pas plus mal qu'Elías ne puisse pas baisser sa vitre : avec un trafic aussi dense, l'air était irrespirable. Le chauffeur lui expliqua tant bien que mal que des travaux avaient entraîné la fermeture d'une route, d'où le bouchon.

Une fois de plus, il se demanda si partir ainsi de l'autre côté du monde pour le compte d'hommes qu'il connaissait à peine n'était pas trop dangereux. Et tout ça pour aller chercher une fille et la ramener en Europe…

– C'est un super plan, tu ne le regretteras pas, lui avait expliqué en anglais un des hommes chargés de préparer le visa de la fille.

D'après lui, Elías ne serait pas obligé de faire d'autres voyages du même genre. Une mission plus importante l'attendait ensuite, et les expéditions fatigantes seraient confiées à d'autres.

Ce voyage était un test qu'il avait bien l'intention de réussir haut la main. Il devait juste prendre garde de ne pas laisser les à-côtés lui porter sur les nerfs.

Ils traversèrent au pas un marché pittoresque parsemé de petits chariots bariolés, chargés de fruits, installés à l'ombre d'une bâtisse en briques rouges. Les affaires allaient bon train, les marchands bavardaient avec leurs clients, pas du tout gênés par le bourdonnement incessant de la circulation.

Le bouchon finit par se diluer et le chauffeur put passer une vitesse. Au loin, Elías apercevait d'autres maisons en briques, des arbres gigantesques et, à intervalles irréguliers, une succession de panneaux publicitaires vantant en anglais les mérites d'une bière européenne.

Il n'aurait pas dit non à une bonne bière glacée.

Les maisons se clairsemèrent, celles qu'ils croisaient à présent n'étaient pas loin de s'effondrer.

Peut-être rendrait-il service à cette fille en l'emmenant loin de cette misère. Savait-elle ce qui l'attendait en Europe ? Il n'en avait aucune idée et de toute façon il s'en fichait. Une fille qu'il ne connaissait pas, quelque part à l'autre bout du monde, ça n'était pas son problème. Il se sentait prêt à la sacrifier pour parvenir à ses fins. Plus que prêt, même : ravi.

*

Elías attendait devant la petite maison où vivaient la fille et sa famille. Ils lui avaient proposé d'entrer mais il avait refusé – par manque de temps comme d'intérêt. Il était impatient de retourner à l'aéroport, puis à Katmandou, puis chez lui, en Islande. Le plus tôt serait le mieux.

En tout cas, la fille était vraiment magnifique. Ses employeurs seraient contents de lui une fois le colis livré. Les adieux avec sa famille n'en finissaient pas. Il remarqua une femme, sûrement la mère, les yeux emplis de larmes.

Nom de Dieu, allez ! Ça suffit maintenant !

La fille et ses parents ne se reverraient certainement jamais. Elías ne s'autorisa à ressentir aucune émotion – ni même à imaginer ce qu'on pourrait bien ressentir.

Le monde est un endroit terrible ; il en avait lui aussi fait l'amère expérience.

La fille avait dit au revoir à tout le monde sauf à sa mère.

Et elle prend tout son temps…

Se tournant vers sa mère, le visage ravagé par les larmes, elle s'apprêtait à l'étreindre quand Elías posa une main sur son épaule en soupirant. Aussi poliment que possible, il lui annonça qu'ils risquaient de rater leur avion.

La fille sursauta dans un sanglot. Mais elle acquiesça et le suivit dans le taxi. Il n'avait pas été tout à fait honnête. Ils étaient même plutôt en avance, mais l'idée d'assister à de nouveaux adieux geignards l'insupportait.

*

Elle attendait sous un ventilateur, dans le hall du petit aéroport local. Vêtue de sa plus jolie tunique, la rose pâle, elle observait l'étrange Islandais qui avait fait tout ce chemin pour venir jusqu'à elle. Sans endroit précis où aller, il arpentait la salle du terminal. Elle éprouvait une certaine sympathie pour lui. Ça n'avait pas dû être facile pour un étranger de trouver un avion qui les emmène à Katmandou. Elle s'approcha de la grande vitre donnant sur les pistes pour assister à la ronde des décollages et des atterrissages. Elle s'envolerait pour la première fois. Sa famille n'avait jamais pu se permettre d'acheter un billet d'avion. De toute façon, ils n'avaient nulle part où aller.

Elle avait encore du mal à croire à cette belle opportunité : aller vivre en Islande ! Il y régnait sûrement un froid glacial, mais le salaire était bon et la perspective de voyager en Europe excitante. Pour autant, elle avait du mal à se détendre. Sa famille lui manquait déjà. C'était pour eux qu'elle avait accepté de faire ça, pour assurer leur avenir.

La description du poste était assez claire : travailler dans un grand hôtel. L'idée lui plaisait, et de plus, elle serait logée et nourrie, ce qui lui permettrait d'économiser toute sa paie. Elle avait de la chance de parler un peu anglais : c'est comme cela qu'ils l'avaient trouvée, sur un site d'annonces d'emplois où elle s'était inscrite. L'Islandais lui avait assuré que pour son nouveau travail elle n'avait pas besoin de pratiquer parfaitement une langue étrangère.

*

Dans le petit avion plein à craquer, Elías sentit une nouvelle bouffée d'angoisse l'étreindre. Pourvu qu'il puisse revenir de ce foutu trou en un seul morceau… En attendant, il était tout de même soulagé de quitter la campagne pour rejoindre la ville.

Le faubourg rural où il avait récupéré la jeune fille lui rappelait la ferme de Skagafjördur, là où, enfant, il avait vécu l'enfer. Il avait six ans et la perspective de passer un été loin de la ville le ravissait – comme elle ravissait chaque année un tas d'enfants que leurs parents se réjouissaient d'envoyer dans cette campagne islandaise qu'ils avaient délaissée pour s'installer en ville, en quête d'un meilleur travail ou d'une éducation plus complète.

Mais le rêve rural s'était très vite mué en cauchemar. Au début, les violences étaient verbales. Les remarques n'avaient rien de léger ou de taquin : de la méchanceté gratuite, purement et simplement. Et ça ne s'était pas arrêté là ; petit à petit, l'ambiance était devenue plus dure. Il s'était demandé si on ne lui volait pas les colis que ses parents lui envoyaient. Puis les coups avaient succédé aux paroles.

On ne frappait pas trop fort, pour ne pas risquer de laisser des marques. Mais même ça, ce n'était pas le pire. Il y avait quelque chose dont il ne pouvait pas parler. Impossible de décrire en mots l'énormité de la violence perpétrée contre lui. D'ailleurs, les garçons n'en parlaient pas entre eux, même s'il était certain qu'ils avaient tous subi un traitement identique ; même Jónatan, le cadet du vieux couple, plus âgé qu'Elías de quelques années. C'est sans doute celui qui avait le plus souffert – et il ne pouvait pas rentrer dans le Sud à l'automne, lui.

Après cet été-là, l'Elías qui retourna à l'école n'était plus que l'ombre de lui-même. Mais il s'efforça de ne rien laisser paraître, obnubilé par les menaces à peine voilées qu'il avait entendues avant son départ. Ses parents risquaient d'avoir des « accidents » s'il ne promettait pas deux choses : primo, ne rien révéler de ce qui s'était passé à la ferme ; secundo, revenir l'été suivant. « Sans les enfants qui viennent nous aider pendant l'été, on ne pourrait pas faire tout ce travail », lui avait-on dit. C'était très clair. Et Elias savait qu'en plus les parents payaient une forte somme pour envoyer leurs enfants là-bas.

Elías n'avait aucune intention de parler des événements de cet été-là. Au plus profond de lui, il avait honte de ce qui s'était passé, certain qu'il était lui aussi coupable, d'une manière ou d'une autre. Il n'en souffla jamais mot à personne et dut surmonter cette épreuve dans la solitude, même si, aujourd'hui encore, il ne comprenait pas vraiment comment il s'y était pris.

Pendant tout l'hiver, il redouta l'arrivée de l'été. Il dormait mal, se réveillait souvent au cœur de la nuit, en sueur, tremblant, terrorisé. Ses parents ne comprenaient pas ce qui perturbait ainsi leur fils bien-aimé, mais il ne trahit jamais sa promesse, ne mentionna jamais le moindre incident. À l'approche du printemps, alors que l'obscurité cédait la place à la lumière, le soleil grimpant chaque jour un peu plus haut dans le ciel, les parents d'Elías lui annoncèrent qu'ils s'étaient occupés des vacances d'été. Il retournerait dans la même ferme que l'année précédente.

– Tu es impatient, hein ?

Impatient ? Rien ne pouvait être plus éloigné de ce qu'il éprouvait. Cette expérience l'avait rendu apathique, il n'était plus capable de ressentir de l'impatience pour quoi que ce soit – ni l'été, ni l'hiver, ni même Noël ou son anniversaire. Seule la peur était restée, submergeant tout, l'enserrant de ses tentacules.

Jamais il ne put s'expliquer par quel miracle il avait réussi à survivre à un nouveau séjour dans cet endroit. Le groupe de garçons de l'année précédente avait changé : deux nouveaux étaient arrivés. Elías aurait voulu les prévenir, leur dire de fuir, de rentrer chez eux avant qu'il ne soit trop tard, mais il n'en eut pas le courage. Les violences recommencèrent, mais cette fois, les punitions pleuvaient au moindre écart. Il était devenu impossible de respecter des règles que seul un esprit malade pouvait avoir conçues.

Elías avait perdu le goût de vivre. L'été suivant, au moment de repartir à la ferme, il était tombé malade. Il devenait chaque jour plus faible, plus pâle. Le médecin était incapable d'émettre un diagnostic précis, et il n'y eut jamais d'explication satisfaisante sur l'état de santé du garçon.

À mesure que l'été avançait, il se rétablit peu à peu jusqu'à ce qu'il soit trop tard pour que ses parents l'envoient là-bas. Toujours perplexe, le docteur préconisa qu'il reste à la maison pour pouvoir surveiller l'évolution de son état.

Plusieurs décennies passèrent avant qu'il revienne à Skagafjördur. Quand l'occasion se présenta de retourner dans cette région, ce fut comme si tout ce qui s'y était déroulé avait fait partie d'une autre vie, celle d'un autre garçon. L'unique émotion qu'il éprouvait était la haine, la soif de vengeance. Mais comment se venger de quelqu'un qui était désormais six pieds sous terre ?

Il trouva d'autres façons d'apaiser sa soif.

*

Ils devaient passer une nuit à Katmandou et se rendirent directement de l'aéroport à l'hôtel. Elías lui avait pris une petite chambre et s'était réservé une suite – malgré la chute de la couronne islandaise, il avait encore un pouvoir d'achat confortable dans cette région du monde. L'hôtel ne lésinait pas sur le luxe ; mobilier opulent, équipements modernes et personnel de qualité. Elías se sentait bien. La fille ne parlait pas beaucoup. Elle paraissait reconnaissante et restait polie avec lui. Il lui annonça qu'ils pouvaient dîner ensemble. Il n'y était pas obligé, mais il n'avait pas envie de manger seul. Évidemment, le fait qu'elle soit jeune – pas encore vingt ans – et incroyablement jolie était un plus.

Il s'étendit sur son lit et ferma les yeux un moment, puis il sortit se promener dans le centre-ville. La densité de la foule était effrayante et les rues étroites saturées par le bruit et la cohue. Partout, des affiches colorées faisaient la promotion de restaurants, laveries, fournisseurs d'accès internet et services de téléphonie.

Ses pensées le ramenèrent en Islande – à Skagafjördur et Siglufjördur.

Quand on lui avait proposé de travailler sur le tunnel, il n'avait pas hésité, même si cela l'obligeait à vivre à Siglufjördur. Il savait que le salaire serait confortable et il avait besoin d'argent pour quitter enfin cette île. À une époque, il avait vécu à Akureyri, et la proximité de Skagafjördur ne l'avait pas du tout dérangé.

Au bout de quelques mois, il s'était aperçu que Jónatan, le fils du fermier et de sa femme, habitait en ville. C'était le seul membre de la famille qui n'avait pas quitté le nord du pays. Il l'avait croisé à plusieurs reprises, sans jamais lui adresser la parole. Ils n'avaient rien à se dire, aucune raison de partager les souvenirs douloureux d'un passé si lointain. Jónatan n'avait pas l'air en forme : un homme vieilli avant l'âge, boiteux, le visage émacié, le dos voûté.

Elías s'était senti soulagé de le voir aussi mal en point. Finalement, peut-être ne s'était-il pas trop mal tiré de ces étés à la campagne.

*

La table basse du restaurant de l'hôtel n'était pas adaptée à la taille d'Elías, qui dut adopter une posture peu confortable, assis en tailleur. En face de lui, la fille semblait nettement plus à l'aise. Il commanda les cinq plats conseillés par le serveur, sans savoir au juste lequel correspondait à une entrée ou à un plat de résistance. Pour compliquer les choses, quand le serveur réapparut, il déposa tous les plats en une seule fois sur la table : soupe, riz, poulet épicé, pudding et autre chose qu'Elías ne parvint pas à identifier.

Ils ne parlèrent pas pendant le repas. Apparemment, elle n'osait pas, et lui ne s'intéressait pas assez à elle pour lui poser des questions. Il était juste là pour la ramener en Islande, où elle ne tarderait pas à découvrir la brutale réalité de ce qui l'attendait.

Ce dont il avait vraiment envie, c'était de l'emmener dans sa suite pour faire connaissance à sa façon – mais il ne voulait pas prendre de risque. On lui avait clairement fait comprendre qu'il avait interdiction de la toucher. Il serait payé en deux fois, une moitié à l'arrivée à l'aéroport, l'autre après avoir caché la fille quelques jours. Ensuite, ses nouveaux amis viendraient la chercher. Et ils confieraient à Elías d'autres missions plus lucratives.

Pas mal.

Il la regarda et lui sourit. Difficile de résister à la tentation.

Elle lui sourit en retour, un sourire innocent, les yeux pleins d'espoir.

*

Postée devant la fenêtre de sa petite chambre qu'elle trouvait si merveilleusement spacieuse, elle regardait le soir tomber et les lumières s'allumer peu à peu aux abords de l'hôtel. Près de la piscine, elle devinait les contours des chaises longues à motifs rayés et les silhouettes des magnifiques arbres.

Un nouveau chapitre de sa vie commençait. Elle allait pouvoir aider financièrement sa famille. Elle éprouvait un profond sentiment de gratitude envers ses nouveaux employeurs qui avaient fait l'effort d'envoyer quelqu'un depuis l'Islande pour venir la chercher.

Elle s'allongea sur le lit incroyablement confortable, ferma les paupières et s'endormit presque aussitôt.

DEUXIÈME PARTIE

JOUR 2

1

Elle se réveilla dans l'obscurité. Un mince rai de lumière filtrait par un interstice où passait aussi un peu d'air, mais ici, il n'y avait pas une grande différence entre le jour et la nuit. Elle n'avait aucune idée du temps qu'elle avait passé à dormir.

Cela faisait longtemps que l'homme n'était pas venu. Elle avait renoncé à comprendre ce qui se passait. Il l'aurait amenée en Islande pour la laisser mourir, enfermée ?

Pourquoi faire une chose pareille ? Lui qui paraissait si bon.

Après leur long périple, elle s'était réjouie d'atterrir enfin en Islande. Le paysage qu'elle découvrait ne ressemblait à rien de ce qu'elle connaissait, ni même le ciel, d'une clarté irréelle malgré l'heure nocturne. Elle pressentait qu'elle vivrait de belles choses dans cet étrange pays.

À l'aéroport, son accompagnateur discuta brièvement avec un homme qui lui remit un sac de sport. Leur attitude empruntée et leurs gestes furtifs lui semblèrent bizarres, mais son optimiste et son excitation endormirent sa méfiance. Après tout, elle n'avait aucune raison de s'inquiéter.

Le trajet en voiture dura plusieurs heures. Elle s'attendait à arriver sur son lieu de travail, se sentant prête à commencer tout de suite. Mais la voiture s'arrêta devant un bâtiment qui ne ressemblait pas du tout à un hôtel.

L'homme ouvrit la portière, l'agrippa, la poussa dans une pièce dont il ferma la porte à clé, l'abandonnant dans l'obscurité. Stupéfaite, elle l'appela, lui demanda des explications, le supplia. Sans obtenir de réponse.

Alors, elle comprit. Elle n'avait pas été envoyée en Islande pour travailler dans un hôtel.

Plus tard, il lui apporta de la nourriture et de l'eau. Elle tenta de le frapper, de s'enfuir, mais tous deux savaient qu'elle n'était pas de taille à s'attaquer à un homme aussi grand, aussi fort.

Elle se résigna à attendre. Quand il revint avec de nouvelles provisions, elle était affamée. Cette fois encore, elle essaya de le prendre par surprise, de sortir de force dans la lumière islandaise – mais elle était encore plus faible, et il la repoussa facilement.

– Tu arrêtes ! Ou plus de nourriture.

Est-ce qu'il était sérieux ? se demandait-elle à présent. Est-ce qu'il la punissait parce qu'elle lui avait résisté ? Depuis combien de temps n'était-il pas venu ? Un jour ? Deux jours ? Elle n'avait plus d'eau ni de nourriture depuis longtemps.

Elle pouvait tout juste se lever et avancer de quelques pas dans cet espace réduit. Aucune fenêtre. Assise dans le noir, elle ne voyait que la lumière rasante sous la porte. Pire que tout, il n'y avait pas de toilettes. L'odeur de ses excréments était insupportable.

Elle ferma les yeux, enfouit sa tête dans ses mains et attendit, laminée par la fatigue. Des décharges douloureuses traversaient ses jambes. Elle mourait de soif.

Il ne restait plus rien dans la bouteille ; elle avait déjà tenté maintes fois d'en extraire une ultime goutte d'eau. En revanche, elle était surprise de ne pas avoir faim – comme si la soif était plus puissante que tout.

Elle était certaine que s'il ne revenait pas personne ne viendrait à son secours. Personne ne la chercherait. Elle mourrait là, dans un endroit inconnu, dans un pays lointain.

Elle pensa à sa famille. Ses parents n'attendaient sans doute pas de nouvelles avant longtemps. Elle leur avait juste promis de les appeler ou de leur écrire quand elle aurait le temps. Il faudrait bien compter une semaine, plusieurs peut-être, avant qu'ils commencent à s'inquiéter. Elle serait morte depuis longtemps.

Elle ne savait pas combien de temps elle pourrait tenir sans boire ni manger. Ce n'était pas le genre de chose qu'on apprenait à l'école. Mais elle sentait ses forces la déserter un peu plus à chaque minute.

Au départ, la terreur d'être enfermée sans air ni lumière, prisonnière d'un inconnu sans pouvoir s'échapper, l'avait tenaillée. Une sensation oppressante. Elle avait du mal à respirer, elle s'attendait à s'évanouir de peur. Mais peu à peu, elle avait apaisé sa respiration en orientant ses pensées vers quelque chose de beau, vers le souvenir d'une agréable journée d'été dans la maison familiale.

Puis elle s'était mise à appeler à l'aide, à crier de toutes ses forces. Le silence qui accueillait ses hurlements était assourdissant. Personne ne semblait l'entendre. Elle reposait sa voix un moment, essayant de la préserver, puis hurlait de nouveau. Au moment où le sommeil l'avait enfin prise, sa voix était si rauque qu'elle l'avait presque perdue.

À présent, elle avait renoncé à crier. Elle n'avait plus de voix. Sa langue était trop sèche pour articuler un mot. Mais elle était déterminée à rester éveillée même si elle mourait d'envie de fermer les yeux. Elle avait une vision limpide de ce qui lui arriverait si elle se laissait encore surprendre par le sommeil. Et il était hors de question qu'elle se résigne à une telle issue.

2

À Akureyri, Ísrún, qui s'était levée de bonne heure, contemplait une vieille maison délabrée. Il n'y avait pas grand-chose à voir. Le rez-de-chaussée de la bâtisse, assez éloignée de son plus proche voisin, avait dû abriter un commerce quelconque – une boutique, un atelier peut-être –, mais c'était du passé ; on avait remplacé la vitrine par des plaques de bois. L'appartement d'Elías devait être à l'étage. Aucun signe de vie, tous les rideaux étaient fermés.

Elle frissonna. La maison ne donnait vraiment pas envie d'y vivre ; il en émanait quelque chose de fantomatique. Ísrún aurait dû faire le tour de la maison, inspecter les abords et chercher un moyen d'entrer. Compte tenu du fait que le propriétaire était mort, elle ne risquait rien – il ne pourrait pas porter plainte. Mais l'idée de fouiller l'appartement de cet homme la mettait mal à l'aise, même si elle pouvait y trouver de nouveaux éléments importants pour son reportage. Elle pesa brièvement le pour et le contre – avant de faire demi-tour.

Dans la voiture, elle ne jeta pas un coup d'œil en arrière et, pied au plancher, reprit la route en direction de Siglufjördur.

*

Svavar avait mal dormi. Brusquement, voilà qu'il était au centre de l'attention, avec les visites des policiers et de cette journaliste. Il avait réussi à ne pas leur en dire trop. Il n'avait pas trahi Elías, il ne s'était pas embrouillé. Mais pendant la nuit, le doute l'avait assailli : combien de temps allait-il tenir ?

Il avait réussi à se rendormir puis s'était réveillé à nouveau, en sueur, angoissé, pensant à *elle*. La fille qu'il n'avait jamais vue. La fille venue d'un autre pays, de l'autre bout du monde. Tout ce qu'il savait, c'est qu'elle était jeune et jolie. C'est ce qu'Elías lui avait dit, même s'il n'avait pas employé ces termes.

Et depuis qu'il avait appris la mort d'Elías, Svavar était incapable de penser à autre chose qu'à *elle*.

Le temps file…

Et s'il était déjà trop tard ?

Au début, il avait essayé de se convaincre que ça ne le regardait pas. Il ne pouvait pas être responsable de tout le monde.

Des tas de gens meurent chaque jour.

Quelle différence, si une femme inconnue meurt aujourd'hui ?

Mais l'inanité de cet argument lui sautait immédiatement aux yeux. Elías ne se serait pas laissé troubler pour si peu, mais Svavar n'était pas Elías. Ils étaient très différents, malgré leur longue amitié. Svavar avait toujours été conscient de la face sombre de son ami. Parfois, il avait du mal à comprendre comment il pouvait être aussi impitoyable.

Svavar n'était pas un ange non plus, il aurait été le premier à l'admettre. Ni lui ni Elías n'étaient connus pour leur honnêteté. Frères d'armes, ils avaient traversé ensemble toutes sortes de tempêtes.

Aussi Svavar avait-il trouvé normal qu'Elías lui demande de l'aide quand on l'avait contacté pour cette mission. Il était en relation avec les membres d'un réseau d'activités couvrant le monde entier et opérant depuis l'Islande. Leur business incluait les trafics en tous genres et la prostitution, et ils cherchaient des gens pour aller récupérer des filles en Asie et les acheminer en Europe via l'Islande. Ils avaient des contacts en Asie et ciblaient des jeunes femmes ayant exprimé le désir de venir travailler en Europe. Une fois arrivées, elles comprenaient la sordide réalité. Voilà ce qu'Elías lui avait expliqué, avec un grand sourire.

– Mais ça, ce n'est pas mon problème, avait-il ajouté. Le business a l'air profitable et j'ai besoin de quelqu'un de confiance. Quelqu'un qui accepte de faire quelques voyages pour aller chercher les filles puis de les garder quelque temps au calme en attendant qu'on les place. Ça te dit ?

Svavar avait acquiescé en pensant au pied-à-terre de ses rêves dans le sud de l'Europe – en Italie ou au Portugal, peut-être. Il ne pouvait rien faire pour empêcher le trafic d'êtres humains – il y en avait dans tous les pays –, alors pourquoi ne pas en profiter pour se faire un peu de fric ?

Quand il y repensait, à présent, il n'était plus aussi convaincu.

Pour sa première mission, Elías était parti au Népal et avait ramené une fille que quelqu'un devait prendre en charge ensuite. Un boulot facile, direct. Svavar s'attendait à être réquisitionné pour le voyage suivant, impatient de découvrir un pays lointain. Mais ces rêves étaient devenus un cauchemar. Quand il pensait aux combines d'Elías, il en était malade. Il remerciait Dieu de ne pas avoir eu à récupérer lui-même cette pauvre fille qui ne se doutait alors sûrement pas du sort atroce qui l'attendait.

— J'ai besoin de la planquer pendant quelques jours, avait dit Elías avant d'ajouter, remarquant l'expression sur le visage de Svavar. Ne t'inquiète pas, je ne vais pas l'enfermer dans ta cave.

Svavar regarda par la fenêtre.

La journée était belle. Il considérait toujours Dalvík comme un lieu de vie provisoire avant d'accomplir son rêve de migration vers le sud, comme les oiseaux en automne. Une fois installé là-bas, il était sûr de ne jamais revenir. Cela dit, n'était-il pas déjà trop tard ? N'avait-il pas laissé passer le train ? Sans doute ferait-il mieux de partir tant qu'il était encore temps, vendre la maison, utiliser ses économies, se procurer de l'argent étranger et aller travailler dans un autre pays, plus chaud. Pas exactement ce dont il rêvait, mais ce serait un début. Et il serait libéré de la vie misérable et éreintante qu'il menait en Islande. Certes, il ne pourrait pas encore prendre sa retraite, mais au moins il vivrait au soleil.

Le ciel était d'un bleu limpide. Son ami lui manquait et, en même temps, il était soulagé d'en être délivré. Comme si on avait retiré un fardeau de ses épaules. Dans un éclair de lucidité, il vit, plus distinctement que jamais, la séparation entre le Bien et le Mal. Sa conscience se manifestait avec une acuité dérangeante.

Penser à cette fille était une souffrance. Il voulait la sauver mais il n'avait aucune envie de finir en prison.

Enfer et damnation...

Devait-il sauver une vie en nettoyant le bordel laissé par son ami, ou arrêter d'y penser et la laisser mourir ? Combien de nuits sans sommeil pouvait-il encore supporter ?

Svavar ne savait pas grand-chose sur la fille, sinon qu'Elías n'avait pas dit à ses commanditaires où il l'avait cachée. Il n'avait jamais accordé facilement sa confiance, et il voulait être sûr de recevoir le solde de son paiement. Mais Elías avait été assassiné vingt-quatre heures auparavant, et Dieu seul savait quand il avait donné à manger à la fille pour la dernière fois.

Ravagé par le doute, Svavar faisait tout son possible pour se convaincre que cette histoire ne le regardait pas. Ils ne se connaissaient pas. Ils étaient étrangers l'un à l'autre. Elle allait mourir et lui rester en vie. Était-ce cela, ce qu'Elías appelait la sordide réalité ? Cela, le genre de chose qui pouvait arriver à ces filles ?

Le pire, c'était que Svavar ignorait où elle se trouvait.

D'un autre côté, c'était peut-être préférable. Préférable de laisser le destin s'accomplir.

3

Ísrún avait longé la côte par la route d'Eyjafjördur, passant devant des fermes où les fenaisons de l'été battaient leur plein. L'air était chargé de l'odeur du foin fraîchement coupé en prévision de l'hiver. Elle traversa le paisible village de pêcheurs d'Ólafsfjördur dans la baie, avec ses petites maisons resserrées autour du port, puis s'engagea sur la route des Bruyères, un mauvais chemin gravillonné où le conducteur devait rester vigilant. Elle conduisait lentement pour épargner sa vieille voiture – les nids-de-poule menaçaient à chaque instant de lui faire rendre l'âme. Les parois de la montagne surplombaient la voie et le manteau neigeux ne donnait toujours pas l'impression de diminuer. Ísrún aurait voulu se garer au bord de la route, marcher jusqu'à une plaque de neige qui étincelait au soleil et s'y allonger pour reposer son corps courbatu. Ces derniers jours, elle avait eu du mal à trouver le temps pour se détendre, mais ce périple sous pression restait préférable aux heures passées en salle de rédaction à écouter Ívar marmonner.

Et puis, sa revanche n'avait que trop tardé : cette affaire la fascinait, elle devait découvrir ce qui était arrivé à Elías.

Elle atteignit la fin de la piste de montagne et enchaîna avec la route de Siglufjördur. Malgré son revêtement en asphalte, celle-ci restait encore trop dangereuse au goût d'Ísrún. Elle ne se sentit vraiment en sécurité qu'en sortant du tunnel de Strákar, lorsqu'elle vit la vaste étendue du fjord s'ouvrir sous ses yeux et la ville l'accueillir.

Pour cette journée, elle avait prévu d'interroger les collègues d'Elías, Logi et Páll, et de rendre visite à la femme qui, selon le Registre national d'état civil, partageait sa maison avec lui. Ísrún ralentit pour trouver son chemin et réalisa en lisant un panneau qu'elle se trouvait dans Hvanneyrarbraut, la rue où habitait Elías.

Elle ne mit pas longtemps à trouver l'adresse, une belle maison au bord de l'eau. Tout à fait le genre de lieu où Ísrún pourrait s'imaginer vivre si elle décidait de quitter Reykjavík pour une ville plus modeste. La vue sur un fjord serait l'un de ses critères essentiels.

La proximité de la mer bleu cobalt l'apaisait ; peut-être cela venait-il de ses gènes, de l'eau salée qui coulait dans ses veines. Son grand-père féroïen était un marin, comme ses aïeux. Ísrún, pour sa part, ne s'intéressait guère à cet univers et évitait de faire des reportages sur la pêche et ses quotas. La mer l'attirait, pas les poissons qui s'agitaient en profondeur.

Elle sonna. Sur la porte, une étiquette indiquait « Nóra Pálsdottir » en lettres décoratives. Pas de réponse. Ísrún attendit, sonna de nouveau puis frappa quelques coups pour être sûre de se faire entendre. Enfin, elle aperçut du mouvement derrière le mince voilage.

La porte vitrée s'ouvrit sur une femme vêtue d'une robe jaune vif. Son sourire avenant révélait des dents d'un blanc parfait. *Un peu trop parfait pour une femme d'une soixantaine d'années*, songea Ísrún.

– Bonjour ! Désolée de vous avoir fait attendre…

– Bonjour, je m'appelle Ísrún. Vous devez être Nóra ?

– Oui, c'est bien moi.

Le grand sourire réapparut tandis qu'elle montrait du doigt l'étiquette sur la porte.

– Nóra Pálsdottir. Et vous êtes journaliste à la télé, n'est-ce pas ?

Ísrún confirma d'un signe de tête.

– Entrez donc. Pardon pour le désordre, je n'attendais personne aujourd'hui. La mort d'Elías m'a tellement choquée…

Ísrún la suivit dans le salon donnant sur la mer, préoccupée par la boue qui maculait ses chaussures. Elle essaya de repérer le désordre dont Nóra venait de s'excuser, mais à première vue, la maison était aussi impeccable que sa propriétaire – comme prête à fêter Noël au beau milieu de l'été. Impossible en revanche de ne pas remarquer les vapeurs âcres de parfum : si Ísrún préférait ne pas en mettre, Nóra ne semblait pas lésiner sur le vaporisateur.

– Je suis dévastée, reprit celle-ci avec un soupir. Complètement dévastée. Je n'arrive toujours pas à y croire vraiment… Mais asseyez-vous, je vous en prie ! Je vais voir si j'ai quelque chose à grignoter.

Elle sortit de la pièce en trottinant. Ísrún prit place dans le fauteuil qui lui paraissait le plus confortable.

– J'espère que vous n'allez pas me citer dans votre reportage ! cria Nóra depuis la cuisine.

Puis, sans laisser à Ísrún le temps de répondre :

– Sinon, tant pis, je comprendrai. Vous faites votre métier, comme tout le monde…

Il y eut un silence et Nóra réapparut, apportant un splendide gâteau au chocolat.

– Moi, je ne travaille plus, vous savez. Je suis à la retraite. D'ailleurs, je crois que j'ai arrêté bien trop tôt.

Mais depuis, j'ai eu une sorte de révélation, et je me consacre entièrement à des œuvres caritatives. Vous avez entendu parler de Secours domestique ?

– Je voudrais vous poser quelques questions à propos d'Elías, si c'est possible, répondit Ísrún avec fermeté.

Nóra posa le gâteau sur la table basse.

– J'avais complètement oublié qu'il me restait ça. Chocolat et rhum : un délice !

Ísrún ne prit pas la peine de commenter, attendant la réponse de Nóra.

– Oui, bien sûr, c'est possible. Posez vos questions, je ferai de mon mieux pour vous dire ce que je sais sur Elías.

Elle restait debout, immobile, comme pour garder intact le tombé de sa robe jaune. Ísrún tenta un sourire.

– Comme vous l'imaginez, je suis en train de faire un reportage sur le meurtre, mais pas uniquement. J'ai envie de savoir quel genre d'homme était la victime. J'espérais que vous pourriez m'éclairer sur ce point…

– Bien sûr. C'est un plaisir et un devoir. Comment voulez-vous procéder ? Vous prenez quelques notes maintenant et vous reviendrez pour l'interview ?

Nóra avait du mal à masquer son excitation.

– Tout à fait. On dirait que vous avez déjà été journaliste !

– J'en ai rêvé, mais c'est resté un rêve. J'ai fait des études pour devenir dentiste. Sans le savoir, vous avez sans doute vu mon travail partout dans le Sud !

Elle rit.

– C'est dommage que je ne puisse pas vous montrer son appartement. Il vivait à l'étage mais la police a posé des scellés et emporté la clé. Ils ont trouvé des choses, un policier est reparti avec un sac de sport. C'est tout ce que je sais.

Un sourire fit naître des rides autour de ses yeux.

– Ça ira.

Ísrún jeta un regard gourmand vers le gâteau.

– Finalement, je vais en prendre une tranche, s'il vous plaît. Vous l'avez fait vous-même ?

– Oui ! répondit Nóra avec emphase. C'est une recette française que j'ai rapportée de mes voyages.

Elle coupa une tranche généreuse et tendit une assiette à Ísrún.

– Du café ? J'en ai déjà préparé.

– Merci.

Nóra disparut de nouveau dans la cuisine et en revint avec une tasse fumante.

– Je vois que vous êtes prête à accueillir des visiteurs... Vous avez reçu beaucoup de monde depuis le meurtre ?

Elle regretta immédiatement sa remarque. Nóra paraissait gênée.

– Parlez-moi un peu de Secours domestique, s'empressa-t-elle d'ajouter.

C'était la meilleure façon de se rattraper. Le visage crispé de Nóra se détendit dans un sourire et elle se lança dans un long bavardage sur les origines de l'association qu'Ísrún ne réussit à supporter que grâce au délicieux gâteau.

Elle avait presque cessé d'écouter quand, au moment de conclure, Nóra attira son attention. Elle venait de dire qu'Elías avait quasiment pris la direction de Secours domestique.

– Tout a été possible grâce à son incroyable énergie et à son dévouement exceptionnel envers les gens moins chanceux que lui, dit-elle avec sérieux.

– Donc vous aviez seulement une relation professionnelle ? Ou y avait-il autre chose entre vous ? Pardon si ma question vous semble indiscrète...

– Mon Dieu, ne vous en faites pas pour ça ! gloussa-t-elle. J'en ai entendu d'autres… La réponse est non. Notre relation n'a jamais pris cette direction-là. Cela dit, ça n'aurait rien eu de surprenant…

Elle jouait avec la manche de sa robe jaune.

– J'ai surpris quelques regards… si vous voyez ce que je veux dire. Et nous avions presque le même âge.

Presque le même âge… Ísrún observa Nóra. Elías avait dans les trente-cinq ans, Nóra aurait pu être sa mère.

– Combien de temps a-t-il vécu chez vous ?

– Il a emménagé juste après le nouvel an. Avant cela, il louait une chambre chez son collègue Logi.

Elle marqua une pause, réfléchit.

– Je me demandais… et si on filmait mon interview dans les locaux de Secours domestique ? Avec notre logo en arrière-plan, peut-être ?

– C'est une idée, oui, répondit Ísrún en espérant que Nóra ne remarquerait pas son manque d'enthousiasme. Est-ce qu'Elías avait une liaison avec une femme de la région ?

– Je ne crois pas, répondit Nóra, piquée. Il devait bien avoir une petite amie quelque part… Peut-être qu'il se méfiait des ragots dans notre petite communauté. Les hommes comme lui – séduisants, je veux dire – sont censés avoir une fille dans chaque port, n'est-ce pas ?

– Sans doute.

Ísrún avait perdu l'appétit. Elle reposa sa fourchette.

– Quand pensez-vous revenir pour mon interview ?

Toujours debout, Nóra se dressait au milieu du salon telle une reine en robe jaune couvant son royaume du regard.

– Il faut d'abord que je trie toutes mes infos et que mon rédac-chef choisisse l'angle du sujet. Ensuite, je verrai si je peux faire venir un caméraman depuis

Akureyri. Si c'est possible, on pourrait tourner en fin de journée. Ça vous va ?

Les dents blanches réapparurent, éclatantes.

– Magnifique. Je peux avoir votre numéro, en cas de besoin ?

Ísrún lui rendit son sourire.

– Pas la peine, c'est moi qui vous rappellerai.

4

Le lendemain de la réunion à Akureyri, Ari Thór reprit le travail de bonne heure. C'était la deuxième journée de l'enquête, et elle promettait d'être aussi longue et épuisante que la veille. Au moins pourrait-il profiter de l'air pur du Nord, loin du nuage de cendres dont il avait entendu parler aux infos. Il se revit écolier, apprenant l'histoire de la célèbre éruption du Skaftáreldar au XVIIIe siècle, qui avait enveloppé l'Islande et l'Europe de brume, teinté le soleil de rouge, fait brutalement chuter les températures et surtout provoqué la mort de près de deux Islandais sur dix.

Hlynur était déjà au commissariat quand Ari Thór arriva. Il semblait aussi apathique que d'habitude, fixant son écran d'ordinateur comme s'il se concentrait sur une affaire en cours. Il ne parut même pas remarquer l'entrée de son collègue.

À 11 heures, Ari Thór réalisa qu'il n'avait toujours pas mangé, ni la veille au soir à Akureyri, ni au petit déjeuner. Il sortit s'acheter un sachet de poisson cru. Une brise fraîche soufflait de la mer mais le soleil n'était visible nulle part dans le ciel nuageux.

De retour de la poissonnerie, Ari Thór tomba sur Tómas à l'entrée du commissariat.

– Allons faire un tour, suggéra ce dernier.

Les deux hommes marchèrent en silence dans la rue.

– J'ai envie de tout plaquer, annonça Tómas d'un air morne. Je n'arrive à rien avec Hlynur, et j'ai dû supporter Ómar le Skipper pendant ton absence. Il vient juste de sortir – enfin, je lui ai dit que j'avais une réunion pour qu'il se décide à partir. Il n'avait pas envie de rester seul avec Hlynur et son air de déterré. Je t'assure, Ómar est épuisant. Quand il parle, on ne peut plus l'arrêter…

– Bah, il est inoffensif.

– Dans sa jeunesse, c'était un vrai fouteur de merde. Mes parents le connaissaient. Il pouvait débarquer chez nous tard le soir, complètement bourré. Quand je dormais, son boucan me réveillait… C'est un vieux type tout desséché maintenant, mais il est toujours aussi pénible.

Ils traversèrent la rue en direction d'un bâtiment récemment réhabilité, près du port de plaisance. Il abritait le nouveau syndicat d'initiative ainsi qu'un café.

– Ça a drôlement changé, ici, commenta Tómas, peu enthousiaste.

Ils s'assirent sur un banc face au bâtiment et Ari Thór mâchonna un morceau de poisson séché.

– Tout change, reprit Tómas, les restaurants, un nouvel hôtel, plus de visiteurs, plus de touristes, et le tunnel… Siglufjördur est pratiquement sur la route principale. On a besoin d'engager d'autres policiers. On va voir débarquer une nouvelle population… et avec elle de la drogue, et je ne sais quoi encore. Il y a autant d'inconvénients que d'avantages à faciliter l'accès à notre ville, mon vieux.

Le monologue vaguement déprimant de Tómas mettait Ari Thór mal à l'aise.

– Qu'est-ce que tu penses de l'affaire Elías ?

Tómas soupira. Une vieille femme passa devant eux à pas lents, appuyée sur sa canne. Elle adressa un signe de tête à Tómas, manifestement surprise de voir deux officiers de police sur un banc en pleine journée, alors que le temps n'était même pas ensoleillé.

– Je ne sais pas vraiment… Ce qui me frappe, c'est qu'on ne contrôle rien. Tu as bien bossé, on a fait ce qu'on a pu. Maintenant, c'est aux petits malins de la police d'Akureyri de voir s'ils peuvent résoudre l'énigme.

– On ne peut pas mettre leurs téléphones sur écoute ?

– Leurs téléphones ? répéta Tómas, étonné.

– Oui. Vérifier les communications des proches d'Elías : Páll, Logi et ce Svavar, à Dalvík. Peut-être aussi Nóra et Hákon. On pourrait au moins essayer de voir si l'un d'eux était du côté de Skagafjördur cette nuit-là, non ?

– Et n'oublie pas Jói, ajouta Tómas avec un rictus ironique. Mais non, on ne peut pas faire ça. Ce ne sont pas des suspects. On ne peut pas violer la vie privée des gens sous prétexte qu'ils connaissaient Elías, même dans le cadre d'une enquête criminelle. Nos juristes feraient une attaque cardiaque s'ils l'apprenaient.

– Ah, la vie serait plus simple sans eux…

– Ça, mon vieux, tu l'as dit !

Tómas bâilla.

– Fatigué ?

– Pas vraiment. J'ai juste mal dormi, répondit-il d'un ton épuisé qui rendait son démenti assez peu convaincant.

Ari Thór hésita, devait-il aborder le sujet qui accablait ainsi Tómas ? Depuis le départ de son épouse pour le Sud, il n'était plus le même homme. À contrecœur, Ari Thór se résigna à s'aventurer en terrain miné. Il fallait bien tenter le coup.

– Ça doit te faire un sacré changement…

– Ça oui, mon gars.

Et il répéta, l'esprit ailleurs :

– Tout change…

– Comment elle va ? Ta femme, je veux dire.

– Bien, à ce qu'elle prétend, marmonna Tómas. Elle m'appelle de temps en temps et elle me dit que tout se passe bien. Elle a terminé sa première année de fac. Elle parle tout le temps de gens que je ne connais pas. Elle passe beaucoup de temps avec eux… D'autres étudiants, plus jeunes qu'elle. Je n'arrive pas à comprendre ce qui lui a pris, à son âge, de se barrer là-bas. Ici, on avait une vie tranquille, sans problème…

– Pourquoi tu ne la rejoins pas ?

Un long silence s'installa. Ari Thór aurait voulu ravaler ses paroles mais elles restèrent là, flottant entre eux.

– Peut-être que je devrais… Qu'est-ce que tu en penses ?

– Moi ?

– J'ai toujours pensé que je serais incapable de partir. Aujourd'hui, je n'en suis plus si sûr. Peut-être qu'un peu de changement me ferait du bien.

Il retomba un moment dans le silence.

– Je ne sais pas. Et si j'étais trop vieux ? On ne peut pas arracher un arbre quand ses racines sont enfouies trop profond.

– Ça vaut le coup d'y réfléchir.

– Ne t'inquiète pas, mon gars. Y réfléchir, je n'arrête pas. Si je pars, tu prendras ma place. Tu sauras bien diriger le commissariat.

Ari Thór ne pouvait pas le nier, gravir un échelon supplémentaire le tentait bien. Cette réussite professionnelle offrirait même une compensation bienvenue à sa vie privée en ruine. Mais en entendant Tómas prononcer ces paroles, il eut brusquement l'impression que les montagnes se refermaient sur lui, comme durant son premier hiver à Siglufjördur, quand une violente tempête de neige balayait le Nord. Cela le troubla ; il était persuadé qu'il avait surmonté ses crises de claustrophobie.

Il croyait s'être fait à cette petite ville. Il éprouvait même une certaine tendresse pour elle. Mais peut-être n'avait-il pas encore vaincu sa peur de l'isolement et de la solitude, pas assez en tout cas pour envisager de s'établir définitivement à Siglufjördur…

*

Ísrún ne mit pas longtemps à trouver le poste de police. Elle se gara devant et entra d'un pas décidé et confiant – cette confiance inhérente aux journalistes, ce petit quelque chose qui s'obtient en buvant son café dans une salle de rédaction.

Apparemment, un seul policier était de garde. Captivé par son ordinateur, il ne réagit pas alors qu'elle venait presque de claquer la porte derrière elle.

– Bonjour ! lança-t-elle.

L'homme resta immobile.

Elle avança de quelques pas et répéta :

– Bonjour ?

Enfin, il se retourna et la dévisagea, comme tiré d'un mauvais rêve.

Il la scruta avec intensité et pour la première fois elle eut l'impression qu'on remarquait ses yeux avant sa cicatrice. En même temps, il paraissait inerte et lointain. *Il a laissé son âme quelque part dans son ordinateur*, se dit-elle, oubliant qu'au terme de longues études en psychologie elle avait décrété que l'âme humaine n'existait pas.

197

– Vous êtes là à cause des e-mails ? demanda-t-il d'un ton mécanique.

– Quels e-mails ? Je viens voir un certain Páll. Páll le Flic.

Son interlocuteur sembla reprendre conscience.

– Páll ? Je suis désolé. Je m'appelle Hlynur, et Páll a quitté la police il y a bien longtemps. Son surnom lui est resté, comme souvent dans les petites villes.

– Vous savez où je peux le trouver ?

– Aucune idée. Son nom est Reynisson. Vous devriez pouvoir trouver son numéro de portable.

Il se retourna, se replongeant en silence dans l'étude de son écran d'ordinateur. Ísrún sortit sans dire au revoir. Ce n'était sans doute pas nécessaire. Ce policier lui semblait dangereusement instable.

5

Páll Reynisson avait bien un téléphone portable. Quand Ísrún l'appela, il lui annonça fièrement qu'il n'avait « rien à cacher » et accepta de la rencontrer.

Elle se rendit dans Hafnargata, devant la maison où il disait travailler. Quand elle sonna, un jeune homme aux cheveux mi-longs, vêtu d'un jean et d'une chemise à carreaux, apparut dans l'embrasure de la porte du sous-sol.

— Bonjour ! lança-t-il, un large sourire éclairant ses joues rouges. Je suis Páll.

— Ísrún, répondit-elle, prudente.

— Entrez, je vous en prie. Comme ça, je continue à travailler. Je ne suis pas payé pour me tourner les pouces…

— Vous faites quoi ?

— Je remets l'électricité aux normes. Un gars de la région qui est parti vivre ailleurs il y a quelques années vient d'acheter cette maison pour en faire sa résidence secondaire. Ce n'est pas le premier, ce ne sera pas le dernier. Il n'y aura bientôt plus que ça, à Siglufjördur : des maisons de vacances.

— Celle-ci est superbe, commenta Ísrún pour alimenter la conversation.

Il rit.

– Je suis insensible à la flatterie ! Allons, venez, il faut que je m'y remette.

Et il disparut au sous-sol.

Elle baissa la tête pour passer la porte. À l'intérieur, le plafond était si bas qu'elle arrivait à peine à tenir debout.

– Pas facile de travailler dans un endroit pareil, dit-elle.

– J'ai vu pire ! plaisanta-t-il.

Elle regarda autour d'elle. Le sous-sol était composé de trois pièces. Celle dans laquelle ils se trouvaient était encombrée d'outils, de sécateurs rouillés, d'une vieille tondeuse à gazon, d'une brouette et même d'une pile de vieilles dalles de pavage. Dans la petite pièce de droite, un rai de lumière tombait sur un assortiment disparate de bocaux vides. Mais son regard fut surtout attiré par les vieilles bouteilles de lait alignées sur une étagère. Elle en avait entendu parler mais n'en avait jamais vu ; cela faisait belle lurette que les briques en carton les avaient remplacées.

– Ça me plairait bien d'avoir une bouteille comme ça, dit-elle en pointant le doigt vers l'étagère. Ça ferait un joli vase.

Elle espérait à moitié qu'il lui en donnerait une, mais elle en fut pour ses frais.

– On doit sûrement en trouver chez des brocanteurs, dans le Sud, répondit-il.

– Qu'est-ce qu'il y a là-bas ? dit-elle en montrant la pièce à gauche.

– Du bazar. C'était une sorte d'étable, avant.

– Une étable ?

– Eh oui ! D'après ce qu'on m'a raconté, les gens qui vivaient ici avaient une vache dans leur sous-sol. Ils avaient eu l'autorisation pendant une épidémie de scarlatine. Ça leur permettait d'avoir du lait pour leurs enfants. Ça remonte à longtemps…

– Une maison avec une histoire.

– Une histoire vraie !

– Et vous êtes électricien ?

– Exact. Je travaillais avec Elías et les autres gars…

– Et du coup, vous êtes au chômage ? demanda-t-elle, sur un ton teinté d'ironie.

– J'ai l'air d'être au chômage ? Bah, d'une certaine façon, on pourrait le dire. Ce meurtre m'a vraiment secoué. J'ai discuté avec le chef de chantier du tunnel et il va se débrouiller pour qu'on continue avec lui – Logi, Svavar et moi.

Elle sentit que cette question lui tenait à cœur.

– Mais en attendant, vous avez ce chantier, ici…

– Oh, ça, c'est un truc que j'aurais dû terminer il y a longtemps.

Il se retourna et la regarda droit dans les yeux.

– Le problème, c'est que Svavar est introuvable. C'était lui, le plus proche d'Elías, et le chef de chantier accepte de nous reprendre seulement s'il fait partie de l'équipe.

Páll semblait visiblement préoccupé.

– En ce moment, Logi bosse pour qu'on ne prenne pas trop de retard sur le reste du tunnel.

– Vous n'arrivez pas à joindre Svavar ?

Elle résista à la tentation de lui dire qu'elle lui avait parlé le soir précédent.

– Non. Il ne répond pas au téléphone. Pas impossible que je descende à Dalvík un peu plus tard dans la journée pour aller frapper à sa porte. Comme Elías et lui étaient bons amis, j'ai préféré lui laisser un peu de temps pour qu'il se remette… mais là, ça suffit. Je n'imaginais pas que ça aurait un tel effet sur lui, et on ne peut pas se permettre de laisser passer cette occasion. Si on laisse traîner trop longtemps, ils engageront d'autres types à notre place. Le chômage, par ici, c'est pareil qu'ailleurs. Vous devez le savoir, on entend toujours parler de la crise financière à la télé…

Il renifla et se remit au travail.

— Au téléphone, vous m'avez expliqué que vous n'aviez rien à cacher.

Il releva la tête ; son visage reflétait sa surprise, mais il affichait toujours son sourire avenant.

— C'est vrai.

— Qu'est-ce que vous vouliez dire ? Qu'Elías, lui, cachait quelque chose ?

— J'ai l'impression que vous avez déjà la réponse à cette question…

— J'ai ma petite idée, dit-elle en détournant le regard.

Páll ne réagit pas, se pencha de nouveau sur ses fils électriques.

Quand le silence eut duré assez longtemps à son goût, Ísrún reprit :

— Je voudrais savoir quel genre d'homme c'était…

Elle était mal à l'aise dans cette cave encombrée où l'on ne pouvait ni se tenir droit, ni s'asseoir.

— Qu'est-ce qu'il manigançait ? Vous savez s'il avait des tendances… disons… violentes ?

— Rien que ça ! Qu'est-ce que vous croyez ? Que je vais me mettre à tout déballer pour une journaliste de Reykjavík ? Et puis quelle importance, d'ailleurs ?

— Ça peut en avoir.

— J'imagine que je devrais m'estimer heureux de ne pas être suspect. Au moins, vous ne me demandez pas où j'étais au moment de sa mort…

Il avait parlé d'un ton badin. Elle le prit au mot.

— Vous étiez où ?

– À Reykjavík, en train de draguer. Un truc que vous et vos petits camarades ne devez sans doute pas faire, hein ? Trop occupés à traquer le scoop !

– J'ai arrêté, répondit-elle.

C'était la vérité. Elle décida d'ajouter à cela une anecdote authentique.

– J'ai arrêté le jour où un type dans un bar m'a dit que je ressemblais à une rotonde.

– Quoi ?

– Littéralement : « Toi, t'es belle comme la rotonde. » Il devait être sensible à l'architecture… En réalité, il voulait dire « belle comme la Joconde ». Ce que j'ai compris après une longue discussion plutôt animée… Après ça, j'ai cessé de sortir en ville le soir.

Páll rit. Pas Ísrún.

– Vous l'avez tué ?

Sa question coupa net le rire de Páll. Elle espérait le déstabiliser. En vain.

– Non. Et je ne sais pas qui a fait le coup. Elías n'était pas un enfant de chœur, il n'avait aucune conscience. Et sur ce point, je vous demande de ne pas me citer.

– Vous pourriez me donner un exemple ?

– Je ne préfère pas.

Le sourire revint. *Avec un sourire comme ça*, pensa Ísrún, *tu peux te sortir de toutes les situations.*

*

Tous les deux mois, Nóra allait chez le coiffeur à Siglufjördur. Ce n'était même pas un salon, juste une chaise devant un miroir chez une dame à la retraite qui coupait les cheveux pour dépanner. « Ouvert à la demande », selon la formule consacrée. Nóra était déjà venue le mois précédent, mais elle prit un rendez-vous dans l'après-midi. La journaliste pouvait revenir à tout moment avec son caméraman et elle voulait apparaître sous son meilleur jour.

Mais si la jeune femme arrivait pendant qu'elle se faisait couper les cheveux ? Elle raterait l'occasion de passer à la télé et ce serait un drame. Rien ne disait que cette Ísrún lui téléphonerait pour la prévenir. Après avoir réfléchi au problème, Nóra décida de la contacter pour lui dire vers quelle heure elle serait disponible.

Comme elle n'avait pas son numéro de portable, elle composa celui de la chaîne et demanda à parler à la rédaction. C'était la première fois qu'elle faisait cela. Il ne lui était jamais rien arrivé qui soit digne d'être traité au JT.

– Rédac-chef, j'écoute, dit une voix sévère.

– Bonjour. Je m'appelle Nóra. À qui ai-je l'honneur de parler ? dit-elle, ridiculement solennelle.

– Ívar, rétorqua la voix.

Pour un peu, elle l'aurait vu devant elle. Elle l'avait remarqué plusieurs fois à la télé, un homme replet mais séduisant. *La virilité personnifiée*, se dit-elle.

– Je cherche à joindre Mlle Ísrún.

– Ísrún n'est pas là en ce moment. Je peux vous aider ?

Il s'impatientait déjà, alors que la conversation venait à peine de commencer. Mais Nóra comprenait, le métier de journaliste était stressant, avec ces délais à respecter tout au long de la journée – du moins est-ce ainsi qu'elle l'imaginait.

– Non, je voudrais juste son numéro de portable. On doit se retrouver tout à l'heure à Siglufjördur.

– Ah oui ?

Soudain, Ívar ne paraissait plus aussi pressé.

– Pour faire quoi, si je ne suis pas indiscret ?

– Eh bien, elle est venue me voir ce matin et elle doit revenir tout à l'heure avec un caméraman, répondit Nóra, ravie.

– C'est ça… Un caméraman, vous dites. Pourquoi ?

– Elías Freysson, le monsieur qui est mort, vivait avec moi… enfin, c'était mon locataire. À ce que j'ai compris, Ísrún tourne un reportage sur lui, elle m'a expliqué qu'elle cherchait un nouvel angle. L'homme derrière la victime, ce genre de choses…

Nóra espérait qu'elle avait bien tout compris. Il fallait absolument qu'elle passe à la télé !

– C'est ça, répéta Ívar.

Nóra décela un accent de dérision dans sa voix.

– L'homme derrière la victime, hein ?

Il ne lui laissa pas le temps de répondre.

– Je lui dirai que vous avez appelé. Vous avez un message pour elle ?

– Vous pouvez lui dire que je ne serai pas rentrée chez moi avant 16 heures ? J'ai un rendez-vous chez ma coiffeuse. Je l'ai pris il y a une éternité et j'avais complètement oublié quand nous nous sommes vues ce matin…

– Je le lui dirai. Au revoir.

Et il raccrocha avant que Nóra puisse ajouter autre chose.

6

Elle était déterminée à rester éveillée. Elle ne savait pas trop comment s'y prendre ; en revanche, elle savait que si elle se laissait aller elle ne rouvrirait plus jamais les yeux.

Ce ne serait peut-être pas si mal.

Elle suppliait son esprit de la ramener chez elle, là où l'attendait sa famille, là où la marionnette suspendue au plafond de leur salon se mettrait à vivre pour l'accueillir…

Elle se sentait si petite, si seule, si abandonnée. Chaque fois que la peur s'emparait d'elle, elle sanglotait, mais elle n'avait plus de larmes à verser.

Sa tête lui faisait mal. Elle fermait les yeux brièvement, tentait de se détendre, faisait un effort pour se calmer. Puis elle les rouvrait, de peur d'être saisie par le sommeil. Elle se demandait d'où lui venait cette violente migraine. Probablement de la déshydratation. Cette sensation était insoutenable – tout comme l'odeur…

Au début, elle s'était assise dans un coin, calée contre un mur, et avait essayé de trouver une position qui atténuerait les crampes dans ses jambes. Mais, de peur que ce soit trop confortable, elle avait changé de place pour éviter de s'endormir.

Elle faisait peut-être tous ces efforts en vain…

La mort approchait, elle le sentait. Elle avait mené une vie décente et honnête, elle ne devait pas se laisser gagner par la peur et la fureur. Elle devait penser à quelque chose de positif : sa famille.

Et puis, après tout, il était peut-être temps de s'allonger. De se détendre. De lâcher prise.

7

Un an plus tôt

Je m'entendais bien avec la vieille dame, Katrín. J'avais trouvé en elle quelques traces de ma grand-mère – leurs souvenirs communs, des habitudes, des petites manies, certaines expressions... L'espace d'un instant, je rêvai que j'étais assise avec Ísbjörg et non face à une inconnue quelque part à Landeyjar.

– Je peux t'offrir quelque chose, ma jolie ? Malheureusement, je ne cuisine plus.

Elle regarda ses doigts osseux.

– Je ne suis pas certaine d'en être encore capable... Mes mains ne sont plus aussi fortes et assurées qu'autrefois. L'âge, je suppose.

– Ça ira, merci.

– Ne dis pas de bêtises, tu es pâle à faire peur... Un verre de lait au moins ?

– Ce sera parfait, merci, répondis-je par pure politesse.

Avec les radiateurs allumés en plein été, l'air dans cette petite maison était étouffant. Une grande quiétude m'enveloppa peu à peu. Peut-être mon hôte avait-elle raison : je n'étais pas bien. J'avais eu quelques nausées un peu plus tôt, des douleurs éparses, comme lorsqu'une *mauvaise grippe refuse de vous lâcher. Trop de travail, sûrement. Saloperie de journalisme.*

Toutes ces rotations d'équipes devenaient ridicules. Et ce stress permanent...

Katrin se rendit dans la cuisine d'une démarche effroyablement lente. J'aurais dû aller me chercher du lait moi-même.

– *Tu veux des biscuits, avec ? me demanda-t-elle d'une voix aussi forte que ses antiques cordes vocales le lui permettaient.*

– *Oui, merci.*

Elle revint avec un verre de lait et un demi-paquet de gâteaux et s'assit avec difficulté à la table en bois. Le trajet jusqu'à la cuisine paraissait l'avoir vieillie un peu plus. Son visage portait clairement la marque du passage des années ; certaines avaient dû être pénibles.

– *Vous vous souvenez de son journal ?*

J'avais parlé si bas que je me demandai, en mon for intérieur, si j'avais vraiment envie de poser cette question à haute voix.

– *Qu'est-ce que tu dis, ma chérie ?*

Elle se pencha par-dessus la table.

J'aurais pu laisser mes mots s'évanouir, prétendre ne pas les avoir prononcés. Mais je décidai d'assumer et demandai, d'une voix plus forte et claire :

– *Vous vous rappelez si ma grand-mère tenait un journal ?*

– *Un journal ? Ah, oui, je m'en souviens. Elle n'écrivait pas tous les jours, ce n'était pas ce genre de journal intime. Mais je la voyais de temps en temps prendre des notes, en général quand quelque chose de spécial survenait... L'éruption du volcan, par exemple.*

– *Vous avez pu lire ce qu'elle y écrivait ?*

– Seigneur, non ! Certainement pas. Personne n'avait le droit, elle écrivait pour elle et pour elle seule. Une fois, j'ai jeté un coup d'œil à une page, mais avec son écriture en pattes de mouche, personne d'autre qu'elle n'aurait pu lire ses notes.

– Elle a gardé le même carnet toute sa vie ou il y en a eu plusieurs ?

– Je suis pratiquement sûre qu'elle n'en a eu qu'un. Elle a commencé à écrire à l'adolescence et elle s'est arrêtée quand elle avait la vingtaine. Je sais qu'elle l'a repris quand elle est tombée malade. Elle m'avait expliqué que son journal lui permettait de raconter ce qu'elle éprouvait...

Katrín s'affaissa tristement, le regard perdu au loin, comme transportée dans son passé.

– J'espère que le lait n'a pas tourné... Il est bon ?

– Très bon, merci.

J'étais prête à parier que la date de péremption était passée. Avec du café, il aurait été buvable.

– Je me demande où est passé ce carnet, lança la vieille dame à l'improviste.

– J'imagine qu'il est perdu.

Je lui devais bien cette demi-vérité. Nous restâmes assises en silence.

Le vent se faisait entendre au-dehors, presque une tempête en ce matin d'été. Cela n'avait rien d'inhabituel, avec la proximité de la mer et aucun relief pour lui faire obstacle sur ces basses terres. Seuls les volcans s'élevaient au loin, et ils n'étaient d'aucune utilité.

Alors se produisit ce qui allait tout changer.

8

Ívar n'allait pas laisser passer sa chance.

Pragmatique de nature, il n'avait pas gravi tous ces échelons en ménageant autrui. La chaîne l'avait débauché d'une rédaction concurrente et elle avait mis le prix : son salaire était sans comparaison avec celui de ses collègues.

Il avait bien mené sa barque, mais il cherchait toujours à viser plus haut. Bien sûr, le poste de directeur de l'information lui faisait envie, mais il était déjà pris par María, une consœur venue de la presse quotidienne avec laquelle il s'entendait bien. Comme lui, elle avait été recrutée par un chasseur de têtes. Sans doute était-ce pour cette raison qu'ils s'appréciaient. Nouveaux venus au sein de la chaîne, ils tentaient de se faire une place en évoluant au mieux parmi les différents groupes tout en les maintenant à une distance respectueuse. Elle agissait ainsi à cause du poste qu'elle occupait ; lui, parce qu'il espérait un jour l'y remplacer. María avait la réputation de ne jamais rester très longtemps au même endroit et Ívar lui laissait trois ou quatre ans avant de faire ses valises. Alors, il aurait une carte à jouer.

Auparavant, il avait quelques défis à relever. À commencer par mettre sur la touche certains membres de l'équipe qui semblaient ne pas lui faire confiance. Il avait placé Ísrún en tête de liste. Tout en elle lui tapait sur les nerfs. Son indépendance, son esprit de compétition et sa longue carrière dans la chaîne, malgré quelques pauses. Elle appartenait à cette petite bande agaçante qui se connaissait depuis des années et dont chaque membre accordait à la jeune femme une confiance aveugle. Ívar avait quand même réussi à se faire quelques alliés, à commencer par Kormákur. Mais il devait isoler Ísrún.

Il la soupçonnait d'être suffisamment sûre d'elle pour prétendre au poste de María quand elle partirait. Heureusement, il était l'un des rédac-chefs habituels de la chaîne, contrairement à elle. Cette position lui permettait de faire tourner les choses en sa faveur, et de la désavantager. C'était le rédac-chef qui prenait les décisions à la volée, attribuait les sujets aux journalistes et décidait l'ordre des reportages dans le JT. Autrement dit, il avait le pouvoir de cantonner Ísrún aux sujets superficiels réservés à l'édition de la nuit, qui n'était pas exactement la voie toute tracée vers la gloire.

Depuis le coup de fil inattendu en provenance de Siglufjördur, il surveillait du coin de l'œil le bureau de María. Enfin, la porte s'ouvrit et le type de la comptabilité sortit. C'était le moment d'y aller – même s'il savait que María était rarement de bonne humeur après un entretien avec un gratte-papier.

– Je ne te dérange pas ? demanda-t-il d'une voix pimpante en passant la tête par l'embrasure.

– Non, c'est bon.

María retira ses lunettes et leva ses yeux perçants vers Ívar. Pour rien au monde il n'aurait aimé qu'elle lui fasse subir un interrogatoire, surtout si elle avait en tête de lui extorquer une indiscrétion.

– Assieds-toi.

Avec María, c'était toujours un ordre, jamais une invitation. Elle ne perdait pas son temps en formules de politesse.

– Je voulais te voir au sujet d'Ísrún.

Sans s'en apercevoir, il avait baissé la voix. María ne réagit pas, attendant la suite.

– Elle est partie dans le Nord pour enquêter sur l'affaire de meurtre.

María acquiesça, toujours sans un mot.

– Je n'aimais pas l'idée de la laisser partir ; en ce moment, on ne peut pas se permettre d'autoriser une de nos journalistes à se focaliser sur un seul sujet, mais apparemment, elle a une source qui a associé Elías, la victime, à une affaire de trafic de drogue. J'espérais qu'elle nous rapporterait un scoop fantastique. Il faut bien laisser les enfants faire leurs propres expériences de temps en temps, non ? Même si Ísrún n'a rien ramené de très brillant ces derniers temps…

Il avait employé le terme « enfants » à dessein ; il espérait ainsi faire oublier à María qu'Ísrún travaillait pour la chaîne depuis déjà longtemps.

– Ah bon ?

– Elle a surtout traité des sujets légers, que j'ai toujours programmés en fin de bulletin. J'ai quand même dû lui demander de refaire un de ses reportages en y ajoutant des trucs plus intéressants… On dirait qu'elle n'est plus motivée.

Il s'efforça d'afficher une expression soucieuse.

– Elle a l'air très pâle, à l'écran, concéda María, pensive.

– La fatigue, sans doute. Ou l'ennui. J'ai aussi l'impression qu'elle vit pas mal la nuit… Ces derniers mois, elle a utilisé tous ses congés maladies. Comme si elle s'acharnait à en faire le moins possible.

— Intéressant.

— Enfin, bref, elle est dans le Nord. J'ai appris qu'elle travaillait le sujet sous un nouvel angle : « l'homme derrière la victime ». Mais ce n'est pas là-dessus qu'on s'était mis d'accord.

— Et qu'est-ce que tu veux que j'y fasse ? demanda María d'un ton cassant, son regard planté dans les yeux d'Ívar.

— Je pense qu'elle a perdu son enthousiasme. Est-ce que ce ne serait pas le moment de nous séparer d'elle ?

— On verra.

María reprit ses lunettes.

Il décida de ne pas insister. Il remettrait le sujet sur la table plus tard. Ce lent goutte-à-goutte finirait par porter ses fruits.

*

Tómas et Ari Thór étaient de retour au commissariat. Ils n'adressèrent pas la parole à Hlynur, qui contemplait toujours son ordinateur, plongé dans ses pensées. De toute façon, il n'avait pas besoin d'eux. Ils l'avaient trahi, rendu impuissant, aussi utile et insipide que le mobilier du poste.

Toute la journée, il avait navigué entre deux eaux, tantôt il était bien là, au travail, essayant de tenir le coup, tantôt son esprit glissait ailleurs ; un ailleurs où Gauti et sa mère étaient encore en vie et en bonne santé, où lui, Hlynur, avait pu se faire pardonner, où il n'était pas assailli par ces horribles e-mails. Où les e-mails n'avaient pas encore été inventés. Pour l'heure, il était bien présent, au poste de police, et il pensait sans cesse au message unique répété dans tous les e-mails :

La prochaine fois, je t'apprendrai à mourir.

Il avait envie de rentrer chez lui, il prétexterait une grippe et tant pis si c'était une maladie improbable en plein été. Mais même pour cela, l'énergie lui manquait. Et après tout, il ne voulait pas faire le jeu de Tómas.

Non, il resterait jusqu'au bout, jusqu'à la fin de sa garde. Et il laisserait aussi souvent que possible son esprit dériver vers un univers chaleureux et réconfortant où il n'avait la mort de personne sur la conscience.

*

Ari Thór jeta un coup d'œil à Hlynur, vissé à son ordinateur. Il ne s'était jamais entendu avec son collègue. Ils avaient très peu d'affinités en dehors de leur métier et il ne se voyait pas lui demander s'il avait un problème. Toute discussion entre eux finissait invariablement par un échange superficiel et embarrassant.

C'est pour les mêmes raisons qu'il avait jusqu'à présent évité d'appeler Kristín. S'il avait désespérément envie d'entendre sa voix, voire de lui proposer un rendez-vous, il redoutait ce moment gênant où elle décrocherait le téléphone.

Ce moment gênant. Était-ce la véritable explication ? Ne s'agissait-il pas plutôt de la jalousie, ce vieux spectre qui pointait son affreuse tête ? Ari Thór craignait-il de perdre son sang-froid si le nouveau compagnon de Kristín s'immisçait dans leur conversation ?

Il regarda le portable dans sa main. Il voulait composer son numéro mais il se retenait…

Alors, la sonnerie retentit.

*

La journée à l'hôpital était calme, semblable à toutes les autres journées. Beaucoup trop calme. Kristín avait pourtant un programme chargé, mais chaque tâche était affreusement monotone.

Elle avait hâte d'être à ce soir, hâte de le retrouver chez elle autour d'un verre de vin rouge. Ce serait leur premier véritable tête-à-tête ailleurs que dans un lieu public. Mais si le temps passait si lentement, ce n'était pas à cause de son impatience, en vérité, son travail l'ennuyait. C'était aussi simple que ça. Rien de ce qu'elle avait à faire n'éveillait en elle le moindre intérêt. Et cela commençait à l'user nerveusement.

Était-il trop tard pour changer de voie ? Toutes ces années d'études n'auraient servi à rien ? Elle imaginait déjà la réaction de ses parents. Elle devait faire preuve de bon sens avant de prendre une décision. Compte tenu de la conjoncture économique, elle serait stupide de refuser un emploi stable au revenu appréciable.

Et que pourrait-elle faire d'autre ? Elle n'avait pas de passion particulière, rien qui fasse battre son cœur un peu plus vite. Elle se levait chaque matin, partait jouer au golf si elle avait le temps, puis travaillait comme un robot jusqu'à la fin de sa garde avant de rentrer enfin chez elle, où elle ne faisait pas grand-chose d'autre que dormir en attendant que le cycle reprenne. Cette séquence s'était répétée à l'infini pendant ses années d'études : se lever, travailler, dormir.

Il fallait trouver un moyen de briser cette routine, elle en était consciente. Peut-être pouvait-elle commencer par suivre son instinct ? Ce soir, elle allait savourer du bon vin et oublier ses problèmes, profiter au maximum de la soirée et de la nuit en compagnie d'un homme encore inconnu mais qui la fascinait déjà.

*

Helga, de la brigade criminelle d'Akureyri, appela Ari Thór pour lui demander de venir avec Tómas assister à la réunion du soir, la seconde depuis la découverte du corps d'Elías Freysson.

– Votre présence est indispensable, ajouta-t-elle.

Un mensonge éhonté, à ses yeux, ces deux-là n'étaient que des ploucs en uniforme, des boulets qui ralentissaient le travail des vrais officiers de police.

Ari Thór lui assura qu'ils seraient bien là.

Puis Helga lui donna un bref aperçu de l'avancée de l'enquête : Elías était impliqué dans des affaires louches, notamment du recel et des cambriolages. Les comptes de l'association caritative avaient en outre révélé des factures douteuses et des revenus provenant de sources non identifiées.

Ari Thór raccrocha. Donc, il retournait à Akureyri. Peut-être pouvait-il, cette fois, contacter Kristín par téléphone ou par e-mail ? Après tout, il n'avait rien à perdre. Il imaginait déjà son message.

Bonjour. Non. *Salut.* Oui, ça sonnait mieux. *Salut, j'espère que tu vas bien. Je serai à Akureyri ce soir. Je serais ravi de te voir si tu as le temps. Peux-tu m'accorder dix minutes ?* C'était suffisant. Dix minutes. Elle pourrait difficilement lui refuser ça.

Il interpella Tómas.

– Nouvelle réunion à Akureyri ce soir. On part vers 17 h 30.

– Parfait. En rentrant, on se prend un burger frites sur la route. OK, mon vieux ?

Ari Thór acquiesça et sourit.

Il ouvrit sa messagerie, composa son e-mail pour Kristín et cliqua rapidement sur « Envoyer » avant de changer d'avis.

*

Ísrún sentait la fatigue l'envahir après ces deux journées chargées : Dalvík, Akureyri puis Siglufjördur. Malgré ce que lui dictait son instinct, elle décida d'appeler Kormákur pour le tenir informé des derniers développements. Non qu'il y en ait eu beaucoup. D'abord cette femme avide de reconnaissance qui louait un appartement à Elías, et puis Páll Reynisson, qui prétendait être allé à Reykjavík la nuit où Elías avait été assassiné. Il aurait aussi bien pu se trouver à Skagafjördur, en train de commettre un crime. Il n'avait pas l'air d'un homme qui cachait quelque chose. Non, il n'était pas crédible comme meurtrier, et Ísrún préférait ne pas attirer sur lui l'attention des médias.

Il lui restait encore une personne à interroger à propos d'Elías : son collègue Logi. Elle avait trouvé son adresse, mais avant de lui rendre visite elle devait se reposer. Elle prit une chambre dans un gîte afin de dormir un peu avant de repartir vers le sud en fin de journée. Elle n'était pas sûre que la chaîne prendrait ses frais en charge, aussi opta-t-elle pour l'établissement le moins cher.

Une fois dans sa chambre, elle tira les rideaux et s'allongea sans prendre la peine de remonter la couverture sur elle. Se rappelant que son téléphone était allumé, elle décida, juste pour une fois, d'enfreindre sa règle : elle se releva pour activer le mode « silencieux ». Personne ne savait exactement où elle se trouvait, personne ne pourrait la déranger et c'était très bien comme ça.

Elle se recoucha, ses paupières se fermèrent et ses pensées vagabondèrent. Mais elles ne tardèrent pas à revenir à la réalité, et Ísrún se concentra à nouveau sur l'enquête, et sur les objectifs très personnels qu'elle s'était fixés.

*

La pause tant attendue était enfin arrivée. Kristín se versa un café serré dans l'espoir qu'il la tirerait efficacement de sa torpeur. Tout en buvant, elle parcourut quelques dossiers et s'assit devant l'ordinateur de son bureau pour relever ses e-mails.

Son cœur fit un bond. Un message d'Ari Thór.

Elle hésita. Le lire ou l'effacer ?

Dans les semaines qui avaient suivi leur rupture, il lui avait envoyé plusieurs e-mails et avait souvent essayé de la joindre par téléphone. Mais elle n'avait jamais répondu, elle refusait catégoriquement de lui faire ce plaisir. Aujourd'hui, ses sentiments avaient évolué. Elle avait rencontré un autre homme. Autant en informer Ari Thór, ça ne lui ferait pas de mal. Et ce serait une preuve, peut-être, qu'elle était capable de vivre sans lui.

Elle lut son message : une proposition de rendez-vous concise, directe. Elle prit soin de bien choisir ses mots avant de lui répondre :

Désolée, pas libre ce soir. Je vois un ami.

9

Comment avait-elle pu tomber dans le panneau de cette offre d'emploi en Islande ? Elle avait vu des étoiles, mais leur vive lumière lui avait dissimulé l'ombre sinistre qu'elles projetaient. Une ombre dont elle aurait dû se méfier.

Elle sentait la mort approcher.

Elle n'avait plus peur.

La mort n'était qu'une partie de la vie – c'est en tout cas ce qu'on lui avait enseigné. Ce qui l'inquiétait surtout, c'était que son corps serait sans doute inhumé au lieu d'être incinéré, conformément aux croyances et aux coutumes dans lesquelles elle avait grandi.

Elle s'efforça de repousser des pensées aussi sombres et lutta pour oublier la soif atroce qui la tourmentait.

10

Ísrún avait de plus en plus de mal à dormir. Elle passait des nuits en pointillé, émergeant du sommeil pour y replonger aussitôt. Plus rarement, elle avait droit à un sommeil profond, peuplé de rêves, mais ceux-ci ne tardaient pas à se métamorphoser en cauchemars et elle se réveillait le cœur battant à se rompre, le corps ruisselant de sueur, exténuée.

Elle se leva, mais une sensation de vertige l'obligea à se rasseoir sur le lit. Elle inspira à pleins poumons, ferma les yeux et s'efforça à respirer calmement. En réactivant son téléphone, elle constata avec satisfaction qu'elle avait dormi un peu plus d'une heure. Mais elle vit aussi qu'elle avait raté un appel. María, la directrice de l'information.

Pourquoi prenait-elle la peine de lui téléphoner ?

Ísrún n'avait pas assez d'énergie pour lui parler tout de suite. Elle fourra son portable dans son sac et sortit sous le soleil éclatant de Siglufjördur. Elle avait payé la nuit d'avance, elle décida de garder la chambre.

*

Assise dans son bureau, María savourait son privilège : pouvoir laisser sa porte fermée. L'open space était fréquent dans la plupart des salles de rédaction, une habitude prise par les journalistes bien avant que les années de prospérité économique en aient généralisé l'usage dans les autres secteurs – dans la banque et la finance par exemple, ils permettaient d'accueillir des équipes de plus en plus nombreuses. C'était la solution magique censée favoriser le travail en groupe, réduire les frais généraux et, au bout du compte, accroître les profits.

María avait reçu plusieurs offres d'emploi dans la finance mais, malgré les ponts d'or qu'on lui proposait, elle avait résisté à la tentation de quitter les médias. Elle avait l'information dans la peau. Au moment de prendre sa décision, elle n'avait pu se résoudre à quitter l'environnement dans lequel elle s'était épanouie pendant toutes ces années.

Son poste de directrice de l'information avait ses avantages et ses inconvénients. Elle fixait la ligne éditoriale et imprimait sa marque sur la rédaction, mais son quotidien consistait en d'interminables réunions pour régler des problèmes de ressources humaines, de budgets, de management. Le pire était d'avoir à licencier du personnel et elle évitait aussi souvent que possible d'en arriver là, mais quand il n'y avait pas d'autre solution, elle ne fuyait pas ses responsabilités.

Elle ne pouvait s'empêcher de penser qu'Ívar n'avait pas vraiment tort. À l'évidence, Ísrún était une journaliste talentueuse, habile et déterminée – parfois même un peu trop –, mais elle avait perdu l'étincelle. Ses absences répétées et ses congés maladie se conjuguaient, comme l'avait fait remarquer Ívar, avec une implication moindre dans son travail. Six mois auparavant, María l'avait convoquée pour une mise au point. Elle lui avait demandé si elle se sentait bien, lui faisant remarquer avec tact la fréquence inhabituelle de ses absences.

– C'est juste que j'ai enchaîné les rhumes, cet hiver.

Mais elle avait paru tellement gênée que María n'avait eu aucun mal à déceler son mensonge.

Après leur conversation, rien n'avait vraiment changé. À cela s'ajoutait le manque de confiance d'Ívar envers Ísrún. Ça n'était pas nouveau ; parfois, les gens ont juste du mal à s'entendre. Mais Ívar, fort d'une expérience inestimable, était le meilleur journaliste de l'équipe. Ce n'était pas pour rien que la chaîne l'avait arraché à une rédaction concurrente. María ne pouvait pas se permettre de le perdre. Elle allait devoir sacrifier Ísrún.

Même si la situation couvait depuis plusieurs mois, son issue restait difficile à admettre. Mais dès que María aurait pris sa décision, elle passerait rapidement à l'acte, et rien ne pourrait la convaincre de faire machine arrière.

11

La femme enceinte qui ouvrit à Ísrún devait avoir son âge. Tout de suite, la journaliste perçut un trouble en elle, sans réussir à l'identifier précisément. Fatigue ? Possible. Une réticence à son égard ? Plus que probable. Une sorte de dépression prénatale ? Peut-être.

– Bonjour, commença Ísrún sans trop savoir comment elle allait s'y prendre pour la convaincre de la laisser entrer.

– Salut, répondit sèchement la jeune femme, peu soucieuse de politesse.

Le plan encore hasardeux d'Ísrún consistait en un mélange d'honnêteté et de pieux mensonges.

– Je m'appelle Ísrún…

… et vous m'avez peut-être déjà vue à la télé, allait-elle ajouter, mais elle comprit que ça ne servirait à rien.

– Je fais un court reportage à propos d'Elías Freysson, l'homme qui est mort l'autre nuit. Vous savez sûrement qu'il jouait un rôle important dans des activités caritatives sur le plan local, et j'ai pensé que ce serait intéressant de recueillir les témoignages de ses amis et connaissances.

À l'évidence surprise par le discours d'Ísrún, la femme se rencogna dans l'embrasure de la porte, ne sachant quoi répondre.

– J'ai déjà parlé à son ami Svavar à Dalvík, et aussi à Páll, ici à Siglufjördur. Logi pourrait aussi avoir envie de dire quelques mots, vous ne croyez pas ?

– Quoi ? Ah, oui, j'imagine.

Elle n'était pas convaincue.

– Il est ici ?

– Non, il travaille. Mais il… ne devrait plus tarder, bredouilla-t-elle.

– Formidable ! Ça vous dérange si je l'attends ici ? Mon caméraman est en route et je lui ai donné rendez-vous chez vous.

Elle tendit la main et répéta :

– Je m'appelle Ísrún.

– Oui… pardon, moi, c'est Móna.

Elle hasarda un sourire et lui serra la main.

– Entrez, je vous en prie.

– Merci.

Ísrún s'empressa de franchir le seuil avant que Móna ne change d'avis. Elle la suivit jusque dans une vaste cuisine. Sur la table, un verre de lait attendait, près d'un journal ouvert.

– Asseyez-vous. Qu'est-ce que je peux vous proposer à boire ? Je n'ai pas de café…

Elle se tapota le ventre.

– Je dois y renoncer pour le moment.

– Un verre de lait, ça ira très bien.

Ísrún repensa au verre de lait que lui avait servi la vieille Katrín, à Landeyjar. Une journée qu'elle préférerait oublier…

– Vous êtes enceinte de combien ? demanda-t-elle à la jeune femme.

– Cinq mois, répondit Móna en sortant un pack de lait du frigidaire.

Elle posa un verre devant Ísrún et s'assit. La journaliste parcourut la pièce du regard. Les portes blanches des placards contrastaient avec la pierre sombre des plans de travail, la table noire était entourée de chaises blanches et quelques photos sépia décoraient les murs. Seules des assiettes arc-en-ciel attendant d'être lavées dans l'évier égayaient ce décor austère et presque vide. Tout paraissait rangé dans les placards à part une collection de tasses blanches qui s'alignaient sur une étagère, au-dessus d'une superbe machine à café.

– Félicitations, hasarda Ísrún.

En guise de réponse, Móna se contenta de hocher la tête en souriant.

– Vous et Logi avez beaucoup d'enfants ?

– Comment ça, moi et Logi ?

Sa voix, soudain tranchante, fit tressaillir Ísrún.

– C'est le bébé de Jökull que j'attends.

– Jökull ?

– Oui. Logi habite l'appartement à l'étage. Jökull est mon mari. Le frère de Logi.

– Oh, pardon, je n'avais pas compris. J'aurais dû mieux préparer mon enquête…

Elle sourit pour cacher sa gêne et détendre l'atmosphère, sans y parvenir tout à fait.

– C'est votre premier enfant ?

– Oui.

Réponse lapidaire.

– OK. Ça arrive, d'avoir son premier enfant assez tard. Ou, comme moi, de ne pas en avoir du tout.

Móna resta muette, les yeux fixés sur son verre de lait.

Quand le silence devint insupportable, Ísrún décida de le rompre.

– Jökull aussi travaillait avec Elías ?

– Certainement pas. Il est employé à la Savings Bank.

– Vous êtes tous les deux d'ici ?

– Oui.

– De naissance ?

Ísrún jeta un regard aux photos en noir et blanc sur les murs. Presque toutes des vues de Siglufjördur, des scènes de rue et des paysages.

– Pour ainsi dire. Quand est-ce que votre caméraman doit arriver ?

Móna commençait à s'impatienter.

– Je peux téléphoner à Logi, il est peut-être retenu au chantier.

– Il n'y a pas d'urgence, la rassura Ísrún.

Nóra lui avait expliqué qu'Elías vivait en location chez Logi avant d'emménager chez elle. Ísrún voulait soutirer à Móna toutes les informations possibles sur Elías.

– Et vous, vous travaillez où ? lui demanda-t-elle.

– Dans l'administration. Mais le docteur m'a accordé un congé maternité anticipé. Ma grossesse est assez compliquée…

Elle soupira.

– Ça doit être dur, mais vous devez être tous les deux très excités maintenant que l'échéance approche.

– C'est vrai, oui, répondit Móna d'un ton morne.

– Vous connaissiez bien Elías ?

Un brusque mouvement de tête négatif.

– À peine.

– Il n'a pas vécu ici, à une époque ?

Elle hésita.

– Si… mais à l'étage, chez Logi. Il lui louait une chambre. Il est parti au nouvel an. On ne l'a pas beaucoup vu chez nous.

– Il était sûrement occupé par toutes ses activités caritatives, lâcha Ísrún d'un ton léger, ajoutant de l'eau à son moulin.

Móna eut un grognement méprisant, signe qu'elle ne prêtait aucune foi à l'altruisme d'Elías. Elle but une gorgée de lait et reprit la lecture de son journal. Elle n'avait manifestement pas envie d'évoquer davantage les affaires d'Elías. Elle était d'humeur sombre, si sombre que l'été semblait incapable de pénétrer dans sa maison. La vue depuis la fenêtre de la cuisine était tout aussi bouchée, et sans la douce chaleur, on aurait pu se croire en automne. Quelques conifères bordant le jardin tremblèrent, comme agités par un vent frais.

– Ça doit être pénible de connaître la victime d'un meurtre, reprit Ísrún, qui ne voulait pas en rester là.

– Ouais, un peu, grommela Móna.

– Perturbant, même.

Móna leva les yeux de son journal.

– Oui, très.

Elle sembla se détendre et reprit, comme s'adressant à elle-même :

– Toute cette histoire a été très perturbante.

– Moi, je trouverais ça franchement choquant. Dire qu'il n'y a pas si longtemps il vivait sous le même toit que vous. Et maintenant… maintenant, quelqu'un a trouvé une raison de le tuer. C'est difficile à concevoir.

Un scrupule aussi rare que passager l'incita à ajouter :

– Mais bon, ce n'est sans doute pas un sujet de conversation approprié pour une femme enceinte.

– On fait avec. On essaie de ne pas y penser. On repousse au fond de son esprit les images qui surgissent quand on entend parler d'un crime aussi violent…

– Si les éléments dont on dispose sont exacts, il s'agit effectivement d'un crime très brutal. Et je fais confiance aux informations, en tout cas à celles diffusées sur ma chaîne.

Móna tenta de dissimuler un frisson, puis elle bâilla, sans avoir le temps de mettre la main devant sa bouche.

– Désolée, je suis fatiguée.

– J'imagine qu'avec cette affaire vos nuits sont agitées. Surtout dans votre état.

– Je n'ai pas fermé l'œil pendant deux nuits. J'avais l'intention de me coucher de bonne heure aujourd'hui, pour tenter de rattraper mon retard de sommeil…

Ísrún saisit l'allusion. Elle ne pouvait décemment pas priver de repos une femme enceinte.

– Dans ce cas, je vous laisse. Je repasserai plus tard.

– Ça va, ce n'est pas ce que je voulais dire. Je vais appeler Logi.

Elle se leva péniblement et disparut dans une autre pièce. Ísrún entendit le murmure de sa voix.

– Il dit qu'il en a encore pour une heure, annonça-t-elle en revenant. J'espère que ça ne vous dérange pas ?

– Pas de problème, je me débrouillerai. Je reviendrai tout à l'heure.

– Et votre caméraman ? fit Móna, brusquement soupçonneuse. Il n'est pas censé être en route ?

Sa remarque déstabilisa Ísrún. *Quand on ment*, songea-t-elle, *on doit toujours rester vigilant*.

– Si, bien sûr, je vais le prévenir. Merci pour la discussion !

Et elle prit congé.

12

– Et si c'était Jói ? demanda Ari Thór.

Il discutait avec Tómas pendant la pause-café. D'habitude, Hlynur se joignait à eux, mais il resta à l'écart de ses collègues.

Tómas venait de demander à Ari Thór s'il avait une théorie solide concernant le meurtre, quelque chose qu'ils pourraient évoquer lors de la réunion du soir. La suggestion d'Ari Thór le laissa perplexe.

– Jói ? Non, oublie. Il ne ferait pas de mal à une mouche.

– Je n'en suis pas aussi sûr. J'ai trouvé qu'il avait encore un certain mordant… En tout cas, ce n'est pas un enfant de chœur.

Tómas restait sceptique.

– Lui et Elías se connaissaient à peine.

– Il m'a raconté qu'ils avaient eu des mots pendant la manifestation contre le tunnel. On ne sait jamais jusqu'où ces gens sont capables d'aller.

– Je n'étais pas au courant.

Le visage de Tómas s'assombrit.

– Tu as raison, on ne sait jamais. On croit qu'on connaît quelqu'un, et puis…

Ari Thór coupa court avant que son supérieur ne se mette à parler de sa femme.

– Je ne crois pas qu'un des collègues d'Elías ait fait le coup. Sincèrement, je ne vois pas quel serait leur mobile. Pour moi, toute cette affaire est liée aux magouilles d'Elías. Et je doute que Logi ou Páll y aient pris part.

– Bon Dieu, non ! s'exclama Tómas, choqué. Páll est un ancien flic et Logi est le beau-frère de ma cousine. Peut-être qu'en fait il y a eu erreur sur la personne. Si ça se trouve, la victime aurait dû être ce docteur, Ríkhardur. Le propriétaire du terrain.

Ari Thór respira profondément. C'était sa théorie, et même si elle semblait tirée par les cheveux, il voulait convaincre Tómas qu'elle était plausible.

– C'est aussi ce que je pense, commença-t-il, prenant sur lui pour dissimuler son excitation. J'avais l'intention de faire quelques vérifications avant de t'en parler, mais sache que je suis passé voir un vieil homme à Akureyri hier. Ríkhardur a assassiné son épouse, en tout cas, c'est tout comme.

Tómas sourit, amusé.

– Vraiment ? Et ce serait ce vieil homme d'Akureyri qui aurait tué Elías ? Franchement, j'ai du mal à y croire.

– Moi aussi. Le vieux haïssait Ríkhardur de toute son âme, mais je l'imagine difficilement passer à l'acte si violemment.

– Ce n'est pas forcément nous qui trouverons le fin mot de l'histoire, mon garçon, répondit solennellement Tómas d'un ton paternel. Mais on a fait de notre mieux. Peut-être qu'il y aura de nouveaux éléments à la réunion de ce soir.

*

Ríkhardur Lindgren avait reçu deux visiteurs en deux jours. C'était beaucoup trop. D'abord cette journaliste déplaisante qui se faisait passer pour un officier de police, et aujourd'hui de vrais policiers. Il les avait laissés entrer malgré ce que son instinct lui dictait – depuis l'intrusion de la journaliste, il se méfiait. Il avait quand même demandé à voir leurs badges, car ils étaient en civil. Finalement, il n'avait pas eu d'autre choix que de leur ouvrir, en essayant de ne pas penser à tous les germes qu'ils apportaient avec eux.

Après leur départ, il avait pris soin de bien nettoyer leurs chaises.

La télévision était éteinte et, pour une fois, il n'avait aucune envie de lire. Pour changer, il écoutait un concerto pour violon de Chostakovitch.

L'interrogatoire avait traîné en longueur. Tout ce bazar à cause de la mort d'un homme… Il le connaissait à peine. L'un des policiers avait même suggéré qu'Elías avait été tué par erreur, que la véritable cible, c'était lui, Ríkhardur. Explication simpliste. On pouvait se tromper en récupérant son manteau, mais pas aller jusqu'à assassiner la mauvaise personne.

Ríkhardur avait remarqué que les médias citaient parfois son nom dans leur couverture de l'affaire. Ils en profitaient pour ressortir leurs vieux reportages, juste au moment où il avait l'impression que tout ça était derrière lui. N'avait-il pas versé des dommages et intérêts – et généreusement, avec ça ?

Il ne pouvait plus espérer se réfugier dans sa maison du Nord, désormais.

Il monta le volume et s'enfonça dans son fauteuil, en essayant de se détendre. Jamais il ne trouverait le repos et le calme là-bas. Cet endroit serait pour toujours associé à ce foutu ouvrier…

Tout bien considéré, il valait probablement mieux qu'il quitte le pays.

Pour trouver enfin la paix.

13

Avant de partir, elle n'avait pas d'idée précise de ce que serait la vie en Islande. Elle savait toutefois qu'il ferait froid, qu'il neigerait sûrement et que, peut-être, le ciel serait sombre.

Elle était retournée à sa place contre le mur. Quand avait-elle fait ça, et pourquoi ? Elle ne le savait plus trop, mais elle s'aperçut qu'elle pouvait se relaxer et étendre ses membres endoloris. C'était une bonne sensation.

Son cœur battait plus vite qu'il n'aurait dû, elle le sentait. La chaleur qui émanait de son corps était douloureuse – un comble, en Islande.

Parfois, quand elle fermait les yeux, elle avait l'impression d'être de retour chez elle.

Elle avait fait tout ce qu'elle pouvait pour s'échapper de sa prison. La porte était la seule issue mais elle était massive et parfaitement conçue. Le mince interstice au niveau du seuil n'y changeait rien. Il dispensait juste assez d'air et de lumière.

Son crâne la lançait, elle était prise de nausées. Elle repensa à sa famille, à sa maison, au soleil et à la lumière.

Elle était si fatiguée. Il fallait qu'elle se repose.

Le moment était venu de laisser son esprit la ramener chez elle.

Bientôt, il serait temps d'accueillir la mort.

14

Svavar n'arrivait pas à penser à autre chose. Il en était le premier surpris. Il se croyait plus fort, capable de maîtriser son esprit. Il l'imaginait enfermée, attendant le retour d'Elías.

Tout serait plus simple si Elías ne lui en avait jamais parlé. Elle mourrait en silence, loin de tout, épargnant à Svavar ce fardeau : il pouvait encore la sauver. Certes, il ne savait pas précisément où elle était retenue prisonnière, mais s'il alertait la police afin de déclencher des recherches, il lui donnait une chance infime de survivre.

Et cette opportunité s'éloignait de plus en plus. Il devait à tout prix se décider.

Au départ, son implication tacite dans cette partie des affaires d'Elías – amener une fille en Islande, où elle mènerait une existence d'esclave – ne l'avait pas dérangé. *Ça se passera de toute façon, que ça me plaise ou non. Si je ne le fais pas, quelqu'un d'autre s'en chargera.*

À présent, même s'il ne l'avait jamais vue en personne, la jeune fille était devenue bien réelle dans son imagination. Une jeune fille qui attendait la mort, quelque part.

Mais son instinct de conservation était puissant. *Commence par t'occuper de toi-même.* Le prix à payer pour la sauver était trop élevé ; il irait en prison, et ses rêves de vie au soleil partiraient en fumée.

Il avait essayé de dormir, sans succès. Assis à sa fenêtre, il fixait le ciel. Il n'avait plus de notion de l'heure. Il avait éteint son téléphone portable, débranché son fixe. Il n'avait parlé à personne depuis la visite de la journaliste…

La journaliste – mais oui !

Il ne connaissait pas grand-chose à ce métier, mais il savait qu'un journaliste ne révèle jamais ses sources. Pourquoi n'y avait-il pas pensé plus tôt ? C'était la solution la plus simple, et elle était parfaite. En transférant la responsabilité sur ses épaules à elle, il retrouverait sa tranquillité d'esprit. Elle ne pourrait pas le montrer du doigt mais elle parlerait de la fille aux policiers.

Il se sentait mieux et se leva de sa chaise en rotin. À présent, il avait même faim et il se rendit compte qu'il n'avait rien mangé de la journée. Il irait faire un tour sur les docks plus tard pour s'acheter du poisson, quelque chose de bon qu'il pourrait préparer en un tournemain ; un dîner simple et parfait – aussi simple et parfait que son plan pour sauver la fille.

Le téléphone était sur la table de la cuisine. Svavar chercha le papier où la journaliste avait inscrit son numéro. Une série de vibrations interminable annonça l'arrivée de messages. Il les passa rapidement en revue, la plupart venaient de Páll et de Hákon. Il les rappellerait pour leur annoncer qu'il était prêt à reprendre le travail. Mais d'abord, il devait parler à cette Ísrún. Il composa son numéro.

*

Ísrún était en route vers le gîte. En traversant la place de la Mairie, elle leva les yeux vers l'église. La faim la tenaillait et elle avait envie de manger une pizza dans un des snack-bars de la rue principale, mais elle décida d'aller d'abord visiter l'église. Elle profiterait de ce moment de paix pour mettre de l'ordre dans ses idées.

Elle n'avait jamais été très religieuse, mais depuis quelques mois, sa sensibilité avait évolué. Pour une raison qu'elle ignorait, elle avait envie de croire. Elle se demandait juste comment trouver un semblant de foi après toutes ces années. Peut-être se rendre régulièrement à l'église pouvait-il l'aider ? Les messes ne l'intéressaient pas, mais elle aimait y passer du temps entre les offices. Alors, elle s'asseyait sur un banc et se laissait bercer par l'ambiance paisible qui y régnait.

D'un pas lourd, elle gravit lentement l'escalier abrupt. La fatigue de sa longue journée se faisait sentir, et sa sieste inhabituelle l'avait laissée groggy. L'église était ouverte et, par chance, déserte.

Ísrún s'assit sur le banc le plus proche et soupira. Elle pouvait enfin se détendre. Elle ferma les yeux, tenta de faire le vide dans sa tête. Elle repoussait le souvenir des événements qui, un an et demi en arrière, l'avaient forcée à retourner vivre à Reykjavík et à renouer avec son travail de journaliste. Elle essayait aussi de ne pas penser à sa visite chez Katrín, un an plus tôt, à Landeyjar.

Ce qui s'était passé à Akureyri dix-huit mois auparavant avait été un choc, une violence physique dont elle avait réussi à se relever à force de volonté – et d'autopersuasion. Ce qui s'était passé à Landeyjar par la suite l'avait presque mise KO. Elle s'était réfugiée dans le même genre de déni, mais elle avait douloureusement conscience que ce ne pouvait être qu'une solution provisoire.

Tous ces efforts l'empêchaient de se vider totalement l'esprit ou de se relaxer. Elle repensa à la conversation qu'elle avait eue avec Móna, cette jeune femme triste et lasse, si distante. Elle sentait bien que quelque chose dans son témoignage ne collait pas, un détail mineur qui l'agaçait.

Soudain, elle comprit. Elle se leva d'un bond et sortit à toute vitesse, soulagée que personne ne la voie. En dévalant les marches, elle n'avait plus qu'une idée en tête : parler à Móna et obtenir une réponse avant le retour de Logi ou de Jökull.

En chemin, son téléphone sonna. Elle jeta un coup d'œil à l'écran mais ne reconnut pas le numéro. *Ça peut attendre*, se dit-elle.

Quelques minutes plus tard, elle se tenait sur le perron de la maison de Móna. Quelques coups frappés à la porte suffirent : la jeune femme vint lui ouvrir.

— Je m'attendais un peu à vous revoir, confia Móna sur un ton où se mêlaient l'appréhension et le soulagement de pouvoir enfin révéler son secret. J'en ai trop dit, c'est ça ?

Ísrún acquiesça.

— Alors il vaut mieux que je vous raconte tout.

Et ce fut comme si un grand poids venait de lui tomber des épaules.

15

Oddrún pensait à Gauti tous les jours.

Elle travaillait pour une société d'informatique à Reykjavík, le genre d'entreprise où les journées sont intenses et les enjeux élevés. Malgré les exigences de son métier, son frère et leur mère occupaient parfois ses pensées. Tous deux lui avaient été arrachés bien trop tôt. Et de leur propre volonté.

Le père d'Oddrún et de Gauti étant mort lorsqu'ils étaient enfants, c'était toujours à sa sœur que Gauti se confiait lorsque la vie à l'école était devenue insoutenable.

À vrai dire, elle l'avait été dès la première rentrée scolaire. Gauti n'avait jamais réussi à s'intégrer. De deux ans sa cadette, Oddrún tentait de le soutenir, mais elle n'était qu'une enfant. Elle aurait dû en parler à leur mère, mais son frère s'y opposait. Et elle était trop jeune pour comprendre qu'il n'était coupable de rien ; souffre-douleur de la classe, il était la victime innocente d'un harcèlement acharné. Cela, elle n'en prit conscience que plus tard, tandis que son frère s'ouvrait un peu plus à elle.

Elle savait exactement qui était son pire bourreau, celui qui le tourmentait psychologiquement et physiquement. Elle avait gardé un souvenir intact de Hlynur, alors que lui l'avait sans doute oubliée. Le souvenir d'un être répugnant, à la brutalité sans limites. Gauti ne racontait pas tous les détails de ses supplices à sa sœur, elle les découvrait parfois de façon détournée. Néanmoins, il lui avait parlé des incidents à la piscine. Presque à chaque séance, Hlynur lui plongeait la tête sous l'eau, encore et encore et encore, et quand sa victime remontait à la surface, haletante, il lui murmurait toujours la même phrase à l'oreille :

La prochaine fois, je t'apprendrai à mourir.

Ces mots s'étaient gravés dans l'esprit d'Oddrún. Elle en avait fait des cauchemars, même si elle n'avait jamais assisté à ces scènes – et encore moins subi les mêmes tourments que son frère.

Gauti lui avait un jour avoué qu'il pensait toujours que la prochaine leçon de natation serait sa dernière, que Hlynur irait trop loin, qu'il le maintiendrait trop longtemps sous l'eau.

Gauti était une âme sensible, un être fragile. Mais Hlynur ne l'avait pas détruit d'un coup fatal, il l'avait broyé petit à petit, le torturant sans relâche.

Aussi cela ne surprit pas Oddrún que son frère ne termine pas ses études – loin de là. Il quitta le lycée après le premier trimestre et se renferma sur lui-même. Il aurait pourtant pu repartir de zéro dans un nouvel établissement, loin de Hlynur, mais c'était au-dessus de ses forces. Le mal était fait.

Gauti ne quitta jamais la maison familiale. Et quand sa sœur emménagea avec son fiancé, lors de sa première année d'université, son état de santé se détériora rapidement. Peu à peu, son lien avec la vie se rompit. La faute en revenait à Hlynur, pas à Oddrún. Il aurait tout aussi bien pu débarquer chez eux un jour et tuer Gauti de sang-froid.

Elle n'avait pas pris de mesures tout de suite. Elle avait laissé la haine croître en elle.

Elle savait que son frère n'était pas l'unique victime de Hlynur, mais c'était sur lui que la sauvagerie de ce monstre avait eu l'effet le plus dévastateur. Hlynur avait méthodiquement détruit la vie de Gauti, et avec elle, celle de toute une famille.

Ravagée par le suicide de son fils, leur mère avait fini par se convaincre qu'elle en était responsable. Oddrún avait fait de son mieux pour la guérir de sa culpabilité, mais elle parlait à une femme qui ne pouvait plus l'entendre.

Finalement, sa mère avait elle aussi renoncé à la vie. Sa souffrance et la mort de Gauti avaient une seule et même cause : Hlynur.

Au fil des ans, Oddrún avait tenté d'apaiser sa haine, refusant de s'abaisser au même niveau que Hlynur. Elle y était parvenue pendant longtemps. Jusqu'à cette journée en apparence normale, au bureau.

En réalité, elle n'avait rien de normal ; c'était l'anniversaire du suicide de Gauti. Et ce jour-là, comme pour honorer sa mémoire, Oddrún laissa la haine s'emparer d'elle. Cette décision lui procura un profond soulagement.

Elle n'eut aucun mal à retrouver Hlynur et à découvrir ce qu'il avait fait pendant toutes ces années. Devenu policier, il vivait à Siglufjördur, bien loin de Reykjavík. Trop loin pour qu'elle prenne sa voiture et aille jeter des pierres sur ses fenêtres. Mais le plan qu'elle conçut était bien plus subtil.

Par le biais de l'e-mail, elle pouvait entrer en contact direct avec lui, au travail comme à son domicile. Elle créa un compte anonyme et fit le nécessaire pour qu'il soit impossible de remonter sa trace. Concernant le contenu du message, elle n'avait aucun doute.

Après le premier envoi, un autre suivit, puis un troisième. Toujours la même phrase. Hlynur ne répondit pas. Elle continua de lui écrire, sans savoir si ses messages avaient ou non un effet sur lui.

Elle ne savait pas vraiment ce qu'elle espérait. Sans doute obtenir une sorte de justice ? Alors, peut-être, elle serait enfin libre.

16

Avec Tómas et Ari Thór partis pour Akureyri, Hlynur était obligé de rester au poste de police jusqu'à la nuit.

À quoi bon ? se demandait-il.

La ville était plus calme que jamais et une intervention dans la soirée semblait improbable. Au pire, il faudrait calmer quelques fêtards un peu trop bruyants. On ne lui confiait plus aucune mission importante désormais. Et ça ne le surprenait pas. En revanche, une chose l'intriguait : comment avait-il pu se croire capable de faire carrière dans la police après les choses terribles dont il s'était rendu coupable dans sa jeunesse ?

Il se leva, relut une dernière fois le message anonyme qu'il venait de recevoir et éteignit l'ordinateur. Puis il quitta le poste et ferma la porte à clé.

Il avait laissé sa voiture à la maison. L'été, Il préférait aller travailler à pied, et l'hiver aussi quand le temps le permettait. Il se mit en marche et arriva chez lui dix minutes plus tard.

Une idée fixe occupait ses pensées : Gauti était mort et lui était encore vivant.

Il était temps de réparer cette injustice.

17

Elles s'assirent dans la cuisine de Móna, comme dans un rêve en noir et blanc – ou, plus exactement, dans un cauchemar monochrome. Le silence se prolongea jusqu'à ce qu'Ísrún se lance.

– Deux nuits.

Móna hocha la tête.

– Vous m'avez dit que le meurtre vous avait empêchée de dormir pendant deux nuits, mais personne n'était au courant avant hier matin, ajouta Ísrún lentement, d'une voix grave. Sans le vouloir, vous vous êtes trahie.

– Oui, soupira Móna.

Des larmes roulèrent sur ses joues.

– C'est horrible.

Elle enfouit la tête dans ses mains.

– Ce secret est trop lourd pour moi… Vous ne pouvez pas savoir combien ça me soulage de pouvoir vous parler. C'est horrible… Et tout ça, c'est de sa faute !

Elle se leva et frappa la table du plat de la main.

– C'est la faute de cet homme ! cria-t-elle.

Ísrún se leva à son tour et posa un bras autour de l'épaule de Móna.

– Là… calmez-vous. Doucement… Asseyez-vous, s'il vous plaît.

Móna obéit.

– Vous parlez d'Elías ? demanda Ísrún aussi doucement qu'elle le pouvait.

– Oui. Elías.

Elle retomba dans le silence.

– Qu'est-ce qu'il a fait ?

Silence. Mais les larmes se remirent à couler – à flots. Ísrún tenta une autre approche.

– Vous l'avez tué ?

Elle était presque sûre d'obtenir une réponse négative. Mais son expérience de journaliste lui avait appris que rien n'est jamais certain. La réalité dépasse parfois de très loin la fiction.

– Non. C'est… eux, bredouilla-t-elle.

Ísrún tendit l'oreille.

– Eux ?

– Mon mari et Logi.

Elle s'effondra.

– Ils ne voulaient pas le tuer… lui donner une bonne leçon, mais pas le tuer… C'est ce que Jökull a dit quand ils sont rentrés à la maison. Mais il y avait un clou dans la planche…

Ísrún frémit.

Hébétée, Móna se perdit quelque temps dans ses pensées avant de reprendre :

– J'ai… on a dû mentir à la police pour que Logi ait un alibi. Évidemment, comme il travaillait avec Elías, il était suspect. Jökull, lui, il ne le connaissait pas vraiment.

– Pourquoi ils ont fait ça ?

Móna prit une profonde inspiration et, rassemblant tout son courage :

– Elías est venu ici la veille… la veille de sa mort. Tard. Je l'ai laissé entrer, cet enfoiré. Il cherchait Logi. Plus tard, Logi a raconté à mon mari ce qu'il lui avait dit. Elías avait une nouvelle combine. Il était payé pour amener en Europe des femmes étrangères, pour qu'elles commencent une nouvelle vie. Une nouvelle vie !

Ses paroles étaient chargées de mépris.

— Elías voulait mettre Logi dans le coup. C'était atroce pour moi de le voir. Ça faisait si longtemps… Je suis allée dans ma chambre et j'ai hurlé. Jökull est venu, il m'a demandé ce qui m'arrivait. À l'époque, quand c'est arrivé… je m'étais juré de ne jamais en parler à mon mari. Mais ce soir-là, dans notre chambre, je n'ai pas réussi à me taire. Je ne sais pas pourquoi, sans doute le choc d'être tombée nez à nez avec Elías…

Ísrún écoutait, tétanisée. Elle ne dit rien, laissant Móna reprendre son récit.

— Finalement, j'ai tout raconté à Jökull. Ça l'a rendu dingue. Mon mari est l'homme le plus calme dont on puisse rêver, mais là, il était fou furieux.

Elle soupira, ferma les yeux.

— Il a tout dit à son frère, car c'était lui qui avait amené ce salaud sous notre toit. Quand Logi a compris ce qui s'était passé, il est devenu aussi dingue que Jökull. Il répétait : *Il ne va pas s'en tirer comme ça !* Logi est plus sanguin que mon mari. Avant que je m'en rende compte, ils étaient partis, direction Skagafjördur. Mon Dieu, comme je regrette d'avoir parlé à Jökull… Seigneur…

Elle poussa un gémissement de douleur. Ísrún aurait pu se passer de poser la question suivante. Elle connaissait déjà la réponse.

— Elías vous a violée ?

— Comment vous le savez ? demanda Móna entre deux sanglots.

— Vous n'êtes pas sa première victime. C'est arrivé quand ?

À mi-voix, Móna lui livra son récit, ponctué de longues pauses :

— Juste après le nouvel an. En pleine journée. J'avais oublié mon téléphone et je suis passée le récupérer. Elías vivait chez Logi, à l'étage. Nos appartements communiquent. C'est une maison, en fait. Logi était sur le chantier, Jökull à la banque. Je n'ai rien pu faire. J'ai essayé de crier, de le repousser, mais il était trop fort. Ça se voyait, qu'il l'avait déjà fait. Il était si calme, si calculateur.

Ísrún laissa un autre frisson parcourir son dos. Elle devait se contrôler, rester assise et ne pas s'enfuir en courant. Móna reprit :

— J'étais sous le choc. Je n'en ai parlé à personne. Je ne sais pas pourquoi. Les mots ne voulaient pas sortir. Heureusement, il a eu le bon sens de déménager juste après.

Ísrún hésita avant de lâcher la question qui lui brûlait les lèvres.

— Vous portez son enfant ?

Móna ne répondit pas tout de suite.

— Oui… j'en suis quasiment sûre, finit-elle par avouer, en larmes. Avec Jökull, on a essayé pendant longtemps, ça n'a jamais marché. Et maintenant, j'attends l'enfant d'un violeur. Je vous jure que je ne voulais rien dire à Jökull, jamais ! Il était si heureux que je sois enfin tombée enceinte… Vous comprenez mieux pourquoi lui et Logi sont devenus fous.

— Je comprends parfaitement, oui. Cette ordure méritait ce qui lui est arrivé. Mieux vaut tard que jamais…

Ísrún laissait sa propre fureur faire surface.

— C'était un salaud, mais ils ne voulaient pas le tuer.

— Bien sûr.

Ísrún était aussi bouleversée que Móna, mais elle faisait de son mieux pour ne rien laisser paraître.

– C'est Logi qui l'a frappé. Jökull m'a tout raconté. Elías a avoué le viol et Logi lui a demandé pourquoi il avait fait une chose pareille. C'est en entendant sa réponse qu'il a attrapé un morceau de bois et qu'il l'a attaqué…

Les paroles de Móna étaient presque inaudibles à travers ses sanglots.

– Qu'est-ce qu'Elías avait répondu ?

Ísrún s'en voulut instantanément d'avoir posé cette question ; elle se replaçait malgré elle dans le rôle de l'inquisiteur.

– *Parce que je pouvais le faire.*

18

Parce que je pouvais le faire.

Saisie par une brusque révélation, Ísrún trembla, sa conscience torturée. Était-il possible qu'elle porte une part de responsabilité dans ce drame ?

Les deux jeunes femmes se dévisageaient, muettes.

– Qu'est-ce que vous vouliez dire ? demanda brusquement Móna.

– Pardon ?

Sa question prit Ísrún au dépourvu.

– Quand vous avez dit que je n'étais pas sa première victime…

La voix de Móna était plus assurée, ses yeux grands ouverts.

– C'est vrai. Moi aussi, il m'a violée.

Ísrún avait répondu sans réfléchir. Comme si son subconscient l'avait forcée à prononcer ces mots avant qu'elle ait le temps de se raviser.

C'était une sensation étrange de s'entendre dire ces paroles qu'elle avait enfin trouvé le courage d'adresser à quelqu'un, après tant de nuits d'insomnie, tant de cauchemars. Le drame remontait à un an et demi et Ísrún n'était pas encore sûre qu'elle s'en remettrait un jour. Depuis, elle n'avait pas eu de relation avec un homme ; cette idée la révulsait.

Móna la scrutait, ébahie. L'aveu de la journaliste l'avait frappée de plein fouet.

– Il vous a fait ça ? À vous aussi ?

Elle semblait avoir du mal à le croire. Puis vint la question qu'Ísrún redoutait entre toutes.

– Mais alors, pourquoi est-ce que ce type était libre ?

– Je n'en ai parlé à personne. Jusqu'à maintenant. Je me sentais si mal…

Elle prit sur elle pour ne pas fondre en larmes. Pleurer, ça ne lui ressemblait pas.

– Je n'ai pas eu le courage d'aller à la police pour tout raconter. J'ai eu tort. Je m'en rends compte maintenant.

Móna bondit, le visage crispé.

– Putain ! Ça m'aurait évité de vivre tout ça !

Elle se laissa retomber sur sa chaise, tremblante, luttant pour prendre le dessus sur sa colère.

– Je… je suis désolée… reprit-elle en balbutiant. Si quelqu'un peut comprendre ce que vous ressentez, c'est bien moi.

– C'est un traumatisme dont personne n'a envie de parler. Je vous laisse décider d'aller ou non tout raconter à la police. Ce ne sont pas mes affaires, je ne dirai pas un mot.

Ísrún était la première surprise par ce qu'elle venait de dire. Elle s'était battue pour décrocher ce reportage et en apprendre plus sur Elías. Elle était décidée à se venger de lui, à déterrer un sale secret de son passé et à le propulser sous les feux de l'actualité. Œil pour œil, dent pour dent. Mais elle n'avait jamais eu l'intention d'évoquer son propre calvaire.

– Merci, répondit Móna sans avoir l'air d'y croire.

– En échange, je peux être sûre que vous garderez pour vous ce que je viens de vous confier ?

– C'est arrivé quand ?

– En janvier de l'année dernière. Je vivais et je travaillais à Akureyri. Je suis sortie, un soir, et je suis tombée sur ce type que je n'avais jamais vu et qui n'a plus voulu me lâcher. Il m'a suivie quand j'ai quitté le bar et m'a traînée de force dans un putain d'entrepôt…

Elle soupira, incapable de mettre des mots sur cette scène.

– J'ai fait comme vous, je n'ai rien dit, je me suis repliée sur moi-même. Après cela, impossible pour moi de rester dans cette ville. Je suis retournée vivre dans le Sud dès que j'ai pu et j'ai trouvé du travail à la télé.

– Et on vous a confié un reportage sur lui ? Ça a dû être un sacré choc.

Les larmes avaient cessé de couler sur les joues de Móna.

– Ça ne s'est pas vraiment passé comme ça…

Ísrún s'interrompit. Devait-elle lui livrer toute l'histoire ? Elle décida que oui. Après tout, Móna ne risquait pas de la répéter à Ívar et María. Et puis, elle en savait déjà beaucoup. Autant aller jusqu'au bout.

– Quand c'est arrivé, à Akureyri, je n'ai pas porté plainte. Je ne connaissais pas le nom de ce type et je n'ai pas cherché à le découvrir. Je ne voulais qu'une chose : oublier le plus vite possible ce cauchemar. Mais impossible d'effacer ce type de ma mémoire, ou ce qu'il m'avait fait. Chaque nuit, je le revoyais dans mes cauchemars. À la rédaction, on a appris qu'un homme avait été retrouvé mort à Skagafjördur. J'étais dans l'équipe de jour. En temps normal, on me confie rarement des infos importantes…

Elle essaya de sourire.

– Mais quand son nom est tombé, j'ai quand même fait des recherches dans une base de données et son visage a surgi devant moi. Il me regardait. Cet homme.

Celui qui m'avait violée. Vous devinez dans quel état ça m'a mise...

Móna opina.

– Dans mon esprit, ça ne faisait aucun doute, c'était bien lui. Elías Freysson. Je suis restée assise devant mon écran, je l'ai fixé pendant un moment et j'ai senti ma colère grandir. Maintenant que je connaissais son identité, je voulais le faire payer. Ce connard était mort, je ne pouvais donc plus le tuer. Mais je pouvais encore détruire ce qui lui restait : sa réputation. Après avoir croisé son chemin, je savais quel genre d'homme c'était et j'étais sûre qu'il avait d'autres horreurs sur la conscience. Je devais juste faire en sorte que mes chefs me confient l'enquête, puis soulever quelques pierres pour voir ce qui se cachait dessous.

Elle parlait avec intensité à présent.

– J'ai prévenu mon rédac-chef qu'une de mes sources m'avait décrit la victime comme un trafiquant de drogue, et je lui ai demandé de me confier le sujet. Je suis sûre qu'il était ravi de m'envoyer au vert pendant quelques jours. On ne s'entend pas très bien...

– Et maintenant, vous allez faire quoi ?

– Rien. Je n'ai pas l'intention de livrer votre famille en pâture aux médias pour accomplir ma vengeance. Je vous laisse le soin de décider entre vous de la suite des événements.

Móna se pencha en avant et son regard se perdit au loin. Une larme solitaire se fraya un chemin sur sa joue et tomba sur la table, emportant avec elle les dernières forces qu'abritait le corps de la jeune femme.

19

Ísrún se sentait merveilleusement bien. Elle avait enfin pu parler à quelqu'un de son viol, elle qui n'avait jamais songé l'avouer à quiconque. C'était une première étape. Désormais, elle devait trouver la force de chercher un spécialiste qui l'aiderait à tirer un trait sur cette terrible expérience.

De retour dans sa chambre, elle se souvint brusquement qu'on avait essayé de la joindre alors qu'elle se rendait chez Móna. Assise sur son lit, épuisée, elle fut tentée d'éteindre son téléphone, mais par conscience professionnelle, elle décida de rappeler son correspondant.

– Allô ? C'est Ísrún ?

Une voix rugueuse.

– C'est bien moi, oui. Vous avez essayé de me joindre tout à l'heure. Qui est à l'appareil ?

– Bonsoir. C'est Svavar, de Dalvík.

– Bonsoir, répondit-elle, surprise.

Qu'est-ce qu'il lui voulait ? Une fraction de seconde, elle eut envie de lui dire qu'elle avait beaucoup de travail et de raccrocher. Elle était à bout, mentalement et physiquement, et ce que Svavar avait à lui dire ne l'intéressait plus. Pour elle, cette affaire était terminée. Le mystère était résolu. Elle avait découvert qu'Elías avait violé une autre femme, et sans doute d'autres encore. Mais elle ne se résoudrait jamais à utiliser ces informations, même si c'était sa motivation initiale : dénoncer les agissements de ce fils de pute. Sa rencontre avec Móna avait changé ses plans. Elle n'obligerait jamais la jeune femme à vivre un tel cauchemar.

– Qu'est-ce que vous voulez ? lui demanda-t-elle sèchement.

– J'ai besoin de vous parler… en toute confidentialité.

Elle l'entendit hésiter.

– Parce que, vous voyez, je suis… je suis une source.

– D'accord, répondit-elle, toujours aussi peu intéressée.

– C'est vrai que vous ne révélez jamais le nom de vos sources ?

Son empressement était palpable.

– Tout à fait. Allez, je vous écoute. Vous pouvez me faire confiance.

Il avait fini par éveiller en elle une étincelle de curiosité.

– D'accord. Bon, je ne sais pas vraiment par où commencer…

Il parlait nerveusement, le souffle court. Et s'il lui apportait un scoop, en fin de compte ? Ça vaudrait à Ísrún quelques points de bonus auprès d'Ívar et de María.

Un long silence s'installa, seulement troublé par une respiration saccadée. Et soudain :

– Je crois qu'Elías a enfermé une fille quelque part avant de mourir. Je commence à me faire du souci pour elle.

Ísrún se releva. Elle avait du mal à croire ce qu'elle venait d'entendre.

– Qu'est-ce que vous racontez ? Il a enfermé une fille ? Pourquoi ? Ça fait deux jours qu'il est mort !

– Ouais, c'est… c'est pour ça que je me fais un peu de bile, là, bredouilla Svavar.

– Un peu de bile ? ironisa-t-elle. Parce que avant vous étiez tranquille, peut-être ?

Svavar ne répondit pas.

– Vous voulez bien m'aider, oui ou non ? demanda-t-il enfin.

– Oui, mais pourquoi vous n'appelez pas la police ?

– Je ne veux pas être impliqué.

– Pauvre connard, lâcha-t-elle.

Elle se ressaisit vite. Dans son esprit, une seule pensée : une jeune femme emprisonnée quelque part.

– Pardon, ajouta-t-elle aussitôt. Vous me demandez de transmettre l'info à la police, c'est ça ?

– Oui.

– Qui est cette femme ? Et où est-elle ?

– Je ne sais pas.

Et Svavar raconta brièvement le voyage d'Elías en Asie, les hommes qui l'avaient payé pour amener une fille du Népal en Islande.

– C'était censé être un coup d'essai. S'il bossait bien et rapportait la marchandise en bon état, plein d'autres missions l'attendaient.

– Nom de Dieu…

Ísrún n'avait pas pour habitude de blasphémer, mais rien dans sa carrière ne l'avait préparée à cette conversation téléphonique.

– Et vous n'avez aucune idée de l'endroit où elle se trouve ?

– J'espérais que les flics sauraient où la chercher.

Sa voix trahissait son épuisement.

– Entendu. Je leur donne l'info et je ne parle pas de vous, mais je vais certainement faire un sujet là-dessus au JT. Je préfère vous prévenir.

– Faites ce que vous voulez, mais je vous en supplie, ne parlez pas de moi.

Elle allait raccrocher quand elle se souvint de l'appartement à Akureyri. Son cœur s'emballa.

– Et son appartement ?

– Quel appartement ?

– Celui d'Akureyri !

Les réserves de patience d'Ísrún étaient épuisées. Si Svavar disait vrai, chaque minute, chaque seconde comptait.

– Elle pourrait y être, non ?

– L'appartement d'Akureyri appartenait à Idunn, la femme d'Elías. J'imagine que c'est encore le cas.

– Non. Elías l'a récupéré quand ils ont divorcé.

– Ah bon ? Il ne m'en a jamais parlé.

– Il n'était pas à un secret près.

Elle raccrocha et composa aussitôt le numéro du pigiste d'Akureyri pour qu'il lui donne celui de Helga, de la brigade criminelle.

Pendant que la sonnerie retentissait, elle se précipita hors du gîte, déterminée à ne pas perdre une seconde.

Helga finit par décrocher. À bout de souffle, Ísrún lui donna son nom.

– Comment vous avez eu ce numéro ? Je suis en réunion et je ne peux répondre à aucune question pour le moment.

Helga ne cachait pas son irritation d'être ainsi dérangée.

– C'est une question de vie ou de mort !

– Quoi ? Attendez, je sors…

– Vous devez me promettre de laisser mon caméraman filmer. Juste mon équipe, personne d'autre.

Elle se sentait honteuse de gaspiller ainsi quelques précieuses secondes.

– Je ne vous promets rien, répondit Helga, mais je ferai de mon mieux.

Ísrún se demandait comment présenter les choses.

– J'ai une source fiable… quelqu'un qui m'a raconté qu'Elías Freysson était impliqué dans un trafic d'êtres humains et…

Elle marqua une pause.

– Trafic de… bon sang ! J'espérais qu'on ne verrait jamais ça chez nous !

Ce reportage, c'est de la bombe, se dit Ísrún qui avait déjà à moitié écrit le commentaire dans sa tête.

– Apparemment, il a ramené une jeune femme en Islande. Vous étiez au courant ?

– Oui, on a repéré une fille qui est arrivée en Islande sur le même vol que lui, en provenance du Danemark. Et avant le Danemark, elle était déjà sur le même vol que lui au départ du Népal. Comme ils n'étaient pas assis l'un à côté de l'autre, impossible d'établir un lien direct, mais on a tout de suite remarqué la coïncidence en comparant les manifestes de passagers. On n'a pas encore réussi à pister la fille. Malheureusement, on travaille en sous-effectif sur cette affaire, mais gardez ça pour vous.

– Ma source est convaincue qu'Elías a enfermé cette fille quelque part. Il était censé la planquer en attendant que d'autres types viennent la récupérer après lui avoir payé sa part.

– Enfermée ? Où ça ? Et qui est votre source ?

– Vous savez bien que je ne vous donnerai pas son nom. Cette personne ne sait pas où se trouve la fille. Mais je pense qu'elle doit être dans l'appartement d'Elías, à Akureyri.

– Il n'avait pas d'appartement là-bas, on l'aurait su.

– Il n'est pas à son nom, mais à celui d'une société qui appartient à son ex-femme.

Ísrún lui donna l'adresse.

– Merci, on y va tout de suite. Autre chose ?

– Non, mais tenez-moi au courant de la suite des événements. Je suis en route…

Helga avait déjà raccroché.

Ísrún sauta dans sa voiture, mit le contact et prit à toute vitesse la direction d'Akureyri. Sans se soucier de sa sécurité, elle rappela María tout en conduisant.

– Oui, Ísrún ! Je vous ai contactée, tout à l'heure, au sujet de…

– J'ai besoin d'un caméraman à Akureyri d'urgence ! Des policiers sont en route pour libérer une fille qu'Elías séquestrait dans son appartement… Il l'a ramenée du Népal il y a quelques jours pour la vendre à un réseau de prostitution, ici ou ailleurs en Europe.

Elle espérait qu'elle se faisait bien comprendre malgré la rapidité de son élocution.

– Quoi ? Vous êtes sûre ?

– J'ai prévenu les flics, ma source est fiable. On ne sait pas exactement où elle se trouve mais ils sont partis fouiller l'appartement. J'ai aussi besoin du pigiste, c'est possible ?

– Appelez-le !

– Merci ! Au fait, de quoi vous vouliez me parler ?

– Oh, rien de spécial… Allez, ne vous mettez pas en retard !

Ísrún n'avait pas besoin de se le faire répéter, les limitations de vitesse n'existaient déjà plus pour elle.

Son coup de fil suivant fut pour Móna. Elles avaient échangé leurs numéros avant de se quitter et Ísrún avait insisté pour qu'elle l'appelle chaque fois qu'elle aurait besoin de soutien.

– J'ai une idée, annonça-t-elle dès que la jeune femme décrocha. Si jamais Logi et Jökull comptent avouer le meurtre, il y a peut-être un moyen pour qu'ils le fassent sans parler ni de vous, ni du bébé. Elías était mouillé dans un trafic d'êtres humains et il venait de ramener une fille du Népal pour la vendre à des proxénètes. Cette information ne va pas être rendue publique tout de suite. Si Logi et Jökull allaient voir les flics ce soir, ils pourraient leur dire que c'est ça qui a conduit au meurtre… qu'en fait, ils essayaient de sauver la fille… Je pense que c'est crédible.

Un silence.

– Merci. C'est intéressant. Je vais leur en parler et voir ce qu'ils en pensent. Mais vous avez raison, c'est sûrement la seule issue.

Ísrún pensa à la jeune femme désespérément triste et au bébé qui grandissait en elle.

– Ne perdez pas de temps ! Je sais que c'est difficile, mais vous devez agir vite si vous voulez que ça marche !

– Oui, oui, je sais…

Sentant Móna hésitante, Ísrún insista :

– Vous pouvez leur dire que je vous en ai parlé, mais par pitié, mon nom ne doit pas être révélé ! Et personne ne doit savoir ce qu'Elías m'a fait.

– Bien sûr. Je leur dirai tout ça. Merci, Ísrún. Merci du fond du cœur.

Ísrún entretenait avec la vérité un rapport assez libre qui, parfois, la surprenait elle-même. Mais dans le cas présent, elle était convaincue que la fin justifiait les moyens.

Je vois un ami, avait écrit Kristín dans son e-mail. Un *ami* ? Ari Thór n'avait aucun mal à lire entre les lignes.

Il assistait avec Tómas à la réunion de la brigade criminelle d'Akureyri. Helga menait les débats avec son efficacité habituelle. Elle venait de s'absenter pour répondre à un appel téléphonique.

Pour l'instant, rien de nouveau. Les policiers avaient interrogéRíkhardur Lindgren et en avaient retiré l'impression que cette affaire n'avait sans doute aucun rapport avec lui.

Ari Thór avait du mal à se concentrer. Kristín occupait toutes ses pensées. Elle était là, dans la même ville que lui, mais en compagnie d'un autre ; cela le mettait à l'agonie. Était-ce la confirmation que tout était fini entre eux ? Allait-il devoir faire face à cette douloureuse réalité ? Ou bien était-ce un jeu, une façon pour elle de le rendre jaloux ? À moins qu'elle n'attende qu'il prenne l'initiative ? Il n'y croyait pas trop. En tout cas, lui ne voulait qu'une chose : se précipiter chez elle, frapper à sa porte, interrompre ce qu'elle était en train de faire, quoi que ce soit, et lui dire qu'il la voulait de nouveau dans sa vie. Il lui présenterait ses excuses, les yeux dans les yeux. Et elle devrait choisir entre lui et l'autre.

Il repoussa ce scénario. Il ne ferait jamais une chose pareille, évidemment.

Helga revint dans la salle de réunion. Son visage était grave, tendu. Il se passait quelque chose.

— Il faut que je vous explique un aspect de cette affaire que nous avons commencé à explorer, commença-t-elle, embarrassée. Nous avons essayé de localiser une fille qui a voyagé du Népal vers l'Islande sur les mêmes vols qu'Elías. Nous n'y sommes pas arrivés, mais je viens d'avoir la confirmation qu'elle l'accompagnait, et qu'il devait la revendre à un réseau de prostitution.

Elle marqua un temps afin que chacun prenne bien la mesure de la nouvelle.

— Quand il a été tué, Elías la détenait. Sans doute dans un appartement à Akureyri. Elle y est enfermée depuis quarante-huit heures, peut-être même plus longtemps.

On aurait entendu une mouche voler.

— Je viens d'envoyer une ambulance et une équipe. On part tout de suite !

Ari Thór oublia instantanément Kristín.

*

Pour une fois, il était déjà au volant quand Tómas arriva à la voiture. Il n'avait pas l'intention d'être le dernier sur place, ce qui aurait sans doute été le cas s'il avait laissé son supérieur conduire.

— Pas la peine de se précipiter, l'ami ! lança Tómas quand Ari Thór démarra en trombe. J'ai peur qu'il ne soit déjà trop tard pour cette malheureuse…

La maison se trouvait à l'entrée de la ville. Une bâtisse à l'abandon, sinistre. Des planches étaient clouées aux fenêtres du rez-de-chaussée, et des rideaux tirés à celles de l'étage.

Ari Thór pila devant et bondit hors de la voiture. L'ambulance était déjà là, ainsi que plusieurs voitures de patrouille et un vieux van aux couleurs d'une chaîne télévisée. Les gyrophares bleus ajoutaient une note dramatique à la scène. Un caméraman filmait sans interruption.

Helga était postée devant l'entrée.

— On a un mandat ? lui demanda un policier de Saudárkrókur.

— Pas le temps ! Je prends la responsabilité de l'opération.

21

Kristín louait un petit appartement au rez-de-chaussée d'une vieille maison charmante dans un quartier paisible, non loin du lycée où sa propre mère avait étudié autrefois. Elle était devenue architecte et son père travaillait dans une banque. Tous deux vivaient désormais en Norvège, où ils s'étaient repliés après le krach financier qui les avait mis tous deux au chômage.

Ils manquaient à Kristín, qui comptait bien leur rendre visite dès que son travail lui en laisserait le temps. Quand ils lui avaient annoncé leur projet de déménagement, elle avait vaguement protesté, mais elle était mal placée pour leur faire des reproches. Elle-même avait quitté Reykjavík et elle descendait les voir très rarement. Sa mère ne trouvait pas de travail dans la capitale – aucun architecte n'y arrivait, d'ailleurs – et elle avait reçu une proposition intéressante à Oslo. Du reste, compte tenu de la faiblesse de la devise islandaise, tous les postes à l'étranger semblaient grassement rémunérés.

Son père avait d'abord trouvé un poste à durée déterminée dans une banque à Reykjavík – un établissement né sur les cendres du krach. Mais la crise économique l'avait conforté dans son désir de changer de vie, et il avait quitté cet emploi pour suivre sa femme. Il travaillait désormais pour une petite société norvégienne d'expertise financière dans le secteur maritime.

Ils avaient rendu visite à leur fille à Pâques. Pour l'occasion, elle leur avait installé un matelas dans son petit salon.

– Il va falloir que tu trouves plus grand, avait commenté sa mère avec sa franchise habituelle, qui confinait parfois à la cruauté. Cet endroit est trop petit pour un médecin. Et terriblement vide.

La dernière chose dont Kristín avait envie, c'était de remplir son appartement de babioles. Elle l'aimait comme il était. Le salon était décoré d'une affiche de *Casablanca,* son film préféré, avec Humphrey Bogart et Ingrid Bergman. Le canapé, les chaises et la modeste table en bois provenaient de la même brocante. Elle n'avait pas installé d'étagères, et ses manuels de médecine étaient toujours empilés à même le sol. La table de cuisine, comprise dans la location, était aussi vieillotte que le reste des équipements.

La cuisine spartiate trahissait le peu de temps que Kristín y passait. Elle préférait manger à l'hôpital ; les déjeuners et dîners de la cantine étaient tout à fait acceptables. En général, les horaires de ses gardes lui permettaient d'y prendre ses deux repas. Le reste du temps, elle se limitait à des en-cas – des produits sains, bien sûr.

À présent, elle était assise dans sa cuisine, en face du veuf. Juchés sur des tabourets verts usés, ils savouraient un verre de vin pendant que, dans le four, un rôti s'efforçait d'atteindre la tendreté ultime.

– J'ai peur d'avoir mal calculé la cuisson, dit Kristín d'un ton à la fois désolé et chaleureux. Ça fait longtemps que je n'ai pas cuisiné… On devrait en avoir encore pour une demi-heure.

L'homme sourit. Les traits de son visage étaient finement dessinés et des reflets argentés traversaient ses cheveux.

Ils se fréquentaient depuis peu mais n'avaient toujours pas abordé leur passé sentimental. C'était un sujet que chacun semblait désireux d'éviter. Kristín n'avait aucune envie de parler d'Ari Thór, et l'homme paraissait réticent à l'idée d'évoquer sa défunte épouse.

Pour la troisième fois de la soirée, ils trinquèrent au-dessus des flammes vacillantes des bougies chauffe-plats.

22

Helga tenait une conférence improvisée devant la maison à l'intention des policiers. Elle se tourna vers le caméraman et lui demanda d'éteindre son appareil pendant qu'elle s'adressait à ses collègues. Il renâcla puis s'exécuta quand elle lui promit l'exclusivité en cas de nouveaux développements.

– Moi, je l'aurais carrément arrêté, ce type, chuchota Ari Thór, ce qui fit sourire Tómas – et ce n'était pas si fréquent ces temps-ci.

Le caméraman recula de quelques pas, mais Ari Thór était certain que de là où il était il ne perdrait pas une miette du compte rendu de Helga. Elle commença par ce que tous les policiers savaient :

– La fille n'est pas là. Autrement dit, soit le contact de la journaliste nous a menés en bateau, soit la pauvre fille est enfermée ailleurs. Si c'est le cas, pas la peine de vous faire un dessin, chaque minute compte. Il faut qu'on reparte en chasse tout de suite, qu'on recense tous les lieux possibles. On va de nouveau interroger les amis et les collègues d'Elías, mais par téléphone – on n'a pas le choix. Maintenant, même si la fille n'est pas ici, on a quand même trouvé ce qui ressemble à de la marchandise volée dans l'appartement.

Après avoir assigné différentes tâches aux policiers d'Akureyri, elle s'adressa à Tómas et Ari Thór :

– Quant à vous, il vous reste à recontacter les collègues d'Elías à Siglufjördur : Páll, Logi et le contremaître du tunnel.

– Hákon, précisa Tómas. Hákon, le crooner du hareng.

Helga le dévisagea, décontenancée.

– J'appelle tout de suite Hlynur, intervint Ari Thór. Il est de garde au poste. Il n'est pas au point sur l'enquête, mais on ne peut plus perdre de temps.

Il sortit son portable et composa le numéro de son collègue – même s'il doutait que Hlynur puisse leur être d'une aide quelconque. Devant l'absence de réponse, il composa le numéro du commissariat, toujours personne.

– Bizarre… je n'arrive pas à le joindre.

– Quoi ? Bon sang…

Tómas grimaça, aussi furieux qu'embarrassé.

Helga se retourna.

– Vous n'arrivez pas à avoir votre collègue au poste de Siglufjördur ? Ma parole, qu'est-ce que vous fabriquez, là-bas ?

Et, sans attendre leur réponse :

– Dépêchez-vous d'y retourner ! Et quand cette affaire sera bouclée, j'exige une explication sur cette absence de policier de garde. C'est inacceptable !

– On… on y va, bredouilla Tómas, honteux, en s'élançant vers la voiture.

Ari Thór, lui, ne bougea pas. Une idée venait de le foudroyer.

Helga avait omis deux noms dans la liste des personnes à recontacter à Siglufjördur : Jói et Jónatan. Ari Thór n'avait pas encore rapporté à Tómas sa conversation avec Jónatan, cet étrange personnage au dos brisé, vieux avant l'âge. En repensant à lui, Ari Thór eut la certitude que son instinct ne le trompait pas.

– Je crois que je sais où est la fille ! articula-t-il à voix haute.

Tómas revint sur ses pas.

– Quoi ? Qu'est-ce que tu racontes ? tonna-t-il. Allez, dis-nous !

Helga s'approcha.

– Quand il était gamin, Elías passait ses étés à la campagne, dans une ferme pas loin d'ici, à Skagafjördur… Elle est abandonnée aujourd'hui. Il devait bien connaître le secteur. Quel meilleur endroit pour planquer quelqu'un qu'une ferme déserte où personne ne va jamais ?

– Nom de Dieu, vous ne pouviez pas le dire plus tôt ? rugit Helga en le fusillant du regard.

Ça n'était pas la réaction enthousiaste qu'espérait Ari Thór ; ni remerciement, ni tape dans le dos.

– Tu sais où elle est ? lui demanda Tómas.

– Non. Mais je connais quelqu'un qui sait.

Et il sortit son téléphone pour appeler Jónatan.

*

Ísrún roulait à toute vitesse en faisant de son mieux pour maintenir sa voiture sur la voie de droite. Elle n'avait pas l'intention de ralentir, ce genre de scoop ne se présentait pas tous les jours et elle comptait bien saisir sa chance. Elle avait pris la même route qui l'avait amenée à Siglufjördur et fonçait à présent sur un chemin de terre, risquant à tout moment de perdre le contrôle de son véhicule.

Son téléphone vibra. Elle prit l'appel d'une main, s'efforçant de maintenir son volant de l'autre et de contrôler ses pneus, mis à rude épreuve.

– Où tu es ? demanda le caméraman.

– Toujours en route vers Akureyri !

– Alors fais demi-tour, la fille n'était pas dans l'appartement ! Apparemment, elle serait dans une ferme à l'abandon, à Skagafjördur. On part tous là-bas !

Elle écrasa la pédale de frein et se retrouva projetée en avant. À l'autre bout du fil, le caméraman lui indiqua le nouveau trajet. Elle répéta ses consignes à haute voix afin de les mémoriser.

– C'est noté, j'arrive ! cria-t-elle tout en opérant péniblement un demi-tour. Surtout, tu ne les lâches pas ! Ça va faire un putain de sujet !

Après un dérapage mal contrôlé, elle parvint à se rétablir et à repartir à tombeau ouvert, soulevant un sillage de poussière dans l'air immobile de l'été.

*

– Tu aurais dû en parler plus tôt, dit Tómas d'une voix calme quand son collègue s'assit au volant.

Ari Thór ne répondit rien. Pourquoi ces critiques ? Ne venait-il pas de faire avancer l'enquête ?

Il pensa à Kristín, à ce que Natan lui avait raconté. Ils venaient de sortir de la ville quand une phrase de son ami l'assaillit.

Elle l'a rencontré en jouant au golf. Il est plus vieux qu'elle et il a perdu sa femme.

Tout s'éclaircit et il freina brusquement, comme frappé par la foudre. Un an et demi plus tôt, à Siglufjördur, il avait affronté un homme qui avait échappé à une inculpation pour meurtre mais qui en avait sans aucun doute commis un autre, ce qui n'avait jamais pu être prouvé. La description lui correspondait parfaitement : un peu plus âgé que Kristín, il s'était installé à

Akureyri après la mort de son épouse – du moins à ce qu'Ari Thór savait. Il plaisait aux femmes et disposait, en plus de son charme, d'une absence totale de scrupules. Un cocktail redoutable. Il nourrissait sans doute un désir de vengeance envers Ari Thór depuis que des rumeurs dans la presse – dont le policier était la source – l'avaient obligé à quitter Siglufjördur.

Est-ce qu'il aurait décidé de se venger en ayant une liaison avec Kristín ?

Ari Thór sentit une pellicule de sueur glacée couvrir son front. Son ex-fiancée courait un vrai danger, peut-être même un danger mortel.

— À quoi tu joues, bordel ? grogna Tómas.

— Je dois partir. Je t'expliquerai plus tard.

— Tu es fou ? On est en service, bon sang ! hurla son chef, furieux.

— Je dois partir ! cria Ari Thór.

C'était la première fois qu'il élevait la voix devant Tómas. Il ouvrit d'un coup sa portière et bondit. Il n'avait jamais vu Tómas aussi en colère, mais pour l'instant il s'en foutait, il avait des préoccupations plus importantes.

23

Plus la nuit approchait, plus le temps s'éclaircissait. La journée avait été fraîche et couverte, et même si l'obscurité n'était jamais complète à cette époque de l'année, le soleil tombait derrière les cimes des plus hautes montagnes à l'heure du crépuscule, privant Siglufjördur de ses rayons. Cela n'empêchait pas Jónatan de profiter de la douceur de cette soirée, assis sur un tabouret.

Le jeune flic l'avait appelé pour l'interroger sur la ferme de ses parents, à Skagafjördur. La conversation avait été brève, Ari Thór avait l'air pressé. Jónatan avait répondu très précisément à chaque question et quand il avait voulu lui demander pourquoi la police s'intéressait à la ferme, Ari Thór avait raccroché.

Sans doute y avait-il un rapport avec le meurtre d'Elías, mais lequel ? La police était-elle au courant de ce qui se passait à la ferme dans le temps ? Toute cette affaire allait-elle refaire surface ? Le récit terrifiant des tourments infligés aux garçons, à Jónatan et Elías mais aussi à ceux qui avaient eu la malchance d'être envoyés là-bas par leur famille pendant les vacances d'été.

Jónatan n'avait jamais vraiment compris ce qui avait fait naître une telle brutalité. Comment quelqu'un pouvait-il soudain être habité par une telle cruauté, par le besoin de faire souffrir les autres ? Lui-même n'avait jamais éprouvé une telle pulsion. Il espérait que ça ne se transmettait pas d'une génération à l'autre.

Après tout, le moment était peut-être venu de raconter cette histoire. Quelles que soient les raisons de son meurtre, Elías était mort. Ça ne l'aiderait en rien. Mais cela pouvait encore aider ceux qui avaient tant souffert pendant leur séjour à la ferme. D'une certaine façon, le sombre destin d'Elías était peut-être inscrit en lui depuis cette époque funeste…

Jónatan savait que toute sa famille en ressortirait salie. Ses frères et sœurs ne risquaient pas de le remercier s'il exhumait cette vieille histoire après toutes ces années. Aux yeux des autres, il deviendrait une victime, le fils d'un monstre. Il susciterait la sympathie du public, un intérêt teinté de voyeurisme.

À cette pensée, il frémit. C'était bien la dernière chose qu'il souhaitait : attirer l'attention. Il voulait qu'on le laisse tranquille. Il soupira lourdement. Parfois, les choses doivent changer, et au diable les conséquences.

Il se leva et rentra en boitant dans le salon, sans prendre la peine de chercher sa canne. Il s'assit pesamment, prit son téléphone et rappela le dernier numéro entrant. Celui d'Ari Thór.

Le policier répondit. Il semblait à bout de souffle.

Jónatan marqua un temps, déglutit puis se força à prononcer les mots :

— Je dois vous parler…

Ari Thór le coupa.

— Je ne peux pas… pas maintenant… Je suis… occupé… une urgence… Appelez plutôt mon collègue Tómas !

Il lui dicta un numéro de téléphone et coupa sans attendre de réponse.

Jónatan laissa passer une minute, le temps de rassembler ses forces. Puis il appela Tómas.

À l'autre bout du fil, une voix aussi crispée et haletante que celle d'Ari Thór.

– Oui, ici Tómas !

D'après le grondement en fond sonore, le policier était sur la route. Sans doute dans une voiture de patrouille qui fonçait vers la ferme.

– Bonjour, ici Jónatan, répondit-il d'un ton hésitant. Ari Thór m'a téléphoné tout à l'heure et m'a interrogé sur la vieille ferme à Skagafjördur, alors…

Mais de nouveau il ne put aller au bout de sa phrase.

– Je suis pressé !

Pourtant, Jónatan le savait, s'il devait parler, c'était maintenant ou jamais. Il avait rassemblé tout son courage pour enfin dire la vérité, et il était déterminé à être entendu. Faisant un effort pour être parfaitement audible, il insista :

– Accordez-moi juste quelques minutes, c'est important. Très important.

– Bon, bon, je vous écoute…

Tómas faisait à peine l'effort de dissimuler son impatience. Manifestement, il avait d'autres priorités.

– Pourquoi vous voulez savoir où se trouve la ferme ?

Un instant, Jónatan n'entendit plus que le ronflement du moteur.

– On cherche quelqu'un, finit par lâcher Tómas d'un ton bourru. Une femme. On pense qu'elle est là-bas. Elías connaissait l'endroit. Nous pensons qu'il a pu l'y emmener.

Jónatan fut pris de nausée. Autour de lui, la pièce s'assombrit, et il sentit son cœur marteler sa poitrine. Elías aurait tué une pauvre femme et caché son corps à la ferme ? C'était crédible… Son esprit s'emballa. Et il sut aussitôt où se trouvait la cachette.

– C'est… c'est très possible, répondit-il presque malgré lui.

– Comment ça ? demanda distraitement le policier.

– Beaucoup de choses se sont passées dans cette ferme, des choses secrètes…

Il choisissait ses mots avec soin.

– Elías y a passé des moments terribles. Je suis sûr qu'ils l'ont marqué à vie.

– Des moments terribles ?

Tómas dressa l'oreille, surpris.

– Les garçons n'ont pas été très heureux là-bas. Et moi non plus.

Jónatan parlait lentement. Il luttait contre lui-même. Il devait décrire les faits avec des mots précis. Ne pas tourner autour du pot.

– Attendez… Vous me parlez de maltraitances ?

À présent, Jónatan était sûr d'avoir toute l'attention de Tómas.

– Exactement, murmura-t-il.

– Merde… de quel genre ? Sexuelles ?

– Quoi ? Non, encore heureux !

Sa question l'avait déstabilisé.

– Toutes sortes de violences : physiques, mentales, on se faisait taper dessus, on nous enfermait à clé…

– Bon sang, mais pourquoi vous n'avez rien dit avant ?

– Je... je…

Il avait la bouche sèche, les mots ne sortaient pas. Il n'avait plus pleuré depuis que son enfance était derrière lui, mais cette conversation se révélait plus pénible qu'il ne l'avait imaginé.

– Je ne pouvais pas parler tant que mes parents étaient en vie. Quand ils sont morts, je me suis convaincu que le passé était le passé, que ça ne servait à rien de souffler sur des braises.

– Vous dites qu'Elías aussi a subi ces violences ?

– Oui. Des violences terribles.

Jónatan soupira, rassembla ses forces avant de poursuivre :

– Il est venu chez nous la deuxième année où mes parents accueillaient des enfants. Dans notre « camp de vacances », comme ils disaient…

Il lâcha un rire lourd de tristesse.

– C'était l'enfer. Il y avait trois ou quatre garçons, et ils travaillaient du matin au soir. Les coups pleuvaient, et après, on les enfermait. On les menaçait pour qu'ils ne parlent pas. On leur ordonnait de revenir l'été d'après, sans quoi leur famille dans le Sud aurait des problèmes. C'est ce qui est arrivé à Elías. Et il a obéi, il est revenu l'été suivant.

– Il a été frappé, enfermé ?

– Elías était très fort mentalement.

Porté par ses souvenirs, Jónatan se laissait dériver dans son monde, oubliant presque qu'il était au téléphone.

– Dès le premier jour, alors qu'il n'avait que six ou sept ans, il a montré sa force et son courage. Ce type de comportement… Ce n'était pas toléré. Mais il a aussi révélé un point faible : il avait peur de la chienne, dans la cour. Je ne sais pas pourquoi, c'était une bête adorable. Il avait peut-être été mordu par un chien, un jour ? Je ne sais pas… La première nuit, il a eu le droit de dormir dans une chambre rien que pour lui – ma chambre. Moi, j'avais juste un sac de couchage, dans le garage, avec les autres garçons. Mais j'étais têtu ; je ne voulais pas aller là-bas, dans le noir, alors je me suis caché dans l'entrée. C'est là que j'ai vu ce qui se passait…

Les images se pressaient devant ses yeux, comme un vieux film d'horreur qu'il ne voulait pas voir. Il devait pourtant se forcer à regarder. À raconter ce dont il avait été témoin.

– On a enfermé Elías avec la chienne. Il a passé la nuit à hurler, terrorisé. Personne n'a pu fermer l'œil, ses cris résonnaient dans toute la maison. Le lendemain matin, il était métamorphosé, brisé, exténué. Ça se passait comme ça, à la ferme. Tout le monde devait respecter les règles, mais elles n'étaient écrites nulle part. Autrement dit, impossible de filer droit. Où qu'on aille, quoi qu'on fasse, on pouvait à tout moment tomber dans un piège… C'était l'enfer ! L'enfer sur terre !

Sa voix était presque un hurlement.

– Et quand vous désobéissiez aux règles ? demanda Tómas. Vous étiez battus jusqu'à ce que la leçon soit retenue ?

– Parfois. Mais le pire, c'était d'être enfermé dans la réserve à pommes de terre. J'y ai passé de nombreuses nuits. La porte était énorme, très lourde. Aucune chance de s'échapper. Tout juste s'il passait un peu d'air au ras du sol. Et un peu de lumière aussi, l'été, quand il fait jour en pleine nuit. Sinon, l'endroit était plongé dans le noir complet. Depuis, je ne supporte plus les nuits trop claires, ça me rappelle des mauvais souvenirs. Personne n'y était enfermé l'hiver, ça aurait été trop risqué, avec le froid. Seulement l'été, quand on avait des visiteurs venus du Sud.

Jónatan soupira.

– C'est épouvantable, grommela Tómas. Absolument horrible. Et votre mère, pourquoi elle n'a rien fait pour mettre un terme à tout ça ? Dieu sait combien de vies votre père a saccagées…

Jónatan faillit s'étrangler.

– Attendez… Vous m'avez mal compris. Pardon, c'est ma faute. Mon vieux n'y était pour rien ! C'est elle qui faisait tout ça. Ma mère.

24

Ari Thór savait exactement où Kristín vivait. Il avait repéré la maison un jour qu'il passait par Akureyri. Ce n'était pas loin à pied. Il espérait qu'il n'arriverait pas trop tard. Le pressentiment qu'elle courait un grave danger ne le quittait pas.

Il ne pensait plus du tout au meurtre d'Elías.

Ni à cette femme inconnue enfermée quelque part, sans doute plus morte que vive.

Il était convaincu qu'il pouvait sauver Kristín et la reconquérir. Cela seul importait.

*

Tómas mit un moment à réaliser ce que Jónatan venait de lui confesser. Depuis que le vieil homme avait commencé à parler, il croyait que l'auteur des maltraitances était son père.

— Attendez un peu... C'est votre mère qui enfermait les enfants dans la réserve à pommes de terre ?!

Il était stupéfait.

Le récit de ses souvenirs enfouis était une véritable épreuve pour Jónatan. Sa voix n'était plus qu'un mince filet monocorde.

– Oui. Elle contrôlait tout à la ferme. Elle nous frappait jusqu'à ce qu'on lui obéisse. La plupart d'entre nous n'avaient besoin que d'une nuit dans la réserve. Il y faisait si noir… L'obscurité totale.

Tómas ne put réprimer un frisson.

– Et votre père, qu'est-ce qu'il disait ?

– Pas grand-chose.

Il soupira.

– Il n'avait aucun pouvoir sur la vieille. Quand elle avait affaire à une forte tête, il lui donnait même un coup de main. Pas parce que c'était un homme mauvais, mais parce qu'il était aussi terrifié que nous.

– Et vous étiez tout seul ? Pas de frères ou de sœurs ?

Tout en discutant grâce au kit mains-libres, Tómas s'efforçait de se concentrer sur la route et de ne pas se laisser distancer par les voitures qui fonçaient devant lui.

– Si, mais ils étaient bien plus âgés. Ils avaient déjà quitté la ferme quand mes parents ont commencé à organiser ces camps de vacances.

– Venez au poste demain, je prendrai votre déposition. Dans la matinée, ça vous irait ? demanda Tómas le plus aimablement possible.

Il regrettait de s'être montré agressif au début de leur conversation et éprouvait une profonde sympathie pour cet homme qui avait enfin trouvé la force d'évoquer une enfance ruinée par ses parents.

– Entendu, je ferai ça, répondit Jónatan.

Dans sa voix fatiguée, Tómas perçut l'éclosion d'un soulagement.

– Et merci de m'avoir parlé, Jónatan, ajouta Tómas.

Il raccrocha. Il aurait eu besoin d'une pause pour reprendre ses esprits, mais ce n'était pas le moment. Il appela aussitôt Helga, qui roulait en tête du convoi. Il lui résuma ce que Jónatan venait de lui dire.

– Il faut toute de suite chercher cette réserve à pommes de terre ! Une pièce sans fenêtre, fermée par une grande porte.

– J'ai demandé à la police de Saudárkrókur de se rendre sur place, ils seront là avant nous. Je les préviens tout de suite. Merci.

Et, comme à contrecœur, elle ajouta avant de raccrocher :

– Votre équipe a fait du bon boulot.

Le compliment fit rougir Tómas.

25

Ari Thór arriva devant la maison. La lumière était allumée au rez-de-chaussée, mais les rideaux fermés l'empêchaient de jeter un coup d'œil par la fenêtre. Kristín était bien chez elle, et elle avait de la visite. *Lui*, sans aucun doute.

Le salaud.

La lueur du soleil déclinant baignait d'une aura dorée les maisons dans la rue. Tout le quartier semblait paisible dans la douceur du soir. Ari Thór resta immobile un instant, se donnant l'illusion de réfléchir à un plan. Mais sa décision était déjà prise. Son intuition s'était peu à peu muée en conviction. Kristín avait de toute évidence ouvert sa porte à un personnage extrêmement dangereux. Seul Ari Thór était capable de l'arracher à ce piège.

Il avança jusqu'à la porte. Il s'apprêtait à sonner, mais il se ravisa ; une autre approche lui parut soudain plus appropriée. Il frappa vigoureusement du poing, plusieurs coups impérieux. Son cœur accélérait. Un feu brûlait en lui.

Une seconde plus tard, elle était là, sur le seuil. Une beauté parfaite.

C'était avec cette femme qu'il devait passer le reste de sa vie. Tout cela lui apparaissait si clairement, désormais. Pourquoi l'avait-il laissée partir ?

– Ari Thór ?

Son étonnement était sincère. Ses yeux écarquillés, ses sourcils relevés et son intonation le prouvaient.

– Qu'est-ce que tu fais ici ? Tu n'as pas reçu mon mail ? Je t'ai dit que j'étais prise ce soir.

Malgré le ton de reproche, Ari Thór sentit de la chaleur dans sa voix. Elle ne semblait pas du tout en colère.

Il tâtonna pour trouver les bons mots. Il respira profondément, essayant de se détendre, mais son cœur battait toujours aussi vite.

– Il est ici ?

La phrase était sortie toute seule. Trop brutale. Kristín blanchit.

– Qui ça ? Qu'est-ce qui te prend, Ari Thór ?

Maintenant, elle avait l'air en colère.

– Je le connais… Je l'ai rencontré à Siglufjördur. Il veut juste… il veut juste te voir pour se venger de moi.

Il bafouillait.

Il entra. Le « BIENVENUE » qu'arborait le paillasson usé ne s'adressait manifestement pas à lui.

– Ne sois pas ridicule, chuchota Kristín sans parvenir à cacher son exaspération. On en reparle plus tard, d'accord ? Je suis occupée, là…

– Tout va bien ? demanda quelqu'un dans l'appartement.

Ari Thór suivit le son de cette voix et, malgré les efforts de Kristín pour l'arrêter, se retrouva rapidement dans la cuisine, face à un homme attablé devant un verre de vin rouge et une assiette de petits pois, pommes de terre et tranche de viande.

Et merde.

Ari Thór ne l'avait jamais vu de sa vie.

Merde !

Il cligna des yeux, tenta en vain de reprendre le contrôle de lui-même. Un épais voile noir l'enveloppa. D'un seul coup, il se retrouva à cette fête d'étudiants, à Hafnarfjördur.

La jalousie le submergea comme un poison. Qu'est-ce que cet inconnu foutait chez Kristín ? Comment osait-il ?

Il s'avança vers l'homme. Au fond de lui, il savait qu'il commettait une erreur, mais il était incapable de maîtriser la colère qui venait de s'abattre sur lui. Paralysé par la surprise, l'inconnu restait muet.

Ari Thór le saisit par le col de sa minable chemise à carreaux et le fit décoller de son tabouret. En même temps, il remarqua que l'homme avait lâché sa fourchette – personne ne se bat avec une fourchette. Mais il tenait toujours son couteau de la main droite.

Comme pendant la soirée étudiante, Ari Thór brandit le poing, prêt à frapper. Prêt à revivre son passé. L'homme esquiva, trébucha en arrière, percuta le frigidaire dans le coin de la cuisine. Il était pris au piège. Ari Thór se jeta sur lui.

La dernière chose qu'il entendit alors qu'une douleur cuisante le foudroyait fut la voix de Kristín :

– Non ! Non ! Non !

26

Tómas s'engagea sur le chemin qui montait vers la vieille ferme. Le convoi l'avait distancé, et de toute façon la police de Saudárkrókur les avait sûrement tous devancés.

Il se gara et sortit. Les policiers étaient rassemblés autour d'une ambulance dans la cour, mais les urgentistes n'avaient pas l'air pressés de retourner à l'hôpital.

Était-elle déjà morte ? Tómas se fraya un chemin dans le groupe jusqu'aux portes ouvertes de l'ambulance. La fille était allongée sur un brancard, le visage dissimulé par un amas de tubes. Signe qu'elle était encore en vie. Tómas remarqua sa frêle corpulence et ses très longs cheveux d'un noir profond.

Il se tourna vers un des infirmiers.

– Elle est vivante ?

– Oui, mais très mal en point. Elle a perdu conscience et elle est gravement déshydratée. L'hélicoptère va arriver. Elle doit être évacuée immédiatement.

Il avait débité cela d'une voix monotone, dépourvue d'émotion.

– Ils l'ont trouvée où ?

– Dans une espèce de vieille pièce de stockage, juste à côté. Une réserve de pommes de terre, apparemment…

L'infirmier se tut un instant et, pour la première fois, son visage se crispa.

– Un truc horrible… absolument horrible. Je ne suis pas psy, mais ce genre d'expérience risque de la marquer à vie.

Secouant la tête de dégoût, il grimpa dans l'ambulance.

C'est exactement ça, songea Tómas en regardant la silhouette sur le brancard. Il se demandait qui saurait attribuer à Elías et à la mère de Jónatan leur exacte part de responsabilité dans le traitement atroce que la jeune fille avait subi. Seules des puissances supérieures pourraient en juger, décréta-t-il. Et il se sentit soulagé ; lui-même en aurait été incapable.

27

Tous les drames qui hantaient Ísrún – son viol et la nouvelle terrible qu'elle avait apprise après sa visite à Landeyjar – avaient battu en retraite, relégués dans un recoin de son esprit. Elle n'était plus concentrée que sur une chose : le reportage de l'année. Et elle se trouvait au cœur de l'histoire, au moment où elle se déroulait. Elle voyait déjà un trophée trôner fièrement sur son étagère.

L'hélicoptère était arrivé puis reparti. La fille avait la chance d'être encore en vie, et Ísrún la chance d'être la seule journaliste présente sur place. Le caméraman avait filmé quelques plans très forts. Le rédac-chef de garde avait interviewé Ísrún par téléphone pour le prochain flash radio et elle avait fait un lancement de sujet devant l'hélicoptère. Elle tenait une des meilleures exclusivités de l'année.

María avait suggéré qu'elle passe la nuit dans le Nord et qu'elle fasse la route le lendemain matin afin de monter son sujet dans la journée pour l'ouverture du JT du soir. Ísrún était soulagée. Elle était bien décidée à travailler sur ce reportage, mais pour l'instant elle avait surtout besoin de repos, comme son médecin le lui avait recommandé.

Ses affaires étaient toujours à Siglufjördur ; elle décida d'y passer la nuit. Elle reprit la route, adoptant cette fois une conduite prudente.

28

En route pour Siglufjördur, Tómas s'apprêtait à retrouver l'accablante solitude de sa maison. Il était tard, mais il décida de passer d'abord au poste de police. Ce serait toujours mieux que chez lui. Il lui arrivait même d'y dormir. Et puis, il fallait qu'il remette la main sur Hlynur. Pourquoi n'avait-il pas répondu au téléphone ? Était-il parti se promener alors qu'il était censé assurer la permanence ? Le visage de Tómas se contracta. Il ne supportait plus la désinvolture de Hlynur ; cette fois, il avait poussé le bouchon trop loin.

Tómas réfléchissait tout en conduisant, et il finit par s'avouer à lui-même ce qu'il voulait vraiment : faire demi-tour, rejoindre sa femme à Reykjavík et se fondre dans la chaleur de son étreinte. Certes, Siglufjördur, sa merveilleuse ville natale, pouvait être douce en été, mais elle ne le serait jamais tendrement dans ses bras.

La sonnerie de son téléphone l'arracha à ses rêveries.

— Bonsoir, cousin, lança une voix grave et nerveuse. C'est Móna.

— Móna ? Tout va bien ? Pourquoi tu m'appelles si tard ?

Un malaise s'empara de lui et ne cessa de croître tandis qu'il essayait de deviner ce que cet appel cachait.

286

– Il… Il… C'est Logi, mon beau-frère, qui m'a demandé de t'appeler. Il veut te voir le plus vite possible.

Sa tension était perceptible.

– Ce soir ?

– De préférence.

– Bon Dieu, qu'est-ce qui se passe ?

Tómas s'impatientait. Il devait prendre sur lui pour ne pas exploser.

– C'est mieux que vous vous parliez tous les deux. Mais…

Tómas sentit qu'elle était au bord des larmes.

– … il a l'intention d'avouer.

– *D'avouer ?*

– Oui. D'avouer le meurtre.

– C'est lui qui a tué Elías ?

– Oui.

Un long silence.

– Mais c'était de la légitime défense. Ils se sont disputés violemment, Logi accusait Elías de faire du trafic d'êtres humains. Apparemment, il avait ramené ici une fille du Népal et Logi essayait de la sauver…

– Putain de merde !

Le juron, très peu professionnel, résonna dans l'habitacle.

Il réfléchit un instant, puis répéta à mi-voix, pour lui-même :

– Putain de merde…

29

Móna avait raccroché, bouleversée.

Logi avait été catégorique, il s'accuserait seul du meurtre pour protéger son frère et sa famille – Móna et l'enfant à venir. Malgré les protestations de Jökull et de Móna, il était resté inflexible. Sa décision était prise.

– Personne n'a besoin de savoir que Jökull était avec moi. Et c'est moi qui l'ai frappé. Pas de chance qu'il y ait eu un clou dans la planche.

Logi avait accepté la suggestion d'Ísrún, relayée par Móna : il valait mieux mentir concernant le mobile du meurtre. Móna leur avait parlé de la visite de la journaliste. Ils avaient juré de ne pas trahir la confiance d'Ísrún.

– Ne vous inquiétez pas pour moi, avait dit Logi non sans une certaine appréhension. Vous, faites attention au bébé. Et pour ce qui est de l'identité du père, j'emporterai ce secret dans ma tombe.

30

Tómas était assis face à Logi dans le poste de police désert de Siglufjördur. L'arrestation officielle avait eu lieu et Logi s'était montré très coopératif. Il avait avoué le meurtre sans aucune réserve, invoqué la légitime défense et refusé d'être assisté par un avocat.

– Racontez-moi ce qui s'est passé.

Tómas s'efforçait de paraître calme, mais l'absence de ses deux adjoints le mettait hors de lui. Ari Thór avait disparu quelque part dans les rues d'Akureyri ; quant à savoir où se cachait Hlynur, toutes les hypothèses étaient permises.

– C'était à cause de la fille, répondit Logi. Une fille qu'il avait ramenée d'Asie. Ni plus ni moins que du trafic d'êtres humains. Je n'avais pas signé pour ce genre de merde. On n'est peut-être pas toujours très regardants sur la loi dans notre boulot, mais là, il avait franchi une ligne rouge. Je lui ai demandé de me dire où il la cachait, je lui ai expliqué qu'on devait la renvoyer chez elle avant que ça dégénère, avant que la police débarque…

Quelque chose ne sonnait pas tout à fait juste, on aurait dit que Logi récitait par cœur sa déposition. Pourtant, Tómas n'avait aucune raison d'en douter. Et puis, pour tout dire, cette enquête couronnée de succès était plutôt bienvenue. L'affaire était bouclée proprement, avec de beaux aveux à la clé.

– Ce soir-là, je suis allé le voir. On s'est battus, c'est devenu très violent, j'ai même eu la trouille… Elías avait franchi le point de non-retour. Je le sentais capable de me tuer par peur que je le dénonce à la police. Il y avait un morceau de bois, juste là. Je l'ai pris et je me suis défendu. Putain de clou… Vous savez, je ne voulais pas le tuer. Ça n'était pas un meurtre… je ne vais pas être condamné pour *meurtre*, si ?

– Ce n'est pas à moi d'en juger, Logi. Vous allez devoir passer la nuit ici, dans la cellule là-bas. Juste cette nuit. Demain, je vous emmènerai à Akureyri, où je demanderai que vous soyez placé en détention provisoire. Je suis sûr que vous comprenez.

Logi acquiesça, sans laisser paraître d'émotion particulière.

*

C'était une petite pièce pas trop inconfortable. Logi ne s'était jamais retrouvé dans une cellule avant, mais n'ayant jamais souffert de claustrophobie, il savait que ça ne lui poserait pas de problème. Au moment où Tómas ferma la porte à clé, une légère angoisse l'étreignit ; il allait devoir s'y habituer.

Il ne faisait pas aussi sombre qu'il l'aurait cru. Un puits de lumière était situé juste au-dessus de la paillasse.

– Au cas où vous vous poseriez la question, sachez que personne n'a jamais réussi à casser la vitre. Et ce n'est pas faute d'avoir essayé.

Logi n'avait pas l'intention d'essayer. Il s'allongea sur le matelas et ferma les yeux. Il fallait qu'il reste fidèle à son scénario – pour son frère.

Il ne mentait pas en disant qu'il était l'auteur du meurtre. C'est bien lui qui avait saisi le morceau de bois pour frapper. Il avait aussi dit la vérité à propos du clou. Il n'avait pas eu l'intention de tuer Elías.

Sa déposition contenait seulement deux mensonges : Jökull était avec lui, et ils étaient allés voir Elías pour lui casser la gueule après avoir découvert qu'il avait violé Móna. En fait, il l'avait mise enceinte, ça ne faisait aucun doute vu qu'elle et Jökull n'étaient jamais parvenus à concevoir un bébé. Il n'y avait aucune raison pour que d'autres personnes que lui, son frère et sa belle-sœur sachent que le père de l'enfant était un violeur. Non, il grandirait comme l'enfant naturel de Jökull et Móna, et, d'ici quelques années, Logi pourrait enfin voir son neveu ou sa nièce. Il n'était pas sûr de convaincre avec son histoire de légitime défense. Au pire, il pouvait prendre seize ans, avec libération sur parole au bout de huit ans. Il était sûr qu'il pourrait le supporter. Il lui suffisait d'être fort.

*

Tómas s'apprêtait à partir quand le téléphone du poste de police sonna. Il n'était pas censé laisser son prisonnier sans surveillance mais il avait besoin de quelques heures de sommeil dans son lit. Où étaient passés Hlynur et Ari Thór, bon Dieu ? Il avait essayé de les joindre plusieurs fois sur leurs portables mais ils ne décrochaient pas.

– Allô ? Allô ?

Une femme.

– Je suis bien au poste de police de Siglufjördur ?

Manifestement angoissée.

– Ça fait deux heures que j'essaie de vous avoir. Je vous appelle à propos de ce type, Hlynur…

– Hlynur ? Oui, qui êtes-vous ?

– Peu importe. J'ai connu Hlynur autrefois, il allait en classe avec mon frère Gauti, qui est mort depuis… Bref, il m'a téléphoné en début de soirée. Il m'a dit qu'il avait découvert que j'étais la sœur de Gauti. C'était un coup de fil bizarre, très bizarre… Ce Hlynur… En fait, je l'ai toujours tenu pour responsable du suicide de mon frère. C'est une histoire compliquée… Ce soir, il m'a appelée pour me demander pardon. Il m'a dit qu'il était *sincèrement* désolé… Sa voix m'a mise mal à l'aise…

Tómas eut l'impression que sa correspondante allait éclater en sanglots. Sa respiration était lourde et son inquiétude semblait réelle.

– Mal à l'aise, comment ça ?

– Eh bien, j'ai eu l'impression qu'il avait envie de…

Un silence. Puis un murmure :

– … se suicider.

Nom de Dieu !

Tómas raccrocha brusquement et courut vers sa voiture.

Nom de Dieu de nom de Dieu !

Pourvu qu'il ne soit pas trop tard.

31

Tómas devait bien l'admettre, il n'était jamais allé chez Hlynur. Il connaissait juste son adresse – comme il connaissait plus ou moins toutes les maisons de Siglufjördur. Son collègue habitait une des rares résidences de la ville. Rien de comparable avec les barres d'immeubles de Reykjavík. Chacune abritait quatre logements pourvus d'une entrée indépendante.

À première vue, l'appartement de Hlynur paraissait désert. Les rideaux étaient tirés à toutes les fenêtres, ce qui était assez étrange quoique pas forcément inexplicable, les nuits étaient si claires en cette saison qu'il fallait parfois recourir à des mesures extrêmes pour faire l'obscurité chez soi.

Tómas frappa vigoureusement à la porte.

Aucune réponse.

Un pressentiment angoissant fit accélérer son rythme cardiaque. Quelque chose s'était passé, il le savait. Et il était responsable, au moins en partie. Il s'était très mal comporté envers Hlynur. Au lieu de discuter avec lui, d'essayer de comprendre ses problèmes, il s'était montré irritable, cassant.

Il appuya sur la sonnette, frappa de nouveau. Il attendit quelques instants puis, à bout de patience, prit son élan et percuta la porte de toutes ses forces. Elle bougea dans le chambranle – sans s'ouvrir. À la seconde tentative, il réussit à entrer.

Criant à tue-tête le nom de son collègue, il se précipita dans le salon. Personne.

L'appartement était un peu plus vaste qu'il ne l'aurait cru et il restait quelques pièces à inspecter. Par instinct, il se rua sur celle qu'il devinait être la chambre.

Et il vit ce qu'il redoutait : Hlynur étendu, inerte, sur son lit. Sur la table de chevet, un flacon de pilules vide. Tómas se pencha vers le corps, chercha un pouls. En vain.

Il sortit son téléphone machinalement et appela une ambulance, mais il savait qu'il était trop tard. Il avait ignoré ce jeune homme à une période critique de son existence et les conséquences étaient terribles. Désormais, il devrait vivre avec cette culpabilité.

32

Quand Kristín vit Ari Thór se faire poignarder, elle crut l'espace d'un instant que le coup avait été fatal – son couteau à viande était tranchant comme un rasoir. Par chance, la lame était passée à côté des organes vitaux. La plaie n'en était pas moins sérieuse, et Ari Thór perdait beaucoup de sang. Kristín réussit à garder son calme et à stopper l'hémorragie en attendant l'arrivée des secours. Le coup était de toute évidence accidentel, mais en voyant le résultat de son geste son ami s'était littéralement effondré sur le sol.

– Quand la police sera là, dites-leur que c'est un accident, d'accord ?

Elle répéta d'un ton ferme :

– Un accident, c'est bien compris ? Pas une bagarre !

Sans qu'elle comprenne vraiment pourquoi, il lui semblait soudain de la plus haute importance de veiller sur Ari Thór. Certes, il avait provoqué cette rixe, mais si la nouvelle venait à s'ébruiter, cela risquait de compromettre sa carrière dans la police.

*

À présent, elle était assise à son chevet, dans une chambre d'hôpital. Il dormait et elle lui tenait la main.

Elle avait bien failli le perdre. Cette pensée la terrifiait. C'était un garçon impossible, d'une jalousie maladive, capable de prendre des décisions stupides. Malgré tout, elle l'aimait toujours.

33

Un an plus tôt

Je n'ai pas pour habitude de m'évanouir chez les gens. Pourtant, ce jour-là, une faiblesse m'envahit et je me sentis brusquement aussi fragile qu'un filet d'eau.

Au début, j'attribuai cela à la chaleur étouffante de la maison – qui n'arrangeait certainement pas les choses.

– Tout va bien, ma mignonne ? Tu es pâle comme la mort ! Viens donc t'allonger...

Katrin m'indiquait un petit sofa miteux.

J'avançai d'un pas chancelant et m'étendis un moment. Il fallait que je reprenne des forces. Depuis quelque temps, je ne me sentais pas très bien. Pas dans mon assiette, ce qui ne me ressemblait pas. Je m'étais convaincue qu'il s'agissait d'un simple surmenage.

Pendant que j'essayais de me détendre, de retrouver des forces et de me débarrasser de cette faiblesse qui alourdissait mes bras et mes jambes, elle me raconta tout.

Parfois, je me dis que j'aurais préféré qu'elle se taise. Ainsi, j'aurais pu me persuader un peu plus longtemps que tout allait bien.

– C'est comme ça que la maladie de ta grand-mère a commencé, dit la vieille dame d'un air dégagé, sans même me regarder. Satanée cigarette...

– Que voulez-vous dire ?

– Elle s'évanouissait sans raison, tout d'un coup. Elle a fini par consulter un médecin, et c'est là qu'elle a appris, pour sa maladie.

J'essayai de m'asseoir. Sous le coup de l'effort, mon cœur martelait ma poitrine. Je ne voulais pas aborder ce sujet. Est-ce que je souffrais du même mal que ma grand-mère ? Je tremblais à cette idée. Je voulais qu'elle sorte de ma tête. Mais je ne pouvais pas m'empêcher d'interroger Katrín. Peut-être espérais-je me convaincre que cette faiblesse, cette fatigue, cette vulnérabilité n'avaient rien à voir avec ce qui avait tué Ísbjörg ?

– Quels étaient les symptômes ?

– Eh bien… je ne suis pas médecin, tu sais. Loin de là. Je me rappelle qu'elle manquait d'appétit et qu'elle était constamment embêtée par toutes sortes de douleurs. Elle dormait très mal, elle était épuisée tout le temps.

Je sentis que j'allais encore perdre connaissance. Les douleurs répétées, la fatigue… tout concordait.

– Des nausées ? demandai-je, inquiète.

– Oui. La pauvre…

Katrín sembla comprendre pourquoi je l'interrogeais. Elle sourit et, tentant de me rassurer :

– Mais ces symptômes peuvent avoir différentes explications, tu sais ! Je suis sûre que tu es en pleine forme. Je me souviens d'une fois où sa gorge avait enflé… Tu n'as jamais eu ça, j'imagine ?

Je me rallongeai, terrifiée. J'avais eu récemment la gorge douloureuse et une inflammation qui l'avait fait enfler. Je ne m'étais pas inquiétée, je me sentais bizarre depuis quelque temps, ce n'était sans doute rien de plus qu'une banale infection.

*Les larmes coulèrent sans que je puisse les rete-
nir. J'étais gravement malade, cette pensée occultait
toutes les autres.*

*Ma grand-mère était morte parce qu'elle fumait trop,
c'était aussi simple que ça. À moins que...*

La vieille dame posa une main sur mon front.

– Tout va bien, ma chérie.

Je fermai les paupières et écoutai sa voix apaisante.

– Tout va bien...

34

Ísrún était soulagée de ne pas avoir à prendre la route de nuit pour Reykjavík. Elle n'était pas pressée de retrouver l'obscurité, l'air empoisonné par les cendres et le tumulte de la ville. Pas encore.

Elle était dans sa chambre à Siglufjördur, bien réveillée. Après les émotions de la journée, impossible de trouver le sommeil. En général, quand cela lui arrivait, une longue promenade était le meilleur remède.

Il était minuit passé quand elle sortit du gîte. Elle prit sa voiture et roula le long du fjord en direction du nouveau tunnel de Hédinsfjördur. Elle se gara près de l'église, à l'extrémité de Siglufjördur. Elle voulait marcher jusqu'à Siglunes, la pointe tout au bout du fjord, à l'opposé de la ville.

Là, contrairement à la langue de terre en saillie sur la mer où Siglufjördur avait été bâtie, la nature demeurait intacte. La ville avait surgi de l'autre côté du fjord, là où le terrain était plus plat, idéal pour accueillir des habitations.

Ísrún se mit en marche. Elle comptait se promener pendant une heure sur la rive inhabitée du fjord, côté est. Le chemin se révéla moins praticable qu'elle ne se l'était imaginé. Elle dut franchir des bancs de hautes herbes, traverser des ruisseaux. Par endroits, de vieilles poutres en bois servaient de passerelles ; ailleurs, il fallait sauter d'une berge à l'autre. À l'approche de la promeneuse, quelques oiseaux jaillirent de leur nid et s'égaillèrent dans le ciel en poussant des cris effrayés.

Elle s'arrêta devant un torrent et but dans ses mains un peu d'eau glacée. De la mousse vert émeraude tapissait les berges, mais partout ailleurs l'herbe aride et rabougrie caractéristique de la pointe nord de l'Islande semblait contester la présence de l'été, sans aucun égard pour le calendrier.

Ísrún avançait lentement. Elle n'était pas pressée, et prenait garde de ne pas marcher sur les nids cachés dans la végétation. De plus, son corps fatigué lui rappelait qu'elle était censée ménager ses efforts.

Elle s'arrêta devant les ruines d'une maison, à l'endroit où, selon un panonceau d'information, une avalanche avait enseveli une ferme et une usine de harengs. En atteignant enfin le rivage, elle contempla longuement le fjord et la ville de l'autre côté. De loin, elle paraissait paisible et innocente. Seul un chant d'oiseau troublait le silence et l'air immobile ; l'eau était aussi lisse qu'un miroir.

L'été précédent, après son passage chez Katrín à Landeyjar, Ísrún s'était rendue directement chez son médecin, certaine d'être aux portes de la mort. Quelques consultations plus tard, des spécialistes lui avaient confirmé qu'elle souffrait d'une maladie héréditaire rare. Elle pouvait provoquer des tumeurs qui, bien que bénignes la plupart du temps, s'accompagnaient de toutes sortes de symptômes physiques. Et il y avait toujours le risque d'un diagnostic plus grave.

Elle avait catégoriquement refusé d'arrêter de travailler, utilisant juste tous les jours de congé maladie auxquels elle avait droit. Et chaque fois que c'était nécessaire, elle échangeait ses gardes avec ses collègues.

Elle n'avait parlé de sa maladie à personne. Les médecins n'étaient pas d'accord sur la prochaine étape du traitement mais tout indiquait que ses tumeurs étaient effectivement bénignes. Les avis divergeaient sur la nécessité d'opérer. Aujourd'hui encore, elle aurait parié que ces spécialistes continuaient à s'envoyer des e-mails à son sujet. Au milieu de tout ça, Ísrún adoptait une seule attitude : rester aussi calme que possible.

Tout portait à croire que le diagnostic médical de sa grand-mère était faux. Elle souffrait sans doute du même mal que sa petite-fille, et elle en était morte. Était-ce le tour d'Ísrún ?

Elle avait l'impression de flotter dans des limbes et ne pouvait en parler qu'avec les médecins qui la suivaient. Elle avait traversé un hiver d'angoisse, mais depuis que le soleil s'élevait dans le ciel, la lumière était revenue.

Elle ne savait pas ce qui allait se passer. Ce serait sûrement difficile, mais elle était bien décidée à vaincre la peur.

Elle observa la mer placide, étincelante sous le soleil nocturne. Elle repensa à l'expression que sa grand-mère utilisait pour nommer l'obscurité soudaine : la Grande Nuit. Depuis son diagnostic l'année précédente, elle avait vécu sous un nuage noir. Mais soudain, elle eut le sentiment que le jour avait triomphé des ténèbres – du moins pour le moment.

Remerciements

Nátt est dédié à mes parents, Jónas Ragnarsson et Katrín Gudjónsdóttir, qui m'ont soutenu dès mon plus jeune âge dans mes projets d'écriture. Ils ont lu et corrigé les différentes versions de mes histoires, depuis les nouvelles policières de ma jeunesse jusqu'à mes romans. Leur aide m'est inestimable. Merci, Maman et Papa.

Je voudrais aussi remercier mes grands-parents, qui m'ont inspiré les lieux dans lesquels se déroule l'action de mes livres. Gudjón Helgason et Magnþóra Magnúsdóttir étaient originaires de la région de Landeyjar et P. Ragnar Jónasson et Gudrún Reykdal vivaient à Siglufjördur.

La publication de cette série en France est le résultat du formidable travail d'une équipe dont je tiens ici à remercier chaque membre. Tous méritent ma gratitude, notamment mon éditrice à La Martinière, Marie Leroy, mes agents, Monica Gram, de la Copenhagen Literary Agency, et David Headley, de la DHH Literary Agency, ainsi que mes éditeurs islandais, Pétur Már Ólafsson et Bjarni Þorsteinsson.

Je veux ici tout spécialement remercier mes merveilleux lecteurs français. L'accueil réservé à cette série en France a dépassé mes espérances, et c'est à leur soutien que je dois de continuer à écrire des fictions policières.

Enfin, comme toujours, ma reconnaissance et ma gratitude vont à mon épouse María et à mes filles Kira et Natalía, pour leurs encouragements incessants.

Note de l'auteur

Je remercie tout spécialement l'inspecteur Eiríkur Rafn Rafnsson, la procureure Hulda María Stefánsdóttir, le Dr Helgi Ellert Jóhannsson et le Dr Jón Gunnlaugur Jónasson. S'il reste des erreurs dans cet ouvrage, elles sont entièrement imputables à l'auteur.

La citation de Jón Gudmundsson l'Érudit provient du poème *Fjölmódur – ævidrápa Jóns lærda Gudmundssonar* (introduction et notes de Páll Eggert Ólason).

Les éléments sur les conséquences historiques des éruptions volcaniques d'Islande sur Siglufjördur proviennent de l'essai *Siglfirskur annáll* écrit par mon grand-père, P. Ragnar Jónasson, et publié en 1998.

Snjór

*La Martinière, 2016
et « Points Policier », n° P4526*

Mörk

*La Martinière, 2017
et « Points Policier », n° P4757*

Nátt

*La Martinière, 2018
et « Points Policier », n° P4937*

Sótt

La Martinière, 2018

RÉALISATION : NORD COMPO À VILLENEUVE-D'ASCQ
IMPRESSION : CPI FRANCE
DÉPÔT LÉGAL : FÉVRIER 2019. N° 140939-4 (3034918)
IMPRIMÉ EN FRANCE